诗
想
者

HiPOEM

寻 芳 记

范 婉 著

Xun

Fang

Ji

GUANGXI NORMAL UNIVERSITY PRESS

广西师范大学出版社

·桂林·

图书在版编目（CIP）数据

寻芳记 / 范婉著. --桂林：广西师范大学出版社，
2019.2

（诗想者·慢生活）

ISBN 978-7-5598-1494-4

Ⅰ. ①寻… Ⅱ. ①范… Ⅲ. ①散文集－中国－当代
Ⅳ. ①I267

中国版本图书馆 CIP 数据核字（2018）第 290926 号

广西师范大学出版社出版发行

（广西桂林市五里店路 9 号　邮政编码：541004）

网址：http://www.bbtpress.com

出版人：张艺兵

全国新华书店经销

广西民族印刷包装集团有限公司印刷

（南宁市高新区高新三路 1 号　邮政编码：530007）

开本：889 mm × 1 194 mm　1/32

印张：9.25　　　字数：210 千字

2019 年 2 月第 1 版　　2019 年 2 月第 1 次印刷

定价：46.00 元

如发现印装质量问题，影响阅读，请与出版社发行部门联系调换。

目

录

001　　无事此静坐

013　　流　水

023　　珠落玉盘

034　　端　午

043　　访隐者不遇

053　　翩　翩

066　　暗　香

070　　疏　影

075　　访玉雕者

083　　吴歈兰蕙

094　　锦盒画页

108　　隐隐约约

i

118　　永生之石

130　　小巷春光

142　　水绘仙侣

153　　夏日风物

159　　春水词

199　　同里的雨

204　　岁朝清供

211　　秋山图

225　　故园沉沉

238　　运河寄意

245　　江南烟雨

254　　采莲曲

267　　听鹂深处

280　　山阴道上

286　　后　记

无事此静坐

一

"无事此静坐，一日如两日。若活七十年，便是百四十。"这首诗根据苏东坡语录概括而成，被文徵明弟子，那位擅行草、喜画兰的周公瑕刻在了一把紫檀椅子的靠背上。一首绝妙的椅铭。

我想，那样一把凝重深沉的明代椅子它原来摆放在哪座苏州园林里？是沧浪亭，网师园，艺圃，还是拙政园？

幽雅疏朗的拙政园，一座典型的"文人山水之园"。因为家靠近拙政园的关系，我经常去园子里走走。虽然明代文人那种悠闲风雅的生活，早已是"笙歌归院落，灯火下楼台"，但是，毕竟给我们留下了印痕。比如明式家具，苏州人俗称屋肚肠。远香堂，留听阁，卅六鸳鸯馆，里面陈设的各种明式家具，古雅，素朴，隽永。轻轻抚摸，我感受它的光洁与舒适，钟爱它的色泽与雕刻，欣赏它的分量与格调。王世襄先生说过："中国古代家具受到人们的重视，绝不是偶然的。就其中的精品而论，结构的简练，造型的朴质，线条的利落，雕饰的优美，木质的精良，达到了登峰造极的程度。"在慢慢体味的过程中，它启示我去理解明式家具的真正价值。

在江南文化中，园林是梦。

细雨暮色中，我来到与拙政园毗邻的苏州博物馆新馆。一座由贝聿铭设计的古典与现代相结合的建筑。树，亭，竹，池塘，清旷幽远。在我眼中，它还是园林。闭上眼，做个梦。梦里有庄子和蝴蝶，米芾和山石，紫藤开了一树繁密的花。

走进长物斋，我赫然看到了那把周公瑕的紫檀南官帽椅。

长物斋，顾名思义得名于明代文震亨的《长物志》。一本介绍园林建筑、花卉园艺、湖石运用、室内陈设的著作，共十二卷。文震亨的园林作品没有遗存，但从其兄文震孟的艺圃中可见雪泥鸿爪。

长物斋味道十足。奥妙在于它完全符合我对明代文人书房的印象，这印象来自《陶庵梦忆》中对书房的描绘："不二斋，高梧三丈，翠樾千重。墙西稍空，蜡梅补之，但有绿天，暑气不到。后窗墙高于槛，方竹数竿，潇潇洒洒，郑子昭'满耳秋声'横批一幅。天光下射，望空视之，晶沁如玻璃、云母，坐者恒在清凉世界。图书四壁，充栋连床；鼎彝尊罍，不移而具。"长物斋，一座水边的厅堂。四边湖石相拥，竹树环合，水光花影投射屋内。恽南田有一段话，想来我觉得奢侈："清夜独倚曲木床，著短袖衫子，看月色在梧桐篔筜间，薄云掩过之，微风到竹，衣上影动。此时令人情思清宕，纷虑暂忘。"这是我向往的生活场景。我在周公瑕的紫檀椅子里静坐，环顾屋内的家具陈设，遥想着明代的那些事儿。西窗下，一只黄花梨插肩榫酒桌悄然独立，对面紫檀三屏风独板围子罗汉床倚墙而置。

近处，古琴放在黄花梨夹头榫翘头案上，余音绕梁，旁边则是黄花梨有束腰三弯腿霸王枨方凳和卷草纹浮雕三足香几。别致是诗。一排黄花梨万历柜占满北墙，古籍善本排列整齐。屋子中央，一张紫檀无束腰裹腿罗锅枨大画桌，淳朴敦厚。案头摆着文房旧物，紫砂茶壶、澄泥砚、粉彩碗盏、青花笔筒……墙上挂着文徵明的山水画，清润秀雅。清水方砖地上还有一口天青色素釉的瓷缸，缸里插着长长短短的书轴画卷。

我不自觉地放缓了脚步，默默地观赏这些家具与古玩。院落深邃，家具装饰着书斋的栋梁门窗，古玩点缀着家具的榫卯腿牙。质朴中暗含着丰富性，奢华却又显得单调。只有质朴的状态方能与丰富照面，交相辉映。

这里展出的不仅是家具与古玩，其实是中国古人的日常生活；不仅是观赏，其实是回忆。走出长物斋，我穿长廊，蹚曲桥。一棵五针松，临水照影——照出了回忆。不仅是回忆，更像是想象。

我们要想象一位中国古人，有了他，满室的家具才会灵动。这时，我瞥见了文震亨的身影。他晨起后沏壶茶，然后去书房。看着这些经年累月使用的家具，家具上雕有精美的图案：牡丹、莲花、灵芝、凤凰、麒麟、螭龙。不胜惆怅。文震亨在那把周公瑕紫檀椅子里坐定身体，闻着瓶中白茶花的清香，磨一点旧墨，趁着大明残破的半月之色画风雨中摇曳的竹枝，竹叶左右纷披，上下飞舞。心情畅快时，临临名家法帖，比如黄庭坚的《花气帖》。的确是花气，蜡梅的花气。

寂无人声，我在博物馆内盘旋。当我重新站在长物斋，西窗外一棵姿态婀娜的宋代蜡梅跃入眼帘。这棵蜡梅上有唐代的枝条，明代的枝条和清代的枝条。就像明式家具，紫檀四开光坐墩是宋代藤墩的发展，玫瑰椅是宋代扶手椅的改进，还有唐代壸门床、壸门案和须弥座，是有束腰高桌的渊源。在我看来，家具在清代有集大成的勇气，实在也是创造力衰退的流露。天井里堆着很厚的积雪，蜡梅花在大雪中吐蕊绽放，点点簇黄。当然，还有竹子。我想从宋代绢画上取下一节墨竹，吹出美妙的笛声箫音来，萦绕在高低错落的明式家具间，不绝如缕。

园林是梦。作为文徵明的后人，文震亨苦闷的是饱读诗书、满腹经纶，却不能兼济天下，唯有独善其身。他隐匿在书斋里写《长物志》。造梦。于是，失意的时候他"得意"了：得人性之意，得审美之意，得天地造化之意。

睁开眼，我相信古人一定也梦见了我们，作为凭证，把这些气韵生动的家具留在这里，提醒我们时时揩拂上面的灰尘，想着他们曾经寄寓在这些身外之物中的梦。

伫立窗前，我深深地嗅吸着从外面深远的天地间飘来的草木气息。小小的书斋，与浩大的天地连一起。文震亨说室庐之制，"居山水间者为上，村居次之，郊居又次之。吾侪纵不能栖岩止谷，追绮园之踪，而混迹廛市，要须门庭雅洁，室庐清靓。亭台具旷士之怀，斋阁有幽人之致。又当种佳木怪箨，陈金石图书，令居之者忘老，寓之者忘归，游之者忘倦"。怀着这样的憧憬，我来到吕胜中的《山水书房》。作为大型装置作品，《山水书房》使用了五千多本各种学科门类、文字版本、文化层面的书籍，并由书脊在三壁书架上拼成一幅巨大的古代山水画

长卷，构筑了一间观众可参与其中的书房。它是自然的象征和
"可游可居"的世外桃源。我徘徊在《山水书房》里，不断地阅
读与思考。

人生的辛苦、悲伤和欢乐都会强壮身体和锻炼意志，同时
也会耗失生命。由此，人生的价值与真谛是什么？在山水书房
里，有对这些问题的理解和回答，这种理解和回答是在漫长的
岁月中形成的。山水书房里生活过一些特殊的人物，他们是孔
子、孟子、屈原、杜甫、苏东坡……有了他们，有了他们的哲
思和诗章，这个书房就四壁生辉了。

从遥远的山冈我登高回望，风云际会，无限感慨。

唐人的别业构筑于青山绿水间，门窗俱开，踏歌声此起彼
伏。极目江河湖泊，一股浩然之气尽收眼底，一览无余。

大宋的庭院秀雅疏朗，目光不再远行。城春草木深，不免
感时伤情。即便宋人在绘画上有将山水缩小的智慧。

明清之际，文人士子归园田居，大隐隐于市，在高墙内分
水裁山，营造返璞归真的园林。于闲情逸致中，吟诗抒怀。

繁华消尽，烟雨楼空。历史烟云飘散处，只余下一间书斋。

我打开窗户，让阳光洒进来，月光照进来，星星走进来，
风有时也跑进来，雨点也会两三点跳进来，雪花纷纷地飘进来。
嫩绿枝头传来布谷鸟的啼唱。

现在，正是花事烂漫的春天。从拙政园看完"杜鹃花会"
后，我来到苏州博物馆新馆闲逛。走进长物斋，感觉亲切，又
有些恍惚：不知是在拙政园的海棠春坞，还是在艺圃的香草居。
似幻亦真，它们分明就是一身所化。抬起头，我发现屋顶上开

着天窗，云天与月亮映在屋中，我见到的是造园者的匠心。

时间是最大的收藏家。我一次次地来到苏州园林，无事此静坐。我饶有兴致地看着各种明式家具，逐渐领略它们的艺术价值。散淡中见珍贵。明式家具是细节，是苏州园林精神的体现，确切地说，是园林这幅山水画上的笔墨，笔精墨妙，所以苏州园林耐看。

二

在上海博物馆的明清家具珍品室里，陈设着各种家具，大致有椅凳、桌案、床榻和柜架四类。看着这些熠熠发光的家具，我们自然会想到两个人：王世襄和陈梦家。前者如今健在，是受人尊敬的收藏家、大玩家；后者已去世，他的名字渐渐被淡忘。

我对王世襄较为熟悉，对陈梦家却不甚了解。为此，我专门去网上查找他的有关资料。得知概况：陈梦家是20世纪30年代新月派著名诗人，去国外执教、游历数年后，回国从事古青铜器和古文字学研究，并担任过清华大学的教授。

1949年前后，王世襄和陈梦家收藏明清家具，乐此不疲，倾囊以求。由于共同的兴趣，两人在北京常有来往。王世襄在《怀念梦家》一文中写道："梦家比我爱惜家具。在我家乱堆乱放，来人可以随便搬动随便坐。梦家则十分严肃认真，交椅前拦上红头绳，不许碰，更不许坐。我曾笑他'比博物馆还要博物馆'。"

1985 年，王世襄著录的《明式家具珍赏》在香港出版，其中有 38 幅彩版，就是陈梦家的旧藏。《明式家具珍赏》的扉页上，醒目地印着"谨以此册纪念陈梦家先生"。

我对明式家具的初步认识，受此书影响较大。闲暇时，常常在书房里对照翻阅。王世襄在书中说道："传统家具的榫卯结构也是明代而达到了高峰，并延续到清前期。成果的取得来自精湛的宋代小木工艺，而入明以后，对于硬木操作又积累了经验。性坚质细的硬木，使匠师们能把复杂而巧妙的榫卯按照他们的意图制造出来。构件之间，金属钉子完全不用，鳔胶粘合也只是一种辅佐手段，全凭榫卯就可以做到上下左右，粗细斜直，连接合理，面面俱到。"除了这些，明式家具还有其他客观标准，比如它的色泽、缜密、线条和雕工，乃至品质都可以讨论，只是论家具论到最后，竟只剩喜爱二字，而喜爱是无价的，那是自己珍重的心情。

我想，做个明代木匠大概比家具商更兴奋快乐，明式家具的世界要大得多繁复得多。那么，收藏家的惊喜与意趣岂不更甚？

虽然王世襄和陈梦家收藏的共同目的是为了保护古家具，他们的初衷是朴素和单纯的，但收藏明式家具正好吻合了他们的情感所需。这样的精神需求，在一个残酷激烈疯狂的年代，还是很温馨的。

站在明清家具珍品室，面对这些年代久远的美轮美奂的家具，我唏嘘不已。它们曾经的主人耗时数十年，背后的辗转与艰辛可想而知。而今天，在持续升温的中国古家具热中，人们也许更多的是关心古家具在市场上的拍卖价格。

艺术的价值不能简单地用金钱来衡量，但是没有足够的金钱，我们怎么能一窥明式家具的绚丽与神采，观赏到各式各样的枨子，看到牙条、托腮、冰盘沿、托泥以及"攒边装板"的使用，尤其是精巧绝伦的榫卯工艺。

我在一张明黄花梨一腿三牙罗锅枨加卡子花方桌前，踟蹰不前。桌子的名称长长的，与之相配的是流畅的线条与精美的雕饰。它的姿态，清奇、峭拔、柔婉，使我想到殿春簃里秀姿艳质的芍药。王世襄有诗曰：器用室所需，床厨椅案桌。这张方桌曾被王世襄用来摆放原汁原味的鳜鱼汤、冬笋山鸡片和豌豆苗这些佳肴，也说不定。

王世襄和陈梦家收藏的明式家具以素面或浅浮雕居多，透出浓重的书卷气。我看过他们的照片，王世襄憨厚木讷，陈梦家俊朗洒脱，均无食肉相。两人深厚广博的传统文化素养，在点点滴滴的平淡生活中得以体现。

王世襄、袁荃猷，夫唱妇随。王世襄著述中家具的复杂结构图都由夫人一手绘制。袁荃猷把王世襄的一生爱好、研究成果以剪纸的形式表现，加以总结，名为《大树图》。共有 15 个种类，明式家具排在第一，居树正中，里面摆放着王世襄常用的三件紫檀家具：宋牧仲紫檀大画案、紫檀扇面形南官帽椅、嵌螺钿螭纹脚踏。案上放着《明式家具珍赏》《明式家具研究》，还有一盆春兰。

陈梦家、赵萝蕤，神仙眷侣。当年，攻读英美文学的赵萝蕤做派西化，周围有众多追求者。她只对陈梦家情有独钟，认为他长衫落拓，有中国文人的儒雅气质。宽敞幽静的四合院，陈梦家、赵萝蕤婚后的家，里面有青葱繁茂的花木，有擦得锃亮的钢琴，还有一屋子妍秀生姿的明式家具。

明清家具珍品室辟有一角，陈列着明式家具采用的五种珍贵木材：黄花梨、紫檀、鸂鶒木、铁力、榉木。尽管黄花梨和鸂鶒木的花纹多彩斑斓，有"鬼面、狸首"之称。但我还是钟情紫檀，褐紫的、浓黑的、古雅静穆的色泽，致密凝重的肌理。我在王世襄收藏的宋牧仲紫檀大画案前驻足。这件重器，雍容华贵，颇有来历。

宋牧仲紫檀大画案，光绪末为清宗室溥侗购得，他在案牙上刻题识如下："昔张叔未藏有项墨林棐几、周公瑕紫檀坐具，制铭赋诗锲其上，备载《清仪阁集》中。此画案得之商丘宋氏，盖西陂旧物也。曩哲留遗，精雅完好，与墨林棐几、公瑕坐具，并堪珍重。摩挲拂拭，私幸于吾有夙缘。用题数语，以志景仰。丁未秋日，西园懒侗识。"它与其他79件明式家具被王世襄以低价转让给香港庄氏兄弟捐赠上海博物馆。

回想我第一次观看明式家具，纯属偶然。当时，我是专门携小儿去上海博物馆观赏青铜器的。因为时间宽裕，我走进明清家具珍品室。没多久，小儿便嚷着要走。经再三劝慰，匆匆看完。

早晨，在拙政园的枇杷园，无事此静坐。我忽然想起黄庭坚《花气集》里的两句诗："花气熏人欲破禅，心情其实过中年。"这两句诗像是对明式家具的概括，尤其后一句，既道出了明式家具的紧要处，也反映了我"其实过中年"的心情。

三

明式家具大致分为京作、苏作、广作三种。苏作家具的主要产地在苏州市和周边的木渎、东山、光福及常熟等地。据史料记载，苏州专诸巷有木作：琢玉雕金，镂木刻竹，雕漆装潢，像生增绣，各类聚而列肆焉……琦名绣之属，无不极其精巧，概之曰："苏作"。

正巧，我的婆婆就是苏州东山人。她的卧室里长年置放着一口榉木闷户橱，一具抽屉的。沧桑，静穆，散发着生活的神秘的气息。守岁时，她会拉开抽屉，从里面拿出些小巧精致的糕饼递给我们分食，馅心有玫瑰的、薄荷的，还有杏仁的，苏州百年老店采芝斋、叶受和精工制作。这是闷户橱带来的惊喜，值得我好好享受。

我眼中的苏作家具格调大方、造型简练、比例适度、精密素雅。最上品的苏作家具所用的木材一般是黄花梨，但据我了解，民间常用的却是榉木、柞榛木和柏木，以"清水货"居多。"清水货"是苏州人对素面朝天的小姑娘的戏称，这也是评论家具的俚语，指紫檀、黄花梨、榉木之类的硬木上蜡前不着色，保持天然的色泽与纹理。

苏作家具用料恰当，大件器具采用榫卯结构手法，小件器具更是精心琢磨，把家具上的大与小、简与秀完美地结合起来，增一分则长，减一分则短。工艺技巧的鬼斧神工，让我频频惊叹。

初春，我独自去萧疏清幽的沧浪亭赏兰，见亭台水榭间随意置放着两三件苏作家具，说不出的雅致。一阵发呆。不禁想起夏日炎炎，有朋自远方来，陪同游园的情景。在翠玲珑里，大家围坐在竹节样的明式桌椅前喝茶。树影与竹石在窗里窗外渗绿，清凉，舒畅。

在沧浪亭，我没有"游园惊梦"，但我与苏作家具确实有过艳遇。晌午，去中药店配药。发现墙角有一张明代苏作黄花梨平头案，素牙头、素牙板，整件器物光素圆润，除了阳线，别无装饰，风韵迷离。我百看不厌，难以释怀。

与京作、广作家具相比，苏作家具"素处以默，妙机甚微"，更富诗书情怀。童年时，我家有一具榉木门围子架子床，它的妙处难以言传。夏夜，我躺在凉席上，一边听母亲在耳畔轻轻吟咏唐诗宋词，一边用手摩挲着海棠纹绦环板，渐渐入梦。搬家时，父亲一时嫌它繁缛厚重，便贱卖给了旧货店，买了一张新式"片子"床。不久，他后悔不迭。因着这个缘故，他与我时常去皮市街、吴趋坊一带的红木旧货店里转转。为了一个情结，不是为了淘宝。店堂里高高低低堆满了破旧蒙尘的家具，真品假货，鱼龙混杂。我看得心跳不已，终究没有下手。收藏靠的是眼力，玩味的是智慧。

明代的苏州工匠对器形之追求，无声无形，当用心时用意，不当用心时用趣。近几年，我见过的仿制苏作家具不少，大多粗制滥造，真是味同嚼蜡。毕竟，称木作匠人为"木秀才"的年代已过去了，做苏作家具的那份细微心情难在了……

好在我对苏作家具的喜爱始终未变。苏作家具是藏匿在小街深巷中的小家碧玉，她的芳踪丽影，我们得去寻找，去寻找。

休息天的傍晚，漫步平江路，有些口渴，顺便走进朋友家。一座老宅依水而居，粉墙黛瓦。踏进院门，主人正站在石桌前，修剪一盆雀梅树桩盆景，他的妻子坐在榉木小灯挂椅上刺绣，两人轻轻地说着话。夕阳斜照，粉墙上映出雨痕、树荫、藤影，斑驳摇曳，加上黛瓦不露声色地一压，有些逝水流年的味道。我倚在冰裂纹的屏门上，往里望去，厅堂如此阴暗。定神一看，榉木八仙桌上放着一大盆水仙花，清香扑鼻。风吹过，花枝微微颤动。朋友在井阑旁，与妻子一起烧水沏茗，招待我这位不速之客。他们是《浮生六记》中的沈三白与芸娘，宁静从容的生活中，洋溢着几分"当轩对樽酒，四面芙蓉开"的诗意。我在客厅里，无事此静坐。望见黛瓦上小心翼翼地爬过一只白猫，还是发出些声响。

流　水

一

冒着风雪，我独自穿过冷寂的小巷去怡园。位于人民路上的怡园，闹中取静，今晚有个古琴雅集。

走在回廊里，绢纱宫灯淡淡地洒着，廊外有圆月，淡黄的，在蜡梅花枝上。我站在庭院里。清清的，从厅堂里长流来古琴的细水。

这时，一位携琴疾走的男子，迎面向我走来。他穿着藏青色对襟棉袄，清秀，像一竿青竹。他冲我微微一笑，很快消失在回廊尽头。

"坡仙琴馆"在灯火中一片幽暗。透过长窗，我看见屋内的板凳上坐满了人。昏黄的灯光，许多影子映在墙上。我的心静了下来。

《碣石调·幽兰》是梁代琴家丘明的传谱，我们现在所能见到的最早的琴谱。琴声寂寂。没有周游列国的孔子出现，我只看到深山幽谷里一丛青葱馥香的兰花，枝叶穿插，摇曳生姿。这是周天球画的春兰。郑思肖的墨兰峭拔劲挺，从不画土。

年少时，看越剧电影《红楼梦》。有个场景：翠衣薄袖的林黛玉端坐潇湘馆，焚香抚琴，竹林萧萧，琴声泠泠，一唱三叹。让我挥之不去。现在，一位清婉女子弹奏的正是同一支琴曲《梅花三弄》。她的身影袅娜风流，有些疏影横斜的味道。

相传《梅花三弄》原是笛曲，为东晋大将桓伊所作。桓伊"善音乐，尽一时之妙，为江左第一，有蔡邕柯亭笛，常自吹之"。王子猷慕名已久。一次，子猷乘船赴京师，中途泊舟，巧遇桓伊从岸上走来，使人请桓伊吹奏，桓伊也久仰子猷之名，便欣然下车，吹了一曲《梅花三弄》，笛声悠扬悦耳，清亮激烈。奏罢不交一言，扬长而别。明朝有人认为是唐人颜师古把它改编成琴曲，流传至今。

现代琴家溥雪斋弹奏的《梅花三弄》，其节奏较为规整，宜于琴箫合奏，琴家称之为"新梅花"。

对《梅花三弄》，我百听不厌，联想翩翩。宋朝杨无咎的《四梅图》徐徐展开。第一幅，嫩枝初蕾，花期将临；第二幅，枝干舒挺，半露粉靥；第三幅，层叠冰绡，尽情开放；第四幅，残萼败蕊，随风飘散。古人画梅，非常讲究人格修炼和笔墨素养。琴家的心胸也是如此。艺术乃是针对各类人生情态严格写实。写意，抽象，均在其中。

我置身大雪中的庭院，浑身落梅拂了还满。

《乌夜啼》的曲调舒缓清冽，泛音轻松自然，音节变化活泼。"月明星稀，乌鹊南飞。"这是曹操的诗。"无言独上西楼，月如钩，寂寞梧桐深院锁清秋。"这是李煜的词。一番情景，两番心境。

"坡仙琴馆"西为"石听琴室"，长窗之外，立有二峰，凝神听琴，室因此而名。唐人刘长卿有诗："泠泠七弦上，静听松风寒。古调虽自爱，今人多不弹。"坐在"石听琴室"，感觉气息宁静。如同夏天的傍晚，馆外的白樱花树渗出的淡绿叶子，映在铺地上。抬头仰望，我发现"石听琴室"构造特别，船篷屋顶，南北长窗。室外还有山石荷莲小院，荷香阵阵，桐叶沙沙。这里适宜听琴，适宜听古调。

《广陵散》是叙事性的古曲，始见于东汉，讲述聂政刺韩王的故事。当时第一名曲。嵇康临死前，穿长袍，着木屐。一代名士的最后风度，注入《广陵散》。琴音丝毫不乱，气定神闲。《广陵散》成为绝唱。魏晋风度，也被嵇康推向了极致。

韩愈的《听颖师弹琴》："昵昵儿女语，恩怨相尔汝。划然变轩昂，勇士赴敌场！浮云柳絮无根蒂，天地阔远随飞扬。喧啾百鸟群，忽见孤凤凰。跻攀分寸不可上，失势一落千丈强。"诗句描写了乐曲的强弱对比，有漫无拘束的情趣。我确信颖师弹奏的就是《广陵散》。《广陵散》长达二十多分钟，今人不弹，是否弹不下来？

有人出来接手机，我趁机往前挪了挪。落座，定神一看，弹奏的琴者恰是我刚才在回廊里遇到的清秀男子。神情怡然的他，抚琴的姿态潇洒优雅，有一种谦谦君子的风度。

《平沙落雁》的意境是萧瑟的，落寞的。一片白沙，淡漠广远。白沙之上，一群浓墨点染的大雁，颈项低昂，在秋风中舒开翅膀徐徐降落。它们像历史上悲愤无助的诗人，比如唐朝陈子昂。据传此曲是他所作。

《潇湘水云》由南宋浙派郭楚望创作，内涵阔大，超越了一般的悲愁情绪。面对支离破碎的山河，郭楚望移居湖南衡山附近，常在潇、湘二水合流处游航。听奏此曲，我想到了米芾的山水画，眷念云雾微茫的潇湘景色。一直以来，山水题材在古琴、绘画中占据了很大份额。

潺潺的流水清澈地舔舐我的耳膜。《流水》由一位皓首银须的老者弹奏，他自称来自四川成都，气质儒雅。嵇康写弹琴情状："目送归鸿，手挥五弦。"他的弹奏，没有一点人间烟火气。清越的风神全然写出，很美。

《流水》是古琴曲中最大众化的一首曲子。《流水》现存最早的琴谱见于明初朱权的《神奇秘谱》，书中说到，《高山流水》本是一曲，唐朝时一分为二，到了宋朝又分起段落，《高山》四段，《流水》八段。《流水》旧谱无"七十二滚拂"，这是川派张孔山加上去的。《高山》《流水》的作者，传说与战国著名琴家俞伯牙有关。

一座山，一江水。

席地而坐，青山拥着琴者。

孤逸自傲的琴者手指轻抚七弦，和着绿水吟唱。双脚穿行在秀山丽水之间，心灵却寻访知音的足迹。

知音已死，弦断有谁听？

琴碎，音绝。

《流水》的声音质地，我觉得仍是中国古代诗词音律的沉静清雅的声音。曲调音律的递转中有宽大的衣袍，谈笑的蔼然，聪颖的心性。

走出"坡仙琴馆"，我在庭院里漫步，蜡梅花丛边，有片竹林。一阵寒风夹着雪花吹来。琴声箫音,不绝如缕,轻轻缠绕在绢纱宫灯的光芒上,还有竹林里。

从王维"独坐幽篁里,弹琴复长啸。深林人不知,明月来相照"的诗中,我们可以看到一幅文人雅士月下抚琴,临流动操的图景。其实,在竹林里弹琴长啸的首推"竹林七贤"。

在漫长的岁月中,中国古代的文人士大夫以抚琴这种方式来亲近自然山水,借琴将他们不羁的人格,行云流水般的自由精神挥入丘壑林泽。在这一精神高度上,魏晋是古琴风格的成熟期。

从魏晋开始,由于对知音的追求以及知音之思的懈怠,因琴而生发、探讨的哲学高度、精神高度逐渐衰退,琴也从清流激湍、幽兰竹篁间迁入了雅斋静室。

怡园精致典雅,疏朗宜人。百余年间,诗声、琴韵、曲音绵延不绝。园主顾文彬在造园时,精心构筑了"坡仙琴馆"。此馆曾收藏苏东坡的"玉涧流泉"古琴。

乱世之中,琴声喑哑,发不出声。琴遇知音,是中国文人的梦。此后,它却成了一个优美的词语,一个梦境。

站在金粟亭,我"一梦至今,临风怅仁"。

风雪愈来愈大,我不禁打了个寒战。琴声瑟瑟,今晚是良宵。

《良宵引》最早出自《松弦馆琴谱》,是虞山派的代表曲目。虞山派在明朝影响巨大。整首曲子的旋律,萦绕着清亮恬静的古韵。

清风明月,良辰美景。

——琴乐之后的良宵，不复再有！

怡园的院墙逶迤曲折，但园外的景致照样隔而不阻地进到了园内：像一条长河，虽然流动时遇到了石头，激起水花后又向前流去了。一个魏晋人坐在屋内，看到园外和园内的景致。

近代绘制的《怡园琴会图》，一幅类似《兰亭集序》的纵逸隽雅的人物长卷。在主要描绘琴者雅集的同时，杂以突兀的山石，繁茂的古松，横斜的寒梅，参差的修竹，偃仰的劲草，还有淙淙的流水，引人入境。

夜深人静，庭院、回廊、圆月、绢纱宫灯、清秀的琴者与我相遇，几片雪花飘在脸上，冰凉。我听到了古琴的流水。

二

我对古琴感兴趣，源自管平湖先生弹奏的《流水》，我有一张他琴曲的CD。他的琴音清微淡远，被美国人带到了太空。

他把《流水》弹奏得出神入化。

嵇康的《琴赋》对琴的品质、琴已有的抵达作了描述，但它对琴最重要的强调还是人。琴的技巧手法很多，归纳起来，无非是吟猱绰注、勾抹剔挑，最终影响风格的是人的品格、气质和经历。我们可以从历史文献的描述中想象嵇康、戴逵、白居易、郭楚望的风采。

我去查有关管先生的生平，资料甚少。查阜西先生在《琴坛漫记》（《查阜西琴学文萃》）中写道：

管平湖年五十四，苏州齐门人，西太后如意馆供奉管劼安之子，父死时年稚，及长，从其父之徒叶诗梦受琴。据云其父与叶诗梦均俞香甫之弟子。嗣于徐世昌做总统时从北京人张相韬受《渔歌》及有词之曲三五，为时仅半年云。嗣又参师时百约二年，受《渔歌》《潇湘》《水仙》等操。民十四年游于平山遇悟澄和尚，从其习"武彝山人"之指法及用谱规则，历时四五月整理指法，作风遂大变云。又云悟澄和尚自称只在武彝山自修，并无师承，云游至北通州时曾识黄勉之，后遇杨时百听其弹《渔歌》，则已非黄勉之原法矣。管平湖一生贫困，与妻几度仳离，近蹰居东直门南小街慧昭寺六号，一身以外无长物矣。十三龄即遭父丧，但十二岁时父曾以小琴授其短笛（注：疑为"曲"之误），故仍认父为蒙师。管亦能作画，善用青绿，惜未成名，则失学故也。五六年来，有私徒十余人，郑珉中、溥雪斋、王世襄夫人、沈幼皆是。又曾在燕京艺校等处授琴，此其唯一职业。溥雪斋称其修琴为北京今时第一，今仍以此技为故宫博物院修古漆器，唯仅在试验中耳。问其习习何书，则云只《徽言秘旨》《松弦馆》《大还阁》《诚一堂》诸种耳。

读了这段文字，我对管平湖先生充满了敬畏，对他飘零的身世发出叹息。

老天似乎不允许他过好日子，他本可以像世家子弟一样，对古琴只是玩票。但家道中落，经济窘迫，不得已，琴艺成为谋生的手段。我想，如果他当年熬不住贫困，会不会丢了古琴，丢了儿时父亲在耳畔的吟唱，去唱吵闹得多的京戏？

他是矜持的，拒绝向命运低头，沉痛之人不作沉痛语，这符合他的天性。天性融入了琴艺修炼，显现出轻描淡写的高贵。

琴的最高境界是"清"。"清"是邈远空明的天地精神，又是琴者心灵的质地。清朝王善在其《治心斋琴学练要·总义八则》中说及"清"时指出：

> 清者，地僻，琴实，弦紧，心专，气肃，指劲，按木，弹甲。八者能备，则月印秋江，万象澄澈矣。

寥寥十六字，却把"清"的要旨概括得相当全面。

我认为，管平湖先生之"清"，是沉潜于人格精神之中的"清"。他所弹奏的琴曲中，以"悲曲"居多，《幽兰》《胡笳十八拍》《乌夜啼》《广陵散》《潇湘水云》，都是失意、愤懑的内涵。他的演绎将这种内涵引向"清壮"。管平湖的琴风是傅青主的书品，深沉内敛，哀而不伤。

管平湖打谱的成就，举世公认，多为早期琴曲。《幽兰》取自《古逸丛书》；《长清》《离骚》《白雪》《广陵散》《获麟》《大胡笳》据谱为《神奇秘谱》。这些琴曲，保留了大量古指法，风格、趣味与明以后有很大的差异。他每天抚琴。这叫沉迷，做不完的美梦。抚琴是他的赏心乐事。

我看过管平湖先生的一张照片，身穿长衫，形容清癯。我还看到了一双抚琴的手。他的弹奏增添了古琴的光彩，是他把琴曲的冲淡和高雅传递给了人们，也是对魏晋风度的一种理解和传承。

漫天大雪，管平湖戴斗笠、披蓑衣踏雪寻梅。管平湖在雪地里伤感地弹奏《白雪》。梅花在雪中怒放。他独自赏花，独自散步，欣然作《仕女梅花图》。我在网上看过这幅画，画中那个红衣仕女抑或是他自己？

管平湖先生在秋夜的小酒馆里喝着酒，说着话，有时候什么也不说。他端着酒杯，迎着秋风与秋声，思绪比旷野里的风更广阔。他要吟唱。酒阑客散，琴者无眠。

我在管平湖先生的《广陵散》中，没有听到杀气。聂政刺韩王的时候，并不杀气腾腾，而是从容不迫。他的《广陵散》，有着悲天悯人的情怀。

我喜欢他弹奏的《流水》，该雄强劲健处，必雄强劲健；该细腻柔婉处，必细腻柔婉。一言以蔽之，就是既有吴声的绵延徐逝，又有蜀声的激浪奔雷，美在一个"深"上。在他的手下，潺潺的溪流汇成了浩瀚的汪洋。

当然，欣赏管平湖优美的琴乐，我们不得不说到他的琴。

古有伏羲削桐造琴之说。我知道的中国古代"四大名琴"，分别为：齐桓公的"号钟"、楚庄王的"绕梁"、司马相如的"绿绮"、蔡邕的"焦尾"。管平湖的"清英"琴，落霞式。我们现在所能听到管平湖弹奏的录音，大部分由此琴弹出。据说那是张唐琴：朱红之色杂以墨云鬓漆，周身布满了蛇腹断纹。

从王世襄《锦灰堆》一书中我了解：管平湖先生修琴、斫琴的技艺也很高。他的性情朴厚温和，擅种花草，擅作书画，还喜欢玩鸣虫。

古人论山水画，将画家分为逸家、作家。逸家有王维、荆浩、董源等，作家有李思训、赵伯驹、马远等。我看管平湖先生，是兼逸与作之妙者。

管先生名平，字吉庵、仲康，号平湖，自称"门外汉"。生于 1879 年 2 月 2 日，死于 1967 年 3 月 28 日。管平湖一生，通过古琴，向我们显现了两个努力的方向：古琴文化与世俗生活。将二者融为一体。

在每年的琴会上，且让我们默默念叨管平湖。为他弹奏一曲《欸乃》，一个在水边长大的孩子对江南水乡的童年回忆。我相信，舒缓愉悦的曲调会给他慰藉。要是一直留在苏州，他的人生会不会少几许苍凉，命运是不是少几分叵测，而心中多一些安慰和依赖？

管平湖先生的琴，植根于中国活的传统中和他自己的生命、性灵中，清新自然，如种子破土而出。他的琴，不是昆曲舞台上柔绵的秋江，不是皇宫庭园里谐趣的池塘，而是山涧深处清澈的潺潺流水。

珠落玉盘

　　我的先生姓颜，住在颜家巷。"颜大照镜"的颜家巷。弹词名家张鉴庭的《钱秀才·颜大照镜》选回，听来让我忍俊不禁。婚后，有段时间我也住在颜家巷。巧得很，邻居曾是弹唱《三笑》出名的徐云志，他已于 1978 年故去。

　　旧的院落里，黄的弯月亮。模模糊糊的白皮松，远处路灯的光在浮动。我和先生坐在一棵婆娑的桂花树下，面对面。我从他的肩膀望出去，房子，围墙，树影，黑。"徐调"隔门隔窗传来，委婉柔绵。

　　苏州评弹是评话与弹词的合称，两者又俗称为说书。评话是大书，弹词是小书。我年少时喜欢听评话，人到中年，倒听起了弹词。评话有英雄气概，壮烈激昂，说的多是男子汉的故事，金戈铁马，如《三国》《水浒》《英烈传》等，通常一个演员演出，男性居多，只说不唱。弹词是香草美人，曲径通幽，通常男女两人搭档，说说唱唱，讲述的故事一般为男女之情，悲欢离合，如《三笑》《描金凤》《珍珠塔》等，娓娓道来，书情延宕。评弹是刚柔相济的，典型的苏州人性格。我第一次跟母亲去书场听书，大概八九岁光景，懵懵懂懂，兴奋不已。长大后，这样的评弹之夜我梦见过多次。

夏日的傍晚，小巷人家在井台边纳凉，竹榻、竹椅散落。我边吃晚饭，边围着半导体听《三笑》，入神。连母亲叫我都没听到。这时，住在西厢房的小姑娘拎着铅桶来吊水。她穿着花裙子，裙子上洒着一叶一叶嫩绿的水草。我羡慕她，在少年宫学得一手好琵琶。晚风习习，深巷里的琵琶声在小姑娘的花裙子边转悠。很美的意象。我年少时的许多乐趣都来自评弹，常常幻想自己是故事里的佳人或才女。

小巷里稀疏地种着几棵枇杷、石榴，还有艳俗的凤仙花、夜饭花。细雨蒙蒙，小巷显得霉而窄。墙面上的雨漏痕，石阶上的苔痕，一眨眼就泛青。厅堂里的八仙桌腿也有点泛潮。

吃过晚饭，我想听评弹。母亲说电视里有，打开《电视书场》看了看，兴趣又没有了。隔靴搔痒。走出屋子，墙角里的一棵垂丝海棠，粉粉的，花枝低桠。在微雨里我撑伞出门去光裕书厅听书。清代弹词名家王周士，精弦子，以弹唱《白蛇传》闻名。乾隆皇帝下江南时他在御前弹唱，因演技高超，得到御赐的七品顶戴。王周士在苏州宫巷第一天门创建了评弹艺人的行会"光裕社"，即如今的光裕书厅。他还总结说书经验，写下了《书品》《书忌》，各十四则。

说书先生坐在屏风前，一桌二椅，常见的男女双档，风华正茂。男的说书先生一袭月白长衫，捻住弦子，码头跑多了，从容不迫；女的说书先生抱住琵琶，穿一件水绿色的素绉缎旗袍，洒着一叶一叶碧绿的水草，清秀矜持。弹弦子的坐在半桌的右侧，术语叫上手，掌握着书情的推进、说表的节奏；坐在左侧弹琵琶的是下手。他唱蒋调。蒋调在评弹诸多流派中传唱最广，流丽婉转。他嗓音洪亮，颇得蒋调神韵。当年蒋月泉先生的拿手书目是《玉蜻蜓》和《白蛇传》，红遍江、浙、沪。她唱丽调。丽调以婉约胜，多凄苦之味的内容，从前徐丽仙先生弹唱《情探》中的那段"梨花落，杏花开"，有迂回缭绕的风致。她旋轴，调弦，未成曲调先有情，缓缓唱道：

> 梨花落，杏花开，桃花谢，春已归，花谢春归郎不归。
> 奴是梦绕长安千百遍，一回欢笑一回悲，终宵哭醒在罗帷。
> 到晚来，进书斋，不见你郎君两泪垂。
> 奴依然当你郎君在，手托香腮对面陪，两盏清茶饮一杯。
> 奴推窗只把郎君望，不见你郎骑白马来。

词写得好，唱也唱得好，如泣如诉，哀怨悱恻，把敫桂英对王魁的一片痴情表达得淋漓尽致，我听得大气都不敢出。

精彩的还在后面。《白蛇传》第一回"游湖"。西湖的碧草春波中，雨丝风片里，罗衣、纸伞像花一样纷纷扬扬。一场邂逅，漫天而落妖娆的绵绵春雨，许仙心中漾过伞后初窥的皎洁玉容。白娘子柔弱地执着白纨扇，她的声线缱绻地绕向他的耳郭。我看演员的眼神，秋波盈转，无限柔情尽在眉梢眼角间；再看他们的表情，热恋中的男女，容光焕发；还有笑容，从彼此心里发出，不易察觉。白娘子对许仙春情浓浓。演员是夫妻档，夫妻同心，说这回书得天独厚，非常讨巧。

半夜醒来，恍惚看见说书先生背后的屏风。屏风上绣着横斜的梅花，琼质冰姿，星星点点，照亮墙上秀润又不无奢靡的青绿山水画。

独立闲庭，粉墙上的藤影，窣窣有声。石栏前两三朵紫红的芍药花，丰腴肥美，在我看来不啻是满园春色。中国的艺术向来讲究删繁就简，以少胜多。没有风，只有夕光漫过。一部《三笑》，谁来解读？

自从冯梦龙的小说《唐解元一笑姻缘》问世以来，由于民间艺人和戏曲的渲染，唐伯虎点秋香的故事广为流传，遂成弹词《三笑》。《三笑》是我最喜欢的一部弹词。为此，我坚持两个月准时守在收音机旁，听徐云志和王鹰合说的《三笑》选回，以至茶饭不思。徐云志先生的唱腔，人称"糯米腔"。我听他的《点秋香》，全神贯注。"咫尺天涯隔了窗，胭红芍药雾连江。我听不见娇声音，看不见俏面庞；叫我怎端详？这难题儿扰乱了我解元肠。"唱腔圆润软糯，我替唐伯虎手心里捏把汗。李代桃僵。徐云志的说表自然亲切，妙语连珠。故而《三笑》中的唐伯虎、秋香、祝枝山活灵活现；丫鬟石榴、大蜡梅生动可信；还有愚钝呆憨的公子大踱、二刁，一出场就令人捧腹。苏州评弹的文学价值，主要体现在对书中角色心理的精细复杂、深入透彻的刻画。最夸张的，单是小姐下堂楼，就要说上几十回书。

苏州评弹是大俗大雅的，在它的人物廊中，我以为刻画得最为成功的不是那些才子佳人，恰恰是丫鬟、伙计、小商、小贩、轿班、更夫、媒婆、掮客、门房、船老大、算命瞎子、绍兴师爷这些社会底层人物，性格突出，形象逼真，透出浓烈的

　　　　　　　　　　　　　　　　　　寻 芳 记

市民气息。他们是说书先生的远亲近邻，再熟悉不过，稍加揣摩，便可信手拈来。同样，徐云志的弹唱也受益于这些人，包括人情世故。他所创造的人物，与早年的生活历练有着千丝万缕的联系。他说了几十年《三笑》，也改了几十年《三笑》，他对《三笑》是投入的。只有投入才能带来感与知两个层面的丰富性，他从心里培育出了风流才子唐伯虎。由此我想到：艺术不是发明，而是一种劳动。一种继承优秀传统的创新表现。徐云志的谦逊和对艺术一丝不苟的渴求，让听众在《三笑》中找到了艺术和时代精神之间的平衡。

听《三笑》印象最深的是在中张家巷的百花书局。我坐在台下正中，王鹰在台上弹唱。绿色的杭缎苏绣旗袍紧裹腰身，一叶一叶碧绿的水草，婀娜漾动。她怀抱着琵琶，手指弹拨着琴弦，吴侬软语，轻柔缥缈。王鹰是徐云志的下手，也是他的儿媳。在颜家巷我见过她一次，行色匆匆，肩背琵琶准备出门演出。暮色茫茫，我站在围墙边，目送她的身影从小巷渐行渐远。

小雪纷飞，有朋自远方来，我便邀她一起去中张家巷的苏州评弹博物馆（吴苑深处）听评弹，压根也没考虑她是否听得懂吴侬软语。将近年底，走南闯北的评弹演员，带着自己的拿手书目，聚拢到苏州来参加会书。听众几乎全是老人，他们迷恋了一辈子评弹。依然是一桌二椅，男女双档，书目是《玉蜻蜓》中的"庵堂认母"选回。半桌两侧蒙着刺绣的绸缎桌围，绣着梅花。怪不得，我梦见梅花屏风了。说书先生气定神闲，轻轻松松地把剧情拉到前些天落回的书目上，砰的一声醒木响，轻拢音弦，开始言归正传。

《庵堂认母》是整部《玉蜻蜓》的精华之笔。蒋月泉先生的《庵堂认母》："世间哪个没娘亲？可怜我却是个伶仃孤苦人。若不是一首血诗我亲眼见，竟将养母当亲生；十六年做了梦中人。不见娘亲面，痛彻孩儿心；须知无娘苦，难割骨肉情；娘亲呀，哪怕你在地角天涯也要把你娘来寻，寻不到你娘亲我决不转家门！"这一段经典，声音有些酸楚，却唱出了徐元宰悲从中来的真切感受。作为评弹代表作品，《玉蜻蜓》的地方文化性强，植根深长，需要细细品味。文字或者夸张，绘画可以稍稍抵达那种实感和认识。我看过画家潘裕钰画的评弹《玉蜻蜓》系列画，《云房产子》《贵升临终》《志贞描容》《庵堂认母》《厅堂夺子》，喜怒哀乐，感同身受。潘裕钰喜欢苏州评弹，他在多次欣赏蒋月泉先生的《玉蜻蜓》基础上，用心感悟加以创作。

　　评弹的意态太丰富了。蒋月泉的开篇《林冲夜奔》，国画中的大写意，意到笔不到。杨振雄能画，他说的武松，虚虚实实，有血有肉。金声伯擅放噱，尤以"小卖"见长。"小卖"有"竹外一枝斜更好"之妙。他的白玉堂历来为广大书迷称道。张鉴庭天赋极好，他的音色天生苍劲激越，咬金嚼玉，力道足。还有严雪亭，他的"堂面书"堪称书坛一绝，开篇《一粒米》明白如话。朱雪琴的开篇《潇湘夜雨》将顶针、互文、迭音、叠字、谐音、对仗等多种修辞糅合，平中见奇，缠绵，悲凉，凄清。如此的审美效果，非高手不能做到。从形式上看这些名家的艺术虽有着差别，但艺术上那种内在秩序，那种把人间一切的热闹化作寂寥的气质，显然是密切联系的。在说唱中，古人的纯洁质朴、率性可爱，自然而然地流露出来，无法遮掩。从

　　苏州评弹是评话与弹词的合称，两者又俗
称为说书。评话是大书，弹词是小书。

开头石破天惊的热闹，到刹那清水凝止的安谧，这期间配合了演员均匀的呼吸，超绝的功力和一颗沉稳的心。安静是生命的力量，也是生命的艺术。苏州评弹，骨子里是安静的。听到动心处，大珠小珠落玉盘。

在苏州园林听苏州评弹，适宜。苏州园林的风格纷呈多姿，正好对应丰富多彩的评弹艺术，更何况评弹说噱弹唱一应俱全。我甚至相信，凭说书先生的本事，完全能把园林里的假山假水唱活。在网师园殿春簃宜听"周调"，月华满庭；在沧浪亭面水轩一带的复廊宜听"徐调"，曲折贯通；在留园清风池馆宜听"夏调"，花影摇曳；在拙政园海棠春坞宜听"丽调"，落红成阵；在狮子林的花篮厅宜听"严调"，莺声呖哝……我的联想而已。

院子里的阳光渐渐淡薄，起风了，罗袂生凉。我想起星期天与先生一起去水乡甪直，在临河茶馆听评弹的情景。别有情调。一张旧半桌，桌围红底黑字"敬亭遗风"。敬亭指的是明末清初的说书人柳敬亭，他操弦卖艺，借弹唱避世。一曲苍凉，他是流落江南的李龟年。"最是江南好风景，落花时节又逢君。"黄异庵先生，我眼中的李龟年。儒雅。诗、文、印俱佳。黄异庵是说《西厢》的名家，不卖弄，不庸俗，有才子气。待月《西厢》下，我惊艳。暗暗寻思：黄异庵一定读过金圣叹评点的《西厢》，反复琢磨和推敲，故而他的说唱细腻、雅致，这符合苏州评弹的文化品格和美学特征。其实，在书场和茶楼里说说唱唱的说书先生，即使书艺平平，也比一般人富于文化趣味。

从月洞门望出去，院子里假山石畔的双色山茶花，浓淡参差，娇艳旖旎，一对彩蝶在花丛中翩飞。

20世纪二三十年代的苏州，大街小巷、小镇水乡布满了书场。听众中各个阶层的人都有，也不乏一些文人雅士，他们对评弹的发展起着至关重要的作用。当时，张恨水的名著《啼笑因缘》流行。评弹名家赵稼秋、朱耀祥请陆澹庵编写弹词，另一对响档沈俭安、薛筱卿又请南社老人戚饭牛重编。陆本与戚本同时登台奏艺，各领风骚。此后，姚荫梅吸取陆、戚两本精华，不断充实锤炼，成为长篇弹词的经典之作。这样的评弹盛况我无缘见识，更无从体会。抬起头，我望了望高远的天空，有些寥落。放了张弹词CD，把音量增大，我坐在金鱼池边晒太阳听蒋云仙的《啼笑因缘》。蒋云仙是姚荫梅的高徒，书风活泼风趣。青出于蓝。还有盛小云、王瑾……花落春仍在，且化作春泥更护花。繁花似锦的新春与金黄丰硕的深秋遥遥相对，古韵悠然。

烟花三月我应同学之邀下扬州，我们去大明寺赏琼花，她的表姐同行。见面时，她笑眯眯地问我是否记得她，我点点头。多年前的春天，她特意从扬州赶来苏州评弹学校，师从邢晏春、邢晏芝兄妹学说《杨乃武与小白菜》。在简陋的学生宿舍，她与搭档合说《密室相会》一回。她起演小白菜，声情并茂，与平时简直判若两人，整个人连头发都熠熠发光，令人难忘。出寺，走在幽僻的小巷里，忽然传来叮咚的琵琶声，如此熟悉亲切。呆立，一股暖流涌上我的心头。苏州评弹是乡音，用清人张潮《幽梦影》中的一段话来说："山之光，水之声，月之色，花之香，文人之韵致，美人之姿态，皆无可名状，无可执着，真足以摄召魂梦，颠倒情思。"

白茫茫的树干，夜气流动。井台边吊水的小姑娘，穿着花裙子，她小小的身体在围墙边轻盈地摇摆，浓绿的影子长出评弹梦的翅膀。

下午，惠风和畅。我与先生静坐在桐芳巷的纱帽厅，听大书《英烈传》中的"胡大海手托千斤闸"一回，百听不厌。出书场后，意犹未尽，我对评弹的记忆回现。读大学时有个姓王的男同学，其貌不扬。一次班级联欢会上，他仅用一把扇子，绘声绘色，情态可掬，说活了胡大海。以至多年后偶遇，脑子里闪现的就是胡大海，他的名字反而叫不出了，一时有些尴尬。在石路的梅竹书苑，阴差阳错，我与先生又听了这回书，真过瘾。接着，我与单位同事一起上台彩排弹词《姑苏好风光》。为了此次表演，单位专门请经验丰富的评弹老师每天晚上来辅导，一个月速成。老师教得认真，体态、音律、念白以及唱腔都教，我学得很是辛苦。深深体会到，苏州评弹好听，难学。最后，除了一张穿着荷叶绿旗袍的演出剧照，我连评弹的皮毛都没学会。

晚清时评弹艺术理论家陆瑞廷对于评定话本艺术的高下，有过这样一段论述："画石五诀，瘦、皱、漏、透、丑也。不知大小书中亦有五诀，苟能透达此五字而实践之，则说书之技已超上乘矣。所谓五字者何？即理、味、趣、细、技五字也。"着实匠心独运。其中，我认为技最重要。"技者，则由经验阅历中得来，更无勉强之可能。古人云：绳锯木断，水滴石穿。言虽浅显，旨则深远。故说书而能运用神化，穿插得宜，始可得一技字。"技艺精纯才能游刃有余，出神入化，这是高妙境界。我想，天赋、才力、刻苦于技固然重要，但关键还在于度，含蓄，奔放，轻巧，高亢，幽默，平实，体验重于表现，收放自如；然过犹不及，又是表演大忌。

徐云志家的院子里栽了一棵白皮松，苍翠挺拔。不知何人所栽？我猜，是徐云志。徐云志学名燮贤，出身贫寒。从小喜欢评弹，常去书场听壁书[1]。他14岁投师夏莲生，16岁登台演出。为学好评弹，自己改名云志，立下凌云之志。白皮松高高地溢出院墙，我把这棵树看作徐云志与吴文化根源的象征。

旧的院落里，黄的弯月亮。远处路灯的光在浮动，我和先生坐在一棵婆娑的桂花树下，面对面。我从他的肩膀望出去，房子，围墙，路灯，黑。白皮松已然消失，院子里只有那说书人的影子。斑驳。"徐调"隔门隔窗传来，委婉柔绵。

注：1. 壁书，苏州俚语，站着听书之义。

端　午

明朝万历年间的申时行，他的故居位于苏州景德路，主厅春晖堂现为苏州中医药博物馆。幽暗的大厅里，陈列着各种中药器具，其间弥散着一股久远的药香。中药饮片包括各类药用植物的根、茎、枝、叶和果实，可以根据在入药时炮制的不同要求，分别使用碾药的铁船、铜质捣筒和青瓷研钵。一把当年老药铺的骨质小秤，刻度精确细微，专门用来称牛黄、麝香、犀黄、羚角粉这些细料质轻的贵重药物。还有用来量数药丸的红木数板，煎药用的砂锅和瓦罐。翻开先代贤医的医话、医案，总能找到吴地中医施仁示爱的情怀。时间大约要追溯到 20 世纪60 年代前，并以此上溯。

农历五月初五。端午。子夜，月宫里的玉兔犯困倾覆了药臼，药草翠羽般地坠落，遍撒凡尘。于是这一天，人间百草馥香。阴气消淡，阳气回升。在这个日子，诗人屈原含恨投江，但苏州的习俗是为了纪念建姑苏城最后被吴王夫差杀头的楚人伍子胥。

太阳探出头来，雾气渐渐飘散。清秀柔美的月芬穿着粉红碎花衬衫拎着篾青篮子出门，她纤瘦健康，步履轻快，急着赶去街市。待灿黄的太阳升高爬上屋顶时，月芬的篮子里除了新鲜的鱼肉和水灵的蔬菜外，还多带了一把香草。菖蒲和艾蒿，嫩嫩的，绿绿的，带着大地的芳香气息。月芬用红纸把它们绑成一束系上大蒜头，插在门上，用来辟邪。进屋后她先将剩下的香草叶洗净，然后把翠绿的枇杷叶，大张的桑叶，春茶采尽后的碧脚，缠绵的南瓜藤，柔细的金银花，还有墨绿的箬竹叶……放入大锅，加满水。大火烧开，氤出橙黄透明、香气扑鼻的草药水，倒在松木大盆，给小女儿青青洗澡。洗完后，月芬用手指蘸了蘸雄黄，点在女儿的额头上。又调好雄黄酒，在房前屋后，门窗墙壁，壁橱角落，水缸旁……遍洒，以祛辟毒虫。诸事停当。广播里弦索叮咚，说的正是苏州评弹《白蛇传》"端阳"选回。白娘子因为在端午喝了雄黄酒才现了原形，可见雄黄药性之强。

迈过后街自家药铺的门槛，新来的小学徒坐在柜台后面握着小锤认真地捣碎一堆三七，他身边的药锅微微冒着热气。觉出有人来了，"来买药么？"他低头随口问。月芬看着他，不作声。"还是来看病？"见没有回音，他抬起头。一看是师娘，用手挠了挠头，不好意思地笑了。这时，芝生从后堂挑帘出来。青青娇声喊道："爹爹！"芝生年纪轻轻，承继祖业。他天资敏悟，医术比他那只会背"十八反"和"十九畏"的书蠹头哥哥高明，人称"小先生"。月芬每日去药铺，打扫，煎药，整理，静声细气地关照。她还种了一院子的药草：茱萸、薄荷、甘草、车前子、金钱草、半边莲、益母草、野菊……五颜六色。"恨无闲地栽仙药，长傍人家看好花。"中午，芝生照例回家午睡片刻。躺在凉爽的桐荫里，他全身放松。月芬侧坐竹床，替他推拿。修长的手指在白皙的皮肤上上下、左右搓摆滚动，动作轻巧灵活。用的是"二龙戏珠"的手法。不一会儿，芝生便睡着了，发出轻微的鼾声。

"吱呀"一声推开临河木窗，月芬的手将白纨扇探至窗外，阳光清澄，一阵药艾的香气自河面袅袅升起。船家从水巷经过，篙下水波清扬。窗外爆竹炸响，鼓声隐隐，河埠头七彩龙船开始竞赛了。月芬抱着女儿去看龙船，人群拥挤。回来顺便去了趟学士街。学士街，旧名药市街。沿街的药材铺林立，上好的苏薄荷、苏芡实、绿梅花、枇杷花、陈皮、荷叶等四时药材琳琅满目。离此不远的观前街、阊门还有著名的中药店宁远堂、沐泰山、雷允上、童葆春。想了想，月芬进了雷允上，买了四五盒六神丸、行军散和人丹备用。

下午两点半。月芬走到门口张望，还是不见金花婆婆的人影，怅怅地站了半晌。金花婆婆是月芬的寄娘（干妈）。不多久，金花婆婆的声音远远地从前街传来，转眼她已踮着小脚走在门前的石拱桥上。一如往年，她拎来一大串新包的枕头棕，全用彩丝细细地缚着。月芬也早预备好回赠的香囊了，里面装着细辛、川芎、芩草和甘松。

坐在东厢房的藤椅里，金花婆婆慢慢喝着清香的碧螺春，她问月芬："囡囡阿出过痧子了？"月芬摇摇头，暗笑。她晓得金花婆婆又要说叶天士了，听得耳朵都起老茧了。金花婆婆的阿爹（爷爷）小时候出水痘，先请来巷子里水月庵通医术的尼姑妙慧，老尼姑看后，说还是去阊门外叶家弄请叶天士吧。真神了！七帖汤药煎服后，她阿爹痊愈了。全身皮肤光滑，连块疤都没留。再细看他开的药方，无非是八钱金银花、五钱连翘、四钱板蓝根、二钱紫草之类的草药。普普通通。叶天士最擅长治疗瘟病和痧痘，有《温热论》传世。踏雪无痕，扫叶迎客。这是民间趣事。其实叶家的堂号是眉寿堂。当时，与叶天士齐名的是比他小几岁的薛雪，开创了湿病学说，对养生有独特见解。金花婆婆话匣子打开了一时关不住，她瘪着嘴继续说道："侬阿爹去过薛雪位于南园俞家桥的家，亲眼看到庭院里养着几十只乌龟，薛雪仿效乌龟的气息吐纳，活到了 90 岁呢。"

说话间，邻居黑皮妈拿着一篮煮熟的鸡蛋推门进来，说是送给金花婆婆的。推让了一番，金花婆婆收下了。春天的妖风一刮一刮的，风婆子把黑皮妈的脸吹歪了，她的面瘫是月芬请来金花婆婆针灸好的。因为金花婆婆的婆家是小日晖桥尤家，针灸世家。她的进针手法是以左手中指重压穴位，右手指持针，以极小幅度捻转进针，指力柔中有刚。月芬在一旁看呆了。十次下来，黑皮妈的脸又活络泛红了。

傍晚，药铺提前打烊。芝生在附近的园子里与寒山寺的净空法师下围棋。老和尚棋艺高，年少时与名医曹沧洲是棋友，颇为熟识。曹沧洲是清末御医，替慈禧、光绪帝治过病。他有"三钱萝卜籽换了一个红顶子"的典故。世居阊门内西街的曹沧洲，已经七代在江南行医。民间有句俗语：医不三世，不服其药。可见医生的传承和经验是个宝。夕阳斜照，浓绿的枇杷树溢出南墙，似一幅残旧的南宋工笔画。芝生与净空悠闲地坐在亭子里，用金砖作棋盘对弈。他不由冥思：围棋方正的棋盘象征大地，纵横的直线象征大道；黑白棋子象征阴阳；满局星罗棋布，就像天空布满了星星。"人生一局棋"，有其独特的生命法则。而中药是大千世界里的一花一草，你呼我唤，相生相克。它们彼此之间的关系是微妙的，灵活多变，极难把握。人体的器官脉络穴位与天地日月星辰，连在一起共呼吸，通神通性。所以说一名合格的中医，最起码也要有大心志大胸怀才行。这个要求实在太高了。

翌年春天，柳絮像棉花一样在空中飘啊飘，青青的喉咙痒得咳呀咳，夜里有点喘不过气来。她得的是百日咳，雪梨炖冰糖倒是喜欢吃，还有川贝枇杷露，只是久治不愈。芝生不免心急火燎。端午那天，在去无锡求医回家的火车上，芝生夫妇遇到了一位老者，白须飘飘，慈眉善目。他看着月芬怀中的青青，唇红齿白，十分喜欢。月芬的眼睛碧清清的，蒙着一层泪雾。听着青青的咳嗽声，老者气定神闲地为她把脉，然后告知：现有急事出门，两天后可去吴江找他，并在纸上写下地址。这是一段始料未及的神遇。

两天后，芝生与月芬如约来到吴江同里，顺着蜿蜒的石板路，走进老者沿河的药铺。透着旧气的药铺阴阴暗暗，高高的榉木柜子，小小的白铜把手，无数的药材被分门别类装在精巧的百眼橱抽屉中。靠墙的壁橱里整齐地摆放着一只只青花瓷缸，像娇羞的村姑手拉手紧紧挨着。泛着微光的榉木长条桌上分摊着一张张蜜蜡味的牛皮纸，药工们眼睛看着处方，左手拿着小秤，右手不停地从抽屉里抓药。坐定后，老者为青青把脉，随后用毛笔开方子，字写得龙飞凤舞，不可羁勒。他在纸上写下苍耳、辛夷、地龙、佛耳草等几味草药煎服。三个疗程后，青青的百日咳根除。拿着药方，芝生苦想：这些草药他用过，按照"君、臣、佐、使"的安排也没错，为何疗效甚微？他到底未能悟出其中的玄机。但有一点他明白：自己遇到了一位神医。人具有一种神秘的感受力。与生俱来。一般来说，中医分为可传授和不可传授两个层面。不可传授的这部分产生了神医，有能够起死回生的扁鹊。中医的"望闻问切"诊疗法，是他独创。还有华佗。可传授的那部分则有名医和良医，耳熟能详的有孙思邈、李时珍和张仲景。可传授的部分不仅是中医药理脉象方法之类，还包括它独有的思维方式，它的心智和悟性。芝生与月芬商量后，决定留在同里跟老者学医，青青亲热地叫他"人参公公"。夏夜，繁星满天。瓜棚豆架下，人语轻微。絮讲着吕洞宾丹药济人、钟馗捉鬼和白娘子盗仙草的故事。

人参公公的书房，放满书籍，芸香盈室。初见时，芝生简直以为那些一排一排的书架会一直延伸下去。陈旧的书脊上有些书名模糊不清，它们多是自老者的曾祖父那一辈传下来的古籍善卷。他是名医徐灵胎的后人。徐灵胎为中药学"伤寒派"的重要代表人物，善良儒雅。博通经史，勤于著述，有《伤寒类方》《兰台轨范》《洄溪医案》等传世。清乾隆年间，二次应召入京。传说他临死当天，还与儿子从容谈论阴阳生死出入之理，并为自己撰写墓前对联：满山芳草仙人药，一径清风处士坟。人参公公越发老了，芝生便接替他坐堂出诊。晨光熹微的早晨，下着绵密的春雨。病急求医的小船匆匆靠岸，芝生一手拿伞，一手抱着装药的布包，急忙下船出诊，桨声鼓荡；漆黑的夜半，响起病家急促的扣门声。月芬替芝生添加棉衣，奔行在小巷深处，昏暗的灯笼，拖长的影子，在高墙上移动，伴着狗吠声……

人参公公家藏岐黄秘方，常亲自动手制作丸药，但不轻易示人。心灵手巧的月芬，得其真传，学会用四种花卉来制作丸药。它清热解毒，主治喘嗽等肺部疾患，也适用胃部调理。更神奇的是这四种花都用白色，遵从中医五行五色归经理论。一大早，朝霞涂着胭脂梳妆染红了天空，麻雀在杏花枝头"叽叽喳喳"地闹开了。月芬沿着鹅石小径疾步走向后院，草叶上的露珠沾湿了裤腿。她提了满满两桶清亮亮的井水，轻轻地哼着歌，浇花莳草。熏风徐来，篱笆边盛开的白牡丹，雍容似套曲。池塘里的白荷花，蜻蜓轻点，摇曳生姿。白芙蓉跳出了暗绿的竹影，把粉脸朝向太阳。还有假山边的白梅，携带阵阵幽香在月色中吐蕊。春夏秋冬，那些素洁的花卉列队而来，轻盈得仿佛照在水面上的光，琐碎的，细致的。一朵一朵的花儿，一颗一颗的丸药。坛坛罐罐。她真的成了"花里神仙"。

青青追着一只母鸡进了院子，她东走走，西看看。硕大的竹匾里晒着各种药材，熟地、麦门冬、车前子治白内障；藕节炭、乌贼骨、旱莲草用于妇人止血；还有黄花、土牛膝、龙葵，可治咽痛；山药、山茱萸、泽泻、茯苓、丹皮，滋补肝肾……手脚麻利的老药工在井边清洗木盆里带血的胎盘，青青捂着鼻子几乎蹦跳着进了厨房。她喜欢来厨房，终年飘荡着好闻的药香。立夏，太阳明晃晃的，闷热。青青坐在小板凳上捧着白瓷碗呷着青梢蛇汤，趁一旁喝粥的芝生不防备，她偷偷往碗里扔了一把薄荷，一碗绿莹莹的粥。清凉无比。立冬，天色灰沉沉的，阴冷。月芬在紫铜锅中熬制膏滋药，青青乖巧地在一边帮忙，递这递那。她对中医感兴趣。午后，草虫唧唧，寂无人声。青青蹲在树下看蚂蚁搬家，发现了一只透明的蝉蜕，有点兴奋。她悄悄溜进人参公公的书房，从一摞横放着的书籍里熟练地抽出那本《本草纲目》，发黄的书页，上面画着龙葵、山姜、狗尾草、牛扁，还有紫金藤。她靠着高大的书橱，一页一页地翻看着，津津有味。识得百草即成医家，中医的药典，几乎是一部植物志。中医的根脉深植于土地中，人关于山川大地的思辨和感知能力，以及它所包含的全部悟想和经验成果，成为永远挖掘不尽的宝藏。

谷雨过后没多久迎来了端午。天刚蒙蒙亮，公鸡啼叫，响亮。月芬起床，青青睡眼惺忪地跟在后面，她的辫子上戴着朵红榴花，艳艳的。小河边，山石间，树林里，月芬腰际挂着小竹篓，拨开繁密杂草，双手飞快地采摘各种药草的嫩头。清新潮润的青草气息，沁人心脾。引诱青青高唱："采采芣苢，薄言采之。采采芣苢，薄言有之。"这是《诗经·芣苢》。芣苢指车前子。《诗经》里有多首采药草的诗。回家时，暖暖的阳光洒满院落，黛瓦上攀爬的金银花东一簇，西一簇，开得金灿灿。月芬赶紧烧好一锅药草汤给小女儿洗澡，待要她穿上五毒肚兜时，青青扭捏着不肯，月芬说："乖孩子，穿上吧。这样，蛇虫百脚就不会近身了。"说着，月芬剥了只粽子，蘸了层白糖递给她。接着，在肚兜外又罩上一身崭新的连衣裙，青青甜滋滋地笑了。淌着汗月芬在蚊帐里薰苍术、白芷，然后走入厨房把竹篓里的药草一股脑儿倒入石臼一次捣烂，挤出绿幽幽的汁液。

再取些石灰，与汁液拌合，制成药饼，用来治疗毒疖。端午，俗世生活中如此繁忙、香氛、喜悦的一天。民间的中药节。

　　夜静人息，一轮圆月朗照。薄薄的雾霭，朦胧的水巷屋舍。推开窗户，河面上漂浮着渺渺的药香，桥畔的绿柳荫里泊着小船，微微风簇浪，船娘用细细的嗓音低唱："疏疏数点黄梅雨。殊方又逢重五。角黍包金，菖蒲泛玉，风物依然荆楚。衫裁艾虎。更钗袅朱符，臂缠红缕。扑粉香绵，唤风绫扇小窗午。"端午，悄无声息地隐伏在岁月深处。

访隐者不遇

　　仔细想来，我喜爱盆景，还是受父亲的影响多些。他是个风雅之人，琴棋书画，花鸟虫鱼都会摆弄，但样样不精。有一年初春，他兴致勃勃地搬回家两盆梅花，一红一白。娇艳，古朴。在我还未搞清盆栽与盆景的差别时，猝不及防，我见到了劈梅。没想到，它的价格如此之高：50元。相当于父亲的月工资。母亲坚决反对，她说得有理：盆景不能当饭吃。看着父亲踌躇不舍的神情，同样爱花的我拿出积攒多年的压岁钱连同弟弟的才凑齐买花的钱。母亲在一旁泼冷水：盆景难养的。果然，没多久，它们就香消玉殒了。为此，我心疼了好久。

　　苏州是一座隐逸之城，文人雅士们隐居在园林里，追慕陶渊明、嵇康、林逋，叠山理水，种花莳草，把自己内心的审美理想、人生价值、宇宙观，都包容在里面。在中国的传统文化中，向有花木移情之说。梅、兰、竹、菊被称为"四君子"，松、竹、梅被称为"岁寒三友"。它们幽雅、峭拔、孤傲，隐士多以其自况。至于盆景，乃是以自然界的山林佳境为蓝本对花木经过艺术加工缩制而成的。

　　苏州人赏玩盆景，有着得天独厚的条件。现成的太湖石，随处可见的崖岸嘉树，再加上深厚的文化底蕴。于是，一块山石附上一截树枝，另添一方紫砂盆，随意侍弄，便是苏派盆景了。闲来，我在皮市街花鸟市场逛悠，去得多了，悟出点门道。苏派盆景主要分两大类：一类是树桩盆景，苏派盆景的特点在这类盆景中表现最为突出；另一类是山石盆景，又分水石盆景与旱石盆景。我在几个盆景摊位前转悠，反复观赏，直至天黑，不愿离去。传统的苏派盆景制作，大都从小树开始培养，采用粗扎细剪的方法，并使其结顶自然，叶片呈"六台三托一顶"式。这与扬派、海派、岭南派等有明显不同。树桩盆景的现代制作是从东山、光福、木渎等郊外山上挖取野桩培养，造型依桩形而变异，主要有卧干式、枯峰式、垂枝式、劈干式、悬崖式、附石式、露根式、盘根式等，这是对岭南派"截干蓄枝"技法的借鉴。品种以榔榆、雀梅、三角枫、石榴、松、柏居多，枯干虬枝，苍老嶙峋。山石盆景常用的石材有斧劈石、昆石、太湖石、英石等。

翻开明代屠隆著写的《考槃余事》，其中《盆玩笺》一则中写道："盆景以几案可置者为佳，其次则列之庭榭中物也。"提出盆景制作以山水画家马远、郭熙、刘松年、盛子昭笔下古树作比的为上品。具体说道："更有一枝两三梗者，或栽三五窠，结为山林排匝，高下参差，更以透漏窈窕奇古石笋，安插得体，置诸庭中。对独本者，若坐岗陵之巅。与孤松盘桓。对双本者，似入松林深处，令人六月忘暑。"我偏爱树桩盆景，单干、双干、多干、丛林，燕瘦环肥，各显其秀。

起个早，我赶到皮市街史家巷，寻找花农的流动摊位。有看得中的盆景，在那里买格算。虽然造型略差，但可以修剪。

电线杆下坐着一位满脸皱纹的老妇，她面前摆放十多盆盆景，只三角枫、榔榆、雀梅三个品种。摊前围着一群人，评头论足。我蹲在地上，看了一会儿，挑了一盆三角枫，单干，老根裸露，售价仅 20 元。搬回家，换了个紫砂方盆，旧貌新颜。找了个红木几架，我把三角枫摆上，在客厅的桌子上，看看，矮了点，又移到卧室，还是不合适，最后将它放在书房，相称。我在读书写作之余，一抬头看到它欹斜的姿态，葱绿可爱。

盆景的历史资料我看得不多，只知道始于唐代。端详宋画《十八学士图》，画中的盆松，悬根出土，老本生鳞，长枝探出盆外，覆荫着小缶菖蒲。我感觉它是活色生香的。盆景与画理从来是相通的。传说元代高僧韫上人好入名山大川游，擅做些子（小的意思）景，取法自然，饶有画意。这使我产生一个离奇的想法，觉得上佳的盆景可能都藏匿在古寺深观里，清绝幽僻。日久天长，可得天地之精华。最近，重读《聊斋志异》，有新意。《香玉》篇中，那株长在崂山太清宫三官殿前的绝色白牡丹，高及屋檐，仙姿玉貌。让我浮想联翩。

每次，路过洞庭东山紫金庵，我都要进去游览一番。庵里有南宋雷潮夫妇雕塑的十六尊罗汉，精美绝伦。有一株数百年的古玉兰，上半截已断，干已枯朽，只有树皮尚有生机。每春开花十余朵，多为白色，夹杂紫色，大概是把玉兰和辛夷嫁接在一起的缘故。真是难得。还有两株枝叶婆娑粗壮的古金桂。初秋，我站立桂树下，金黄色的小花点点积聚，满缀枝头。很多的童年回忆随着桂花的馥香慢慢飘散。

童年时，父亲带我去光福香雪海赏梅，然后到司徒庙休憩。

庙里没有大雄宝殿，没有菩萨罗汉，也没有和尚居士，只有四株古柏。由隐居在此的东汉司徒邓禹手植，距今已有1900余年。清乾隆南巡命名"清、奇、古、怪"。清者，碧郁苍翠，挺拔清秀；奇者，主干折裂，斜枝新绿；古者，纹理纤绕，古朴苍劲；怪者，卧地三曲，状如蛟龙。大自然的鬼斧神工。天然丛林式树桩盆景。与之相比，浙江绍兴的东湖，美则美矣，终归是半天然水石盆景。

其实，在苏州，或者较远的常熟、吴江，行走在小巷，哪怕洞庭东西山的古村落，陆巷、明月湾、堂里，我总会在哪户人家的门墙上，发现一大丛攀爬出来的蔷薇花或金银花，好似娇俏的女子，在矮墙上探头探脑。于是，柴门半掩的小院，便陡然地雅致。甚至在乡村茅店，我都会见到一两个碧绿生青的盆景，稀松平常得很。

明清苏派盆景制作以虎丘山塘一带最盛，较大的盆景园圃有十余家。清代沈朝初《忆江南》云："苏州好，小树种山塘。半寸青松虬千古，一拳文石藓苔苍。盆里画潇湘。"有年暑假，我去虎丘。越过一丛带刺的灌木，顺着石板路沿河漫不经心地走，河两边被杂草深深淹没，几乎听不见水流声。突然闻着白兰花的香，迎面走来一个年轻农妇，挑着担，穿粉红衬衫，黝黑的长辫子甩在胸前，左耳发际边斜插一簇白兰花，映着她红润的脸。扁担两头的箩筐里，六月雪、银杏、瓜子黄杨和夏鹃桩，你拥我挤，郁郁葱葱。她与我擦肩而过。

节日的时候，适合读周瘦鹃的《盆栽趣味》。雨声淅沥的白天，细风吹灭樱花树叶的夜晚，还有秋虫初鸣的午后。这本书，

　　清者，碧郁苍翠，挺拔清秀；奇者，主干折裂，斜枝新绿；古者，纹理纤绕，古朴苍劲；怪者，卧地三曲，状如蛟龙。

装帧简单，是父亲早年托同事用铅字排版打印的。丰富的盆栽知识，轻松质朴的文笔。三生花草梦苏州。苏派盆景大师周瘦鹃，一个鸳鸯蝴蝶派的旧式文人，以大半生的稿酬积蓄购买了苏州王长河头的花园，因为在上海编过文艺刊物《紫罗兰》，所以他为这座花园起名"紫兰小筑"。他煞费苦心，搜求各种花树，在园中垒石为山，掘地为池，在山上砌梅屋，种梅树，在池中植莲荷，水畔筑轩，过着宁静恬淡的退隐生活。

初夏，我叩响了紫兰小筑的大门。一下子，春天仿佛从梦中醒来，身体复苏了，手脚灵活起来——这一天，有许多事要做，邻居在打扫院子。沙沙地，香樟老叶落了一地。早晨的太阳清澄明亮，穿过树叶斜照在园子里，闪烁耀眼。堂前廊下，周瘦鹃带着花工为盆景浇水、修叶、整枝、除虫、施肥。忙忙碌碌，陶醉其中。他制作盆景的一大特点：仿照古人的名画来做，别出心裁，妙手偶得。有明代唐寅的《蕉石图》、沈周的《鹤听琴图》、清代王原祁的《新蒲寿石图》……他精心制作和培育了五六百盆各式盆景、盆栽，风格清秀古雅。瓷瓶里插着铁骨红梅，十分妖娆。在白墙上，投下疏横的灰影。黯淡中，有些风情。周瘦鹃的女儿坐在我对面，娓娓叙述着父亲栽培盆景的点点细节，语调低缓沉痛。走到园子里，有一口青石井，我看井中。扑通的声响，他自沉井中。斯人已矣，怅然。我一个人站在那里，初夏的风徐徐吹过我的脸颊，带着温润的气息。春天原来已经过完了。黄昏时分天气燠热，庭院里有蜻蜓飞来飞去。天色隐隐发紫，西边天空却积起浓重的乌云，也许要下雨了。

我关注苏派盆景的发展，频繁在书店、网络上查阅资料。

得知，20世纪50年代末，与周瘦鹃共磋盆景艺术达20年之久的朱子安，对成型缓慢、造型呆板、矫揉造作的传统盆景制作技法进行了改革的尝试。通过以剪为主、以扎为辅的方式，使盆景枝叶形成馒头状圆片，而主干呈自然形状。可惜，朱子安也已作古。从皮市街盆景摊上我倒是频频能听到他的大名。万景山庄、拙政园、留园都存有他的诸多盆景佳作。

喜欢盆景的苏州人都去过位于虎丘山麓的万景山庄，我也去过多次。庄内假山瀑布，松林小溪；回廊曲径，错落有致。陈列大中型盆景500余盆，有圆柏"秦汉遗韵""巍然侣四皓"，有榆桩"龙湫""一枝呈秀"、大阪松"云蒸霞蔚"，还有被誉为"盆景王"的雀梅古桩"潇洒入画"。眼花缭乱。我不敢去整理思路，恐一思考，就来不及看了。

徜徉在虎丘塔下，山中的水声、树影、烟岚，美不胜收。我满脑子却都是关于盆景的想法。朱子安创作的雀梅盆景"潇洒入画"，姿态清奇，蟠扎粗枝，裸露盆面，37片叶片，亭亭似盖，苍翠欲滴。精巧，隽秀。我忍不住想上前轻轻抚摸它，呼唤它。我相信花木是有灵性的，说不定，在某个月白风清之夜，它幻化成人形，开口说话。但我知道，盆景娇贵，全靠人的呵护。朱子安深谙此道。他的代表作"秦汉遗韵"，一个盆景的传奇。非凡的气韵。看着它，我竟有些不知所措。这株圆柏树桩，树龄有500多年，桩高1.7米，下部主干枯朽，仅右侧剩余表皮有附生枝代替主干。桩干古拙虬朴，上部披绿挂翠。据说：它原为金城银行老板遗物，后赠给苏州公园，由于管理失善，日见萎落。1956年，经朱子安翻盆换土，精心养护，遂成秦松汉柏之态，植于明代的紫砂大红袍莲花盆内，几座是元制青石九狮礅。书法家费新我命名为"秦汉遗韵"，并写下"不向半天擎日月，却来片地撼风霜"的联语。今冬，大雪初霁。我在泰山岱庙仰观秦松汉柏，自然而然想到"秦汉遗韵"。我问候它，好久不见，不知近况如何？

去年，趁在上海出差之际，我专门去寻访孔志清遗迹。他与周瘦鹃交好，一起在上海展出过盆景，曾设花铺于常熟路。我看过郑逸梅的记述，对海派水石盆景专家孔志清颇为欣赏。他嗜酒成癖，找到石头后，细锤慢凿，使之符合"丑、皱、透、漏"的标准。竹苑篱落，他一手持酒壶，一手拿石头，揣摩。数天后，一石琢成，配置盆中，低缓起伏，有宋元人画意。我在常熟路走了半天，一无所获。但从孔志清的弟弟孔小瑜的博古盆景画中，我一窥他盆景风格的一鳞半爪，聊以自慰。

三月，游扬州。信步走进瘦西湖盆景园，蔚为壮观。其中，我对一盆桧柏盆景，一见钟情。它是明末遗物，原存于古刹天宁寺中。桩干高二尺，屈曲如虬龙，树皮仅余三分之一，苍龙翘首，头顶一片应用"一寸三弯"棕法将枝叶蟠扎而成的"云片"，针叶青翠，生气焕然，虽然曾经沧桑而无丝毫颓唐。我想，石涛、金农、郑板桥肯定为这些包括它在内的扬派盆景作过画。尔后，在画廊果然见到了郑板桥题画的《盆梅》。画中，两盆古朴自然的老桩梅花，横伸的花枝，曲折，参差错落。枯荣对比鲜明，表现出当时扬州盆梅的技艺水平。与此同时，清代苏州盆景专家胡焕章也擅长制作盆梅。他将山中老梅，截取根部，移植盆中，并用斧劈刀凿，使成古桩。萌枝生条，留两三枝，任其展开。始成。扬派的疙瘩梅，苏派的劈梅，都很美。我关心的是在制作培育时，要尽量减少人工斧痕之迹，营造山间溪边的原生环境，顺其天性，自由生长。这样，才不至成为龚自珍笔下的病梅。

苏州的中秋节，有几处赏月的地方，石湖是一处。我漫步在行春桥看石湖串月。月亮一会儿躲在云层里，一会儿出来。宋代诗人范成大隐居在石湖，自称石湖居士。其间，他写田园诗，制山石盆景，种梅花。范成大在《梅谱》的序里写道："余于石湖玉雪坡既有梅数百本，比年又于舍南买王氏傲舍七十楹，尽拆除之，治为范村，以其地三分之一与梅。"我想象梅花开时，诗人移榻园中，四周张以纱幔，月光把梅影印在纱幔上，朦朦胧胧，他在梅边吹笛。古人的精致生活。我去寻找范村，玉雪坡，还有梅林。渺无踪迹，不如归去。我小心地迈着步子，生怕踩碎了一地银色的月光。临近家门，我的眼睛渐渐迷乱。墙外，有一株罗汉松。靠着它的树干，我心里充满诗意。辛弃疾有词曰："昨夜松边醉倒，问松我醉如何。只疑松动要来扶，以手推松曰去。"我想辛弃疾遇到的或许是罗汉松，也或许是白皮松。它们有姿态，适合做盆景。这首词题目为"遣兴"。

下午，与父亲约好去文庙。文庙现在是有名的古玩市场。字画、家具、钱币、玉雕、瓷器、紫砂，赝品繁多。坐在碑廊台阶上，柳絮飞舞。我对父亲说：我想捡漏。一只紫砂古盆，最好是杨彭年的。杨凤年的也不错。用来养劈梅。父亲直接回答：想入非非。黄昏，有些疲惫，父亲带我去附近他朋友家。茶余饭后，他常提起这个朋友。他姓陆，会写诗，玩盆景有几十年了。

不巧，老陆出门了，他老婆在家。父亲称她陆师母。她客气地把我们请进门。小巧紧凑的庭院，山石、水池、半亭、花木，搭配得当，赏心悦目。开着繁密碎花的紫藤架下，大大小小的盆景，或悬或垂，或俯或仰，青葱，扶疏，甚是撩人。陆师母笑眯眯地为我们沏茶端点心。晚风习习，我依着栏杆赏绿绿的盆景，借着阴凉品嫩嫩的春茶，不经意间，得着了园林的真趣。告别时，夜色茫茫。我在河边顺手折了根嫩绿的杨柳枝，孩童似地跟在父亲身后，兴奋地晃着杨柳枝，在黑沉沉的星空底下。

自从迷上盆景后，每周六去皮市街成了惯例。偶尔也去光福、藏书的花木市场。我屡次向花农、盆景摊贩讨教。他们爽直热情，往往三言两语就道出了盆景栽培的要点。深为佩服。因此，我有幸认识了盆景植物四大家：金雀、黄杨、迎春、绒针柏；七贤：黄山松、缨络柏、榆、枫、冬青、银杏、雀梅；十八学士：梅、桃、虎刺、吉庆、枸杞、杜鹃、翠柏、木瓜、蜡梅、天竹、山茶、罗汉松、西府海棠、凤尾竹、紫薇、石榴、六月雪、栀子花；花草四雅：兰、菊、水仙、菖蒲。这当然是清代文人的戏谑之作。

风撼门扉，雪落姑苏。冬日，我经过名士范烟桥的故居。他是金松岑的学生，南社成员，当年与周瘦鹃、程小青合称"苏州三老"。到了临顿河温家岸的"邻雅旧宅"，墙内人声聒噪，我在门前踯躅不前，想来早已物是人非。"一角雅园风物旧，海红花发艳于庭。"读他的诗，我怀想20世纪二三十年代一些文人的生活。写书法、绘兰竹、品美食、玩盆景、唱昆曲，他们的日常起居，平淡，但回味之际却不稀薄，还很山高水长。到底不遇。

翩　翩

一

朋友从上海来，邀我去镇湖看苏绣。从苏州到镇湖开车半个多小时，一路上天高云淡，树木葱翠。我依恋的目光追随着这座太湖之滨的小村镇，几棵小树、一弯池塘、一座小山，都蕴涵着难以言说的妩媚。后面的一段路，春风拂面。远远的，望见俏丽的少女三三两两挎着竹篮婀娜地走在湖边，水灵如草，清秀如花。我猜，篮子里一定放着丝缎、绷架、苏针、花线。

镇湖是苏绣的主要发源地之一。记得我在中学住读时，看管女生宿舍的阿姨就是镇湖人。我走出走进时，瞥见她总在绣花。特别是她劈线的姿态灵巧，让我着迷，陷入遐思。寂静的黄昏，夕阳斜照雕花长窗。她坐在绣绷前，埋首，起针落针，收放自如。白缎上一朵一朵的杏花，粉红色，与窗外如云似霞的杏树呼应，媲美。凑近细看，清雅的质地，均密的针脚，水路（花瓣重叠、叶片交织、茎枝分歧时，露出一线空白的绣地，称为"水路"）清晰。洁净，稍不留神，便往妖媚里去了。

镇上的人，对刺绣的情谊缠绵。在绣品街的任何一个小店，绣绷随意可见。红花绿叶在白缎上闪闪发光，柔美恬静；旁边是细白瓷瓶，插着灼红玫瑰花。在中国刺绣艺术馆里，清丽的绣娘端坐水榭现场表演刺绣。桃花灼灼盛开，绚烂中自有一分优雅，兀自风流。年轻的讲解员引我们参观，了解苏绣的历史，观赏镇湖绣娘姚建萍、卢福英、姚惠芬、邹英姿的代表作。确实有迤逦的神仙画卷，叹为观止，而有的顶多是美的模仿。仔细分辨，还是能看到些许生硬的痕迹。但就是这些纤手中诞生的玫瑰花，农妇将它挂在帐幔间，孩子戴它在衣襟（香囊）上，文人雅士用它作扇坠，甚至枯萎了也被压在箱底。

镇湖看到的苏绣，只是个引子。在景德路的苏州刺绣研究所（设在苏州名园环秀山庄）内所见到的，才是丰富多彩，精美绝伦。任嘒闲的《齐白石像》、李娥英的《湘君》、周巽先的《竹叶熊猫》、顾文霞的《兰花》《花猫戏蚱蜢》、周爱珍的《林间百鸟》……这些苏绣大师的名字连同她们的绣品于我如此熟悉。当我与它们相对时，时光静静地流过去了。但是，在绣面上，一切依然鲜活明丽。我感受到大师们对山水草木、花鸟虫鱼的喜爱，对人世平和温暖的深爱。她们用色彩和丝线把内心的爱诚挚地记录下来。傍晚的稀薄的光穿过蔷薇花不开的庭院，穿过浓密的桂花树，照在墙上。《蛤蜊图》里的蛤蜊像青色碎瓷，面光的一半，莹润发亮，清冽如晨间露珠；背光的一半隐藏在暗淡中，低低如梦中呓语。我注视着沈寿的绣品，深情款款。我对苏绣的钟爱难以表达。

假山石边的银杏树骨瘦形销，残叶好像晚春的黄蝶，这里那里点缀着。在树下，我发现了一只小小的蝉蜕，薄薄的翅膀，淡黄色的。

沈寿继承传统并吸收日本绣法和西画、照片的明暗原理，注重物象的逼真和立体感，创"仿真绣"，也称"美术绣"。她在《雪宦绣谱》中自叙："我针法非有所受也，少而学焉，长而习焉，旧法而已。既悟绣以象物，物自有真，当放真。既见欧人铅油之画，本于摄影。影生于光，光有阴阳，当辨阴阳。潜神凝虑，以新意运旧法，渐有得。"梦笔生花的过程，也许在日本考察期间，已埋下颖悟的种子。灵动的心在一双纤巧之手的牵引下突破传统针法的桎梏，走得更远。《耶稣受难像》《意大利皇后爱丽娜像》《女优倍克像》使沈寿蜚声海外。她的学生金静芬，曾任苏州刺绣研究所所长，在继承运针绣艺的基础上，又有新创。

《雪宦绣谱》决定了苏绣的美学内涵与走向。传统女红的审美趣味是纤弱的，沈寿将西画人像、静物画引入刺绣，可说是中国刺绣观念变革的先行。不仅极大开拓了苏绣的技法，而且使它成为东方艺术的一部分。

坐在石桥上，清风徐来，缠绕着凉亭的紫藤叶子轻轻地摇曳。绷架的影子映在粉墙上，细细的，台阶在暗地里拉长。不一会儿，天下起了雨。我坐在窗前，看着雨中的樱花，柔弱的花瓣被打得渐渐低垂下去，像是剪碎了的绸缎，慢慢被雨水浸得湿透了，黏在枝头。

读大学时，过生日室友赠我一方丝帕，图案是蝶恋花。她偷偷绣了好久。海棠花瓣用的是正抢针，蝴蝶翅膀是反抢针。活灵活现。我爱不释手。室友是吴县甪直人，从小跟母亲学刺绣。她绣的双面绣，活泼泼的金鱼，毛茸茸的花猫，呼之欲出。

深夜的灯光下，我从抽屉里拿出丝帕，在手中摩挲。满树的海棠，开得悄无声息。片片花瓣，似蝴蝶纷飞，飘飘悠悠；又似少女的魂灵，小心、安静地铺满草地。

室友告诉我，她的母亲是苏绣大师任嘒闲的学生。由此，我想到了吕凤子。作为画坛一代宗师，吕凤子先生在丹阳创办正则女校，开设刺绣科，进行艺术探索。他的学生杨守玉吸收西画素描的笔触与油画色彩丰富的特点创造了线条长短交叉、色彩分层重叠的"乱针绣"。任嘒闲于1931年在正则女校学习苏绣后，完善了"乱针绣"技法，独创双面异色异样绣。"乱针绣"为苏绣艺术添光溢彩。

一弯凉月挂在树梢。池塘的四边草枝摇摇，金鱼的扇尾被水藻合上了，水面漂浮几片凋零的红叶。寒露过后，接下来就是深秋初冬了。

清朝画家陈玫，他的《月漫清游图》册以每月的气候变化为背景，描绘宫廷女子在庭院内外的游赏活动。我翻开其中的那幅"文阁刺绣"。11月初冬时分，阳光和煦，惠风和畅，贵妇们正在精心绣制、欣赏喜爱的画卷。这幅图景想来与露香园差不多。明朝松江士人顾名世，因家中女眷都精习绘事刺绣，遂有"露香园顾绣"。2007年春节，上海博物馆举办顾绣展。我专程赶往，一睹顾绣风采。

在刺绣技法上，顾名世的孙媳妇韩希孟充分吸取了宋朝以来闺阁绣的优秀传统，套针、缠针、滚针等多种绣法结合，娴熟于心，随时灵活施用。《韩希孟绣花卉虫鱼册》仿佛一幅幅宋人的花鸟画：笔细细的，墨枯枯的，平淡而又明洁。《藻虾》一幅，以青灰色线套针绣，每层中用反抢针，虾壳薄而透明；虾须细而灵动。《松鼠葡萄》配色精妙：馋嘴的小松鼠，入秋的葡萄叶深绿带黄边，还有蓝色的累累葡萄。我到底相信了韩希孟，她是个能把日子里的记忆、天空下的景象、摸得着的万物、思绪间的飞翔都绣得出来的女子。

中国传统的绣花手艺，柔性的生命之力源远流长。作为纯欣赏性的画绣，顾绣对"四大名绣"（苏绣、湘绣、粤绣、蜀绣）的影响显而易见，尤其对苏绣影响深远。

在白绣球花滚滚的平江路小巷拐弯处，新开了一家中式裁缝店。走进，衣架上挂着一件淡紫色素绉缎旗袍。左襟前绣着白梅，素洁雅致，引人注目。我也有过这样一件旗袍，新婚的嫁衣，现被我珍藏在衣橱里，每年夏天才取出晾晒一下。"独坐纱窗刺绣迟，紫荆花下啭黄鹂。欲知无限伤春意，尽在停针不语时。"刺绣在我的记忆里。

偶然看到徐姄的白描画《学刺绣》，感觉亲切。江南天气潮湿，粉墙结了壳，有时会鼓圆，仿佛蚕宝宝上山，吐丝结茧。暑假里，我和小伙伴们每人搬一把小竹椅，坐在天井里。阳光耀眼炽热，还是散坐在竹林边，阴凉些。我们拿的都是圆圆的手绷，轻轻松松。墙角边，开着一丛丛白色的、红色的凤仙花。把花掐了，染指甲。粉红灵巧的手指在白缎上穿针引线，特别好看。接下来，杏花、李花、梨花便悄悄地次第绽放，惟妙惟肖。民间学刺绣的大都从绣花卉入手。

我学刺绣最大的成就是给家里绣过一对墨绿色的枕套，白的荷花，黄的花蕊。密密的花蕊用的打子针，这种针法打出的花心一定要均匀、紧密，不能暴露绣地。夜晚，头靠绣花枕，听雨滴残荷。

一件好的苏绣艺术品是工艺性和艺术性的完美结合。图案的整体构思，做工的精细程度，色彩的处理方式，这些凝结的艺术效果成为鉴别苏绣工艺品和艺术品的重要标准。

前两年在北京出差，我顺道去工艺美术馆，偶遇《翩翩》。这幅双面绣华美传神，光彩夺目。《翩翩》绣稿由苏州刺绣设计家徐绍青设计。绣面以白孔雀为主体，红牡丹衬景。绣者运用一色白线十余个不同色级，接针、施针等针法表现层层覆盖的毛片，特别是毛丝的衔接与弯曲之处，产生丝绒特有的自然折射的光泽。白孔雀的每一根羽毛，仿佛都在风中拂动，饱满飘逸，富于质感，表现出针法的严谨与细腻。羽片丰润的白孔雀亭亭玉立于娇艳姿媚的红牡丹前，昂首向阳，全身放射出炫目的光芒，高贵典雅，仿佛白衣飘飘的仙女从云间翩然下凡。我在西双版纳的原始森林里看过白孔雀开屏，在舞台上看过杨丽萍的孔雀舞，但《翩翩》让我如痴如醉。一双纤手创造出的神奇，让我看到了苏绣的翩翩风采。

二

里尔克说："艺术品都是源于无穷的寂寞，没有比批评更难望其边际的了。只有爱能够理解它们，把住它们，认识它们的价值。——面对每个这样的说明、评论或导言，你要相信你自己和你的感觉；万一你错误了，你内在的生命自然的成长会慢

　　《翩翩》绣稿由苏州刺绣设计家徐绍青设计。绣面以白孔雀为主体，红牡丹衬景。

慢地随时使你认识你的错误，把你引到另外一条路上。让你的判断力静静地发展，发展跟每个进步一样，是深深地从内心出来，既不能强迫，也不能催促。一切都是时至才能产生。让每个印象与一种情感的萌芽在自身里、在暗中、在不能言说、不知不觉、个人理解所不能达到的地方完成。以深深的谦虚与忍耐去期待一个新的豁然贯通的时刻：这才是艺术地生活，无论是理解或创造，都一样。"

我觉得里尔克这段话，说的就是沈寿，概括了她整个的艺术生涯。沈寿是第一个把西方绘画融入东方绣艺的人，被清末著名学者俞樾喻为"针神"。

沈寿于 1874 年出生在苏州阊门海红坊，原名沈云芝，字雪君，号雪宦，因绣斋名"天香阁"，别号天香阁主人。自幼随父读书看画。受其姐沈立影响，7 岁捻针学艺，14 岁时绣名远播。后与浙江举人余觉成婚。1904 年，慈禧七十寿辰，沈寿绣成一堂八幅的《八仙上寿图》和三幅《无量寿佛图》，慈禧大加赞赏，称为绝世珍品，亲笔书写"福""寿"两字，分赠余觉夫妇。沈云芝从此更名"沈寿"。

走过越城桥到渔庄，一座粉墙黛瓦的庭院建筑，位于石湖东北渔家村。原名觉庵，又名石湖别墅，后改名"渔庄"。宋朝田园诗人范成大辞官后隐居在此。余觉建于 1932 年至 1934 年，故又称余庄。其时，沈寿已去世 10 年。有些失落。我一直以为，渔庄是沈寿的。

斜阳淡淡，我伫立渔庄，远眺上方山楞伽塔。行人稀少，湖水清得让人伤感。"福寿堂"后的庭院里，一株老石榴树，虬曲的树干已被白蚁蛀空，碧绿的枝叶间却跳动着朵朵灿红的火焰。她轻微的话语，隐没在流水的哗然中，犹如散碎迸溅的水珠。

我年少时，听上方山90岁的老尼姑讲她亲眼所见的沈寿，脑子里充满了想象。

沈寿对一花一草一树，都倾注情感。她爱大自然，天光云影，波澜不惊。恩恩怨怨，爱恨情仇，原本纠结，谁解得开？她爱优美、细腻、缓慢、抒情的刺绣艺术！海棠小鸟，湖石花猫，水藻金鱼，她将平实、华丽、多彩融为一体，知识的渴求与情感的韵致融为一体，不牵强，不乏味，不做作，真大家手笔。君子温润如玉。苏绣，也是温润如玉，华丽却不失法度，优美却不空洞。聪慧的沈寿独得苏绣之美。

这样的女子，注定孤独。生活是可以成为艺术的。我想，沈寿从小读诗看画，用丝线描绘各种诗境，却独独钟情那种虚渺幽清的，大概与个人的际遇心境相符。

她是内敛的。但在苏绣艺术的推陈出新中坚韧忍耐，从不失去自己的思考。她的爱、悲悯与谦逊，平淡自处，贯穿生命之始终。

让我惋惜的是，陪她走完人生最后一天的，不是余觉，是张謇。

在张謇的帮助下，沈寿的艺术实践得到了升华。豪爽慕才的张状元深恐绝艺失传，请沈寿讲述绣技，自己记录。病妇倚床口授，衰翁榻前笔录，这样的情景让我深深感动。张謇为《雪宧绣谱》作序说："无一字不自謇出，实无一语不自寿出也。"全书分绣备、绣引、绣针、绣要、绣品、绣德、绣节、绣通八项。从线与色的运用，刺绣的要点到艺人应有的品德修养，以至保健卫生，都有比较完整的阐述。让人欣慰的是，沈寿生前《雪宦绣谱》得以出版。我反复翻阅此书，感慨：世间难得有如此真诚质朴的刺绣心得。

初夏的骄阳，流淌的濠河，我在栏杆外踽踽独行。沈寿艺术馆建在南通女工传习所旧址上。穿过花木扶疏的院落，我站在门厅仰望沈寿半身塑像，面庞清秀，端庄大方。两盆清芬的兰花，映衬着她。从沈寿的生平照片和资料中，我得知，她不讲究穿戴，只是爱干净，常常把几件平平常常的衣服洗得干干净净，穿在身上，很与众不同。

沈寿在南通讲艺 8 年，孜孜不倦，身心交瘁。在教学中，她主张"外师造化"，培养学生仔细观察事物的能力。绣花卉，她摘一朵鲜花插在绷架上，一面看一面绣。绣人物，她要求把人的眼睛绣活，绣出人的精神。"色有定也，色之用无定。针法有定也，针法之用无定。"我对这句话体会颇深，它同样适用于其他的艺术创作。其后几十年，江南的刺绣高手，大多出自沈寿门下。

二楼的展厅陈列着沈寿、沈立和学生们的绣品，里面稍许渗出颓唐的气息，年华与才华就荡了开去。《耶稣受难像》这幅绣品，沈寿根据耶稣面部的肌肉纹理，决定丝理走向，灵活地运用了自创的虚实针与旋针。特别之处，还在于从任何角度观看，都不会因丝线反光而影响视线。如此精致周到的心思，试问人间有几个女子可及。

沈寿的黑白照：沉静。刺绣要的是心静。唐朝著名琴师董庭兰把他擅长的《胡笳》整改成琴曲，戎昱有诗《听杜山人弹胡笳》。诗中的杜山人，就是董庭兰的学生。沈寿的绣品在我看来是"琴声在音不在弦"。她绣的《马头》，有银子的光泽，闪亮，跳跃。幽雅的黄色绣地，白色的马头连着脖子，马的眼睛柔和、顺从，神采奕奕。"书有精神也，画有精神也，惟绣亦然。"我喜欢沈寿的《长眉罗汉》《神指罗汉》《执杖罗汉》《长袖罗汉》，清风道骨，超凡出尘，让我不由想到鸥鹭忘机的故事，它取材《列子》。有个渔翁在海上漫游，鸥鹭栖集在他的船上。有一次渔翁动了捉鸟念头，鸥鹭就高飞不下了。刺绣也是如此，不管用了多少针法，只要动了念头，总能被人看出。她绣出了乱世之中而能够坐怀不乱的一个人的品行、内心。

在展厅我看到了沈立绣的《观音大士像》，压抑不住内心的狂喜，我想我可以看到沈寿的《古观音》真迹了。它为观音第十九应身，乃一长者妇女形象，绣品根据明朝陈洪绶画本而绣，运针、配色皆有独到之处。却未看到，失望。直至游狼山，我还是耿耿于怀。在狼山东北麓的观音院，隔着一座曲桥，"赵绘沈绣之楼"矗立在眼前。张謇把杭州辨利院的观音像、南通女工传习所师生所制的观音绣像收藏楼中，还包括另外收集的石刻拓片和不同质地的观音雕像。藏品中以赵孟𫖯、赵雍父子所绘，沈立、沈寿姐妹所绣的观音像最为珍贵，故名。站在楼中，空荡荡的，我却已释然，人生本来就充满了遗憾。

1921 年 6 月 18 日，沈寿病逝于南通，终年 48 岁。她在弥留之际，依然"镜奁粉盝不去手，衾枕依倚之具，未尝乱尺寸，食饮汤药无纤污。……生平性好，兹谓贯彻始终焉"。月色中，沈寿（雕像）一袭长衫，静坐在濠河边的花丛中。她是美的，风度翩翩。

问了许多人，我才在南通花卉世博园里找到沈寿墓。张謇按照沈寿的遗愿把她安葬在马鞍山南麓，面向长江。墓门石额上镌刻着张謇的亲笔楷书：世界美术家吴县沈女士之墓阙。墓后立碑，碑的正面有张謇撰写的《世界美术家吴县沈女士灵表》。周围的芭蕉叶一动不动，一丝风都没有。我在墓前默拜，替仰慕她的苏州人默拜，我的心情堪比罗子浮。罗子浮是蒲松龄《聊斋》中的人物，贫病交加时遇到仙女翩翩。翩翩带他到仙人洞府，以身相许，又剪下芭蕉叶给他做衣服，瞬时变成绫罗绣衣。罗子浮牵挂人间，翩翩剪叶为驴，送他回家。后来罗子浮思念翩翩，偕儿探访，则黄叶满径，洞口路迷，零涕而返。

1914年沈寿41岁时到南通。在绣谱的最后一章，她说道："余自笄龄，昼夜有作。尝过夜分，炷灯代烛。"银针穿过薄如蝉翼的丝缎，发出"嗲嗲"的响声，清脆悦耳。我听到绣绷上弹起一滴少女热血。

拙政园、狮子林附近的旅游品商店也出售双面绣，每次经过，我不忍卒看。粗糙、媚俗，因为廉价、讨喜，外地游客喜欢。"如今世上雅风衰，若个深知此声好。世上爱筝不爱琴，则明此调难知音。"真正的苏绣艺术品曲高和寡。所谓"风雅颂"，清末刘熙载说："诗喻物情之微者，近'风'；明人治之大者，近'雅'；通天地鬼神之奥者，近'颂'。"沈寿的绣品，几乎是"颂"：惊天地，泣鬼神。一个艺术家用生命注解的清音，接近李白的两句诗："正声何微茫，哀怨起骚人。"沈寿不怨天尤人，她的境界是高尚的。"今朝促轸为君奏，不向俗流传此心。"艺术是正声之外的别调。

暗　香

一转眼，发现院子里的梅花，开得正好。苏州的晚冬初春，不经意在哪个园子，哪个墙角就能撞上，一阵惊喜。

水边或是篱落，一株两株梅花，疏疏淡淡，并不惹人注意，只有像我这样喜欢到处闲逛喜欢花鸟虫鱼的人才能遇见。这样的遇见，快乐无比。好像我与汪鸣峰先生。

洞庭东山、西山、光福，自古多梅，是苏州三大赏梅胜地。花事繁盛时，人们从四面八方赶来，人潮涌动。诗人范成大从前在石湖隐居，取的就是四周清寂，人迹稀少，唯有梅花幽冷独绝。这大抵也是书画家追求的环境吧。如此，汪鸣峰方能写下"水旁初月上，林下好风来"的篆书对联。

如今，只要天气晴爽，平江路照例人声鼎沸，熙闹异常。我常在有月亮的晚上去平江路散步，每次都是走过石拱桥穿过建新巷回家，汪鸣峰就住在巷子里，我过门不入，甚怕打扰他。但我是去过他家一次的。汪鸣峰先生一袭布衣，身瘦，眼亮，面带微笑，儒雅随和。他的夫人江小玲，长得清丽端庄，待客热情细致，仿佛一首温婉缠绵的宋词小令。他在砚台边思索良久，然后磨墨提笔凝神书写，江小玲见状忙放下手中家务，替他轻拉着宣纸，静默。多么浪漫温馨的情景呀。

雨后。建新巷的院子里梅花零落，其状如雪，片片点点，漂浮在檐沟里，青苔上。忽而，有三两只翠鸟飞来，栖落枝头，啼叫数声，又扑腾着翅膀飞走了。行走在这样的小巷，充满芬芳和遐想，即便茕茕独立，也是意味深长的。

"孤嶂秦碑在，荒城鲁殿余。"我想着汪鸣峰的草书《杜甫登兖州城楼诗》，体会他创作的心意与心情。出门游历在外，将一朵带着朝露的栀子花，一枝亲手攀折的梅花，与端正写下的书信放在一起寄出，江小玲收到就别有风情了。

张岱《西湖七月半》写看月之人，"身在月下而实不看月者"，也有"月亦看，看月者亦看，不看月者亦看，而实无一看者。"今天的赏梅人，也大多如此——手机相机成了"观看"的方式，咔嚓之后，急传微信朋友圈。梅花的风姿、神态、情状都没有好好欣赏，更别说领略它高洁的精神了。

周末，去上海博物馆观看吴湖帆鉴藏展，对梅影书屋收藏的南宋孤本《梅花喜神谱》二册，细细品阅。上卷，有蓓蕾四枝，小蕊十六枝，大蕊八枝，欲开八枝，大开十四枝；下卷，有烂漫二十八枝，欲谢十六枝，就实六枝。每图为一枝或两枝，一蕊或二蕊，每蕊各不同。不知怎的，看着看着，我就想到了汪鸣峰，从16岁拜师书法名家沙曼翁的那天起，想必"梅花香自苦寒来"这七个字就深刻在他心中了吧。

喜欢他刻的一方朱文印：养心。心情平和，开朗，遇事不烦不躁，平常对待就是养心。他刻章，从秦汉入手，后宗浙派，融合擅长的石鼓文书法，典雅蕴藉，风格稳健多变。我看他年轻时刻的印章，有几方刻得相当不错，但是过于着意，有些拘谨。四十多岁后,渐渐放开,以治汉印为主。

还喜欢他的一方白文印:日有喜。上下三字,气势贯通;章法上特别强调了"喜"字,占了一半空间。他在粗笔中故意留空,使全印在古朴厚重中,又具有空灵生动之姿。与吴昌硕的白文印"一月安东令"简直有异曲同工之妙。

喜悦是具体的、猝不及防的。除夕前,我与汪鸣峰聚餐。江小玲说起他去绍兴探访徐渭故居,回家后一夜无眠,他在想些什么呢?第二天一早,他草书《千字文》一气呵成,淋漓酣畅。我与朋友互相传阅,粗看之下,这幅作品墨色滋润,层次丰富,苍茫浑厚之气从纸上蓬勃而出。与传世的智永《真草千字文》相比,汪鸣峰明显有了超然的感悟。细看之下,这幅作品气势恣意、神采飞扬;线条舒展、婀娜多姿!各部分安排得好极了,妥帖极了。真不容易,四尺长的手卷从头到尾在一个力量上,不踟蹰,不衰竭!席间,他说话谦逊平和,一如往日,但还是掩饰不住内心的一份得意。这得意是由于"非不能出新意求变态也,然其意已逸于绳墨之外矣"。一洗完手,他感到有点累了,有点饿了。最好能吃一点甜甜的,一口咬满的,软软的点心,像黄天源的大方糕。

这也是汪鸣峰的喜悦。创作的喜悦。日有喜,日日有喜,何等快乐而崇高的境界!从中可以看出他对自己的严格要求。

《梅花喜神谱》由蓓蕾至结果,把梅花的各种形态,录制了一百幅图,七百五十多年前的时代,真是好!现在这时代,也好——《梅花喜神谱》这样的孤本,都可以看到。还能遇见汪鸣峰,那是只有在唐代《诗品》中才会出现的书法家。他酷爱司空图描绘的二十四种风格的诗歌意境，执意要刻一套《诗品》印谱，目前已完成了一小半。

　　傍晚，我走上石拱桥，寂静，满天流动灰云，滞落在黛瓦上；河对岸的平江路，承载大批的游客与行人的喧哗，完全是另一番风景。刚才电话向汪鸣峰先生拜年后，我问起他何时举办个人书法展？回答：快了，到六十岁。他谨记恩师沙曼翁当年的教诲。看来，我还要等待一个时间，等天气——下雪的日子，等院子里梅花盛开，暗香浮动。最是凭栏时。

疏　影

　　江南的冬天，不时下着微雨。走在小巷里，常常会见到一枝两枝梅花，点点簇簇，伸到墙外来，枝干细秀劲挺，花朵繁密俏媚，着实风情撩人，可堪入画。

　　天垂暮了，一个人去冬郊走走。在一幅淡得几不成墨的微雨寒村图上，三五人家散居的小村庄，门对长桥，窗临远阜，河岸泊一只乌篷小船，中间多是枝丫交错的树林；若在茅屋窗前再添上那么几枝梅花，我俨然看到了陈如冬的画。

　　提到雨，必然要想到雪："柴门闻犬吠，风雪夜归人"，是雪夜更深人静后的景况。"前村深雪里，昨夜一枝开"是到了第二天早晨，调皮的村童来报告梅花绽放了。作诗的诗人，也许不尽是江南人，但陈如冬是苏州人，我喜欢他描绘的江南雪景，《雪夜访戴图》《待雪图》有一种静默的力量。

　　我曾在范宽的《溪山行旅图》和《寒林雪景图》中遇到这样的静默，当下震撼。天地间存在着运动与宁静两种力量，出色的山水画家可以使静者动而不改其静，动者静而不失其动。在我心中，陈如冬的山水画是有古意的。

　　万籁俱寂，灯下有人在看寂寞的古画。他遇见了王原祁、沈周、董其昌、荆浩、展子虔、顾恺之。看画之际的出神，想着自己是松石，是远山，是流水。山令人幽，水令人远。古人叠石成山，筑地为池，把山水移入园林，朝夕相对，念的正是这份幽远。陈如冬的画室就设在拙政园。微雨的黄昏，我带着一篮鲜花去"牧云堂"，却发现他在画室里四季都有花可赏，白的杜鹃和红的石榴，黄的蕙兰和粉的海棠，全在如火如荼地盛开。画桌后的大片粉墙上，赫然有一枝苍老古拙的绿梅，枝条斜伸而下，另有一长枝粉梅取曲折向上之势。色泽淡雅，形神兼备。疏散的笔墨，萧萧数笔，陈如冬便画出了梅花的姿态、岑寂、孤傲。我伫立在画壁前，想象他作画时的情状与心态，那么随性，那么恣意，那么纵情。

雨打在荷叶上，突突响，像豆子掉在地板上，掉了一晚上。这么静的夜晚，我在翻看陈如冬的画册，看到半夜，觉得很有意思。不免想起那个微雨的黄昏，觉得多了个朋友。陈如冬话不多，说话的语气亲切平和。但他捕捉山水景物的笔触是具体、精确的，透露出他对现代人生存的关注和同情，也体现了绘画之于诗意生活无可替代的价值与意义。

我对他的《待僧图》一见如故，虽然不知所以然。还有《夜游赤壁》《江涵秋影》，单是春云浮空般的线条就让人飘飘欲仙。在他临摹过的山水画里，想必他是喜欢董其昌和王原祁的，因为一个字：正。南宗的风格，用现在的话讲是没有个性，但我偏偏喜欢。相比吴昌硕、齐白石，我更爱展子虔《游春图》和赵佶《五色鹦鹉图》，似乎画是古的好。

我不由猜想，陈如冬至今最怀念的，应该是小时候临摹古画的光阴吧。午后的阳光穿过天井，折进窗户，风吹动屋后高大的香樟树，远得像秋声。他流连宋元名迹，追求心手相应，在他笔下，江南的山山水水呈现出一种苍润洁净之美。山水因倪瓒而清幽，因龚贤而厚重，因文徵明而疏朗，因朱耷而残损，因石涛而灵秀。他一笔一笔临摹，母亲踩动缝纫机，声音断断续续……细想想，古代的花鸟画也是有光影的，沐在冬日光的瀑布里的，是王冕的《墨梅图》，题道："吾家洗砚池头树，个个花开淡墨痕。不要人夸好颜色，只留清气满乾坤。"屋外梅枝上，尚有些雪迹。原来古人很写实。

在西山的屋舍他挂了一块匾"听雪"，风雅极了。窗外就是太湖，倒映着远山和近树，羞涩、宁静，欲言又止。写生，其实是在幽深缥缈的真山真水间寻找画意，寻找"皴"法——雨点皴、披麻皴、卷云皴、斧劈皴、牛毛皴……陈如冬的山水画最妙的就是画出了那么一点的幽意与远意。

晨雾从浓到薄，渐渐地一缕缕褪去，村庄、河流、田野、树林，瞬间都裸露出来了。马低头在吃草，如云似霞的梅林，小船随波荡漾，山峦葱郁而绵延。我轻轻地走在他的画里，唯恐惊动昂首的梅花鹿，攀缘的灵猿，还有休憩的老虎……

在《枕草子》中读过这样的话："将非常长的菖蒲根，卷在书信里的人们，是很优雅的。"茶几上，窗台边，菖蒲小盆景、红木小如意、插着梅花的小瓷瓶，画家寻常把玩的这些东西，恰如他画的小景闲闲道来，又轻灵滑开，生出无限风光。没想到，他对绘事，对人生，竟能如此从容淡定。

他拿起一把短嘴紫砂壶喝了一口茶，然后挑出一支毛笔，蘸着颜料作画。不一会儿，两只碧绿的莲蓬便跃然纸上，煞是

色泽淡雅，形神兼备。疏散的笔墨，萧萧数笔，陈如冬便画出了梅花的姿态、岑寂、孤傲。

可爱。那时正值盛夏，天气闷热，梧桐树上，蝉声聒噪，我用手绢擦着额头的细汗。见状，他笑了笑，随即又画了一幅荷塘清趣的扇面，接过，仿佛有小风穿过荷叶徐徐吹来。

初春暮色，我徘徊在拙政园。门扉紧锁，他去西山了？院内院外，一片静寂。高高的楼台，朝南开着一排长长的木格玻璃窗，画家每天从那里眺望什么呢？他一定看到了清澈的河水，河上摇曳的月光。将典籍中闪耀群星的光芒投注于这个画家，可以从他身上发现一种坚持，一种传继。

下雪了，我的手一抖，挑下的梅枝猛地弹起来，窸窸窣窣碰掉半捧花瓣，身上也沾了几瓣。转过头，灯火明灭中，只有那片梅花画壁依旧千花万蕊，疏影横斜。我入了化境。

访玉雕者

一

有个朋友要买玉。于是，同事引我找到吕，她的徒弟早几年就从玉石雕刻厂出来自己做了，小有名气。初见吕时，她便得意地从颈间取下一块玉挂件。我第一次看见这样精美绝妙的白玉，巧（俏）色，一只褐色的洋嘎嘎（天牛）附在一片白菜叶上。栩栩如生的洋嘎嘎，连纤足上的绒毛都清晰可见。这是徒弟送给师父的生日礼物。构思巧妙，浑然天成。羊脂白玉，《本草纲目》中称之："洁如白猪膏，叩之鸣者。"玉雕者用其雕琢人物、鸟兽、花卉、草木、山水，皆为珍品。后来，我托吕买过他的两块玉牌。此间，我从来没见过玉雕者。他没有开店，他的家就是他的作坊，求玉者络绎不绝。他给我的感觉是神秘的。我走在小巷里，花窗、粉墙、石桥、水井，寻访玉雕者。他住在小巷深处，依水傍河。窄窄仄仄的巷子，隐现出一座僻静的尼姑庵。有男人，女人，不时从身旁走过，还有翩翩公子金贵升，这里流传着《玉蜻蜓》的故事。

在上海博物馆看过一次中国古代玉器展。琮、璧、璋、环、玦，皇帝贵族才能拥有佩戴。隔着衬衣用手轻摸胸口的玉，它是温润的。再次陪朋友去买玉，已是十年后了。打电话给吕，得知玉雕者声名远扬，已在一条不太热闹的街上开了一爿店。一路寻觅而去。推开门，进了店堂。架子上栖息着灰鹦鹉，双眼骨碌碌的。石缸里游弋着金鱼。旁边置放着一大盆兰草，绿意迎人。玻璃橱柜里的玉器，琳琅满目。籽料，山料，山流水。上面雕琢出如意、灵芝、蝙蝠、金蟾、松、竹、梅、鹤。花好月圆，福禄寿全。民间的题材，美好的期盼。岁末的黄昏，天色阴沉沉的。我走在小巷里，花窗、粉墙、石桥、水井，寻访玉雕者。我在店里坐了很久，见到了玉雕者。

玉雕者的妻子感念我对玉的情有独钟，从抽屉里拿出一件玉器来，是不轻易示人的物件。现在，传统题材的玉器都出自他的作坊，位于店堂的楼上，由他指导技工雕琢。他自己则是手不释卷，有了灵感才亲自动手。他雕琢的东坡居士、长眉罗汉，亦庄亦谐，颇具神韵。柔软的白绸巾一层层地打开了，是一块手把件。巧（俏）色。秋风萧瑟，芭蕉残黄。白润细腻的玉石背后刻着诗，还有玉雕者的边款印章。一幅生动的写意画。这些年，他的作品已从早前的繁复华美趋向尔今的简洁拙朴。我有买下它的冲动。把它放在手里摩挲了半天，恋恋不舍，最终放下。那天，去艺圃赏菊。走过东莱草堂，看到西墙一隅长着一丛芭蕉，枯黄。呆呆地站了好一会儿。那块美玉，可遇而不可求。

初春的晌午，我走在小巷里，花窗、粉墙、石桥、水井，寻访玉雕者。尼姑庵被拆迁了，人们吃饭聊天，半导体里播放着苏州评弹《玉蜻蜓》，说的是"庵堂认母"一回。我随着玉雕者的身影，踏入园子。假山、水榭、白皮松、海棠、杏、石笋。杏花烂漫，初阳淡抹，光影之美，难以言传；芭蕉油绿，浅画成图，蕉窗听雨，风雅幽静。还有回廊里的海棠花瓣，点点滴滴，惹得游人醉。他折转月洞门，枝头传来一声鸟鸣。我摸着胸前的玉，眼睛透亮：别有洞天。

玉雕者的心是宁静的，也是从容的。他晨起后用紫砂壶沏茶，给金鱼喂食，闻着兰草的幽香，听着鹦鹉的学舌，坐定身体，记下昨夜的梦。然后，悠悠地雕起玉来。

玉有五德：仁、义、智、洁、勇。玉雕者如是追求，求玉者门庭若市。

二

在苏州，玉雕是一门雅俗共赏的传统手艺。

花窗、粉墙、石桥、水井，小巷里的饮食男女，平淡而诗意地生活着：喝酒、品茗、唱曲、藏玉，他们享受着人生的乐趣。

玉雕者的家依水傍河，他从小巷深处慢慢走来。走进一片竹林，月光清寒。青翠茂密的竹子，风吹竹叶，竹叶上下交错，簌簌作响。声色俱全。他的摆件《竹》有石涛画竹的笔墨意韵。

他坐在藤椅里，手不释卷。有点魏晋名士的风度。看着他，我忽然觉得古人的生活真好，仿古人的生活也好。澄明的心境。我看见楚人卞和，双手捧着玉石，坚定地对楚厉王说：大王，这是一块宝玉。

一根根碧绿的兰叶劲挺、舒展，迎风摇曳……玉雕者雕琢的把件《碣石调幽兰》，雅致，像是信手拈来。褐红色的湖石旁，枝叶扶疏的兰草，抽枝吐蕊，清香浮动。虚虚实实间的绘影，空灵，幽寂。

　　《碣石调幽兰》，一阙传说与孔子有关的古琴曲。周游列国后的孔子，以内心怀才不遇的情感创作了这首琴曲。

　　然而，玉雕者是生逢其时的。从他的好婆在其颈间挂上一块祈福的古玉时，似乎便注定他今生要与玉结缘。我对他产生了一种探究之意：一个体弱多病、郁郁寡欢的孩子，他常常在清澈的小河边走动。

　　他的"水乡"牌让我感觉亲切，其中有种回忆。童年、小河、捣衣声、石桥、乌篷船、橹声，还有变幻的光与影。流水的孩子在阳光里做梦。

　　他的身上，有一种纯粹的天真。考取工艺美校后，他执拗地对父亲说，要从玉石雕刻班转到红木雕刻班，因为与他从小一起在巷子里长大的同学在红木雕刻班。于是，父亲向老师讲了他的要求，但他还是被留在了玉雕班。随遇而安。我看见楚人卞和，双手捧着玉石，坚定地对楚武王说：大王，这是一块宝玉。

　　玉雕者以炉火纯青的技艺把在阎王殿当差、夺人性命的黑白无常牢牢地攥在手里，泰然自若。黑无常翻眼睨视，白无常嘴巴紧闭，神态逼真生动。

　　他的手是生命，手艺内部的生命。它使玉雕不仅仅成为一门怀旧的手艺，而是蓬勃的，绵延的；细细的，涓涓流淌的小河。行到水穷处，坐看云起时。我看见楚人卞和，双手捧着玉石，哭于荆山下，泪尽而继之以血。他坚定地对楚文王说：大王，这是一块宝玉。文王使人剖解，果得宝玉，遂名之为"和氏璧"。

我坐在玉雕者的店堂里，气息宁静。鹦鹉，金鱼，兰草，这里是灵感与想象力的山水间。我向来喜欢魏碑"龙门二十品"，石窟书法艺术的精华，可望而不可即。相比之下，摆放在红木盒子里的玉，温润剔透，触手可及。龙、麒麟、凤凰、莲、银杏、人参，精雕细琢，巧夺天工。别是一番情境。

玉雕者是随和的，缄默的，但我还是窥见了他的敏感、缜密和细腻。构思时，他的心神放纵得很。那些玉器，图案精美脱俗，线条简洁凝练。我越看越喜欢，忍不住想起艺圃来。乳鱼亭，度香桥，延光阁，响月廊，还有假山，池塘。造园艺术在艺圃的体现是简单的，但有味道，仿佛自然天成。站在朝爽亭，隔着逶迤的云墙，看橙黄的枇杷。枇杷晚翠。苏州的玉文化里有一种品质，内敛成熟的品质，它接近黄金般的秋天。

《访玉雕者》发表后，有朋友问我，写的是不是苏州的玉雕大师杨曦？我莞尔一笑：你说是就是，不是就不是。美在似与不似之间。

三

端午，民间很小的节日。街头热闹，家家户户插菖蒲、包粽子。走在阊门的专诸巷，我想到：手艺虽是雕虫小技，同样给人欢乐与温暖。明代，在这里是可以凭手艺出人头地的。譬如玉雕。

粉墙斑驳的临河屋舍，小船泊在杨柳荫里，河埠头传来阵阵捣衣声。人们围坐在水井边闲谈：玉是锦衣玉食，可以相与出尘；玉也是粗茶淡饭，可以居家过日。

早晨，玉雕者和他的妻子坐在店堂里，不紧不慢地做着一天所必需的事情，意态安详。正常宁静的生活秩序。傍晚，他倚靠在藤椅里，托着紫砂壶喝茶。一杯连着一杯，旁若无人。

有位客人推门而入，一声不吭地买下了玉雕者的"马"牌，他确有一双相玉的慧眼。玉牌上的骏马，膘肥肌健，四蹄飞骧。既有着汉八刀的洗练，又深得唐韩幹画马的神韵。

出门的时候，他回望。风雪中，繁枝蜡梅，千花万蕊，疏影横斜。玉雕者雕琢的挂件《傲雪梅香》，清雅。寥寥几笔，风姿绰约。枝条潇洒劲拔，花朵迤逦百转。冷香，绝俗。

据传，明代苏州玉雕大师陆子冈擅作玉牌，一时风靡，称子冈牌。站在拱形石桥下，日光炫金耀彩。我看见陆子冈手拿一枝水仙玉簪，说道，书画不可无款，这玉难道便可无款吗？然后，他在花叶上郑重其事地刻上自己的名款。

玉雕者是见过子冈牌的，在玉雕厂工作时向文物商店借的。大气、自然、朴实内在的气质，成为绝响。现代玉雕技巧虽高于当时，但气质终究不如。他独立屋中，一扇雕花木窗，几本线装书，还有床和桌椅。"深林人不知，明月来相照。"一间寂静的屋子。在周围的暗淡中，一切声音都隐藏，唯独玉雕者的心袒露着，一颗充沛丰满的心。

夜色沉沉，身着玉带锦袍、乌皂幞巾的钟馗，行走在山路上。威严凶猛，目光炯炯，一股忧愤不平之气充溢于眉宇间。钟馗是玉雕者偏好的传统题材，寄托了他扫除妖孽为民祈福的美好愿望。灯火下，我看见陆子冈在刚雕完的喜鹊翅膀上不厌其烦地刻上自己的名款。

重叠的峰峦，茂密的松树，策杖的隐士，玉雕者的山子摆件线条圆深挺健，技艺精练娴熟，俨然沈周山水画的意境。其中，我尤为欣赏他的《鹤骨松姿》，清奇高古，与文彭的印章"琴罢倚松玩鹤"异曲同工。

专诸巷的附近就是艺圃。艺圃不大，却有味道。用袁宏道的话来说，"俱有林下风味"。我在假山石上坐下，看水面，疏朗幽远。从浴鸥的月洞门进入，芹庐、南斋、香草居，院墙一波三折，百看不厌。味道是种意会。艺圃的造园，沈周的绘画，苏州的玉雕都有一种味道，这种味道就是厚拙。

佛说，放下即自在。在玉雕者的手上，玉石犹如面团，几乎不假思索，便妙手天成。这件不久前雕琢的佛像挂件，面部慈祥端庄，坐姿安闲自得，超然尘世的美。对于仿制的赝品和获奖的褒美之词，玉雕者往往置之一笑。放下使他跨越了玉匠到大师这一步。细雨绵绵，我看见陆子冈在一只御制的玉壶水口中坚定不移地刻下自己的名款。宁为玉碎。

十年前，我喜欢上了玉雕者的作品。之后，我看看玩玩，有点喜新厌旧。待看完玉雕者的大部分作品，留在心里的，依旧还是摆件《洞天福地》和《水乡》牌。

魏晋名士，大多放浪形骸。抚琴吟唱的嵇康、醉眠邻妇侧的阮籍、莼鲈之思的张翰。真名士者自风流。玉雕者琢玉,异想天开,无拘无束,直如行外之人。在我眼中,他们一样的率真可爱。

夕阳斜照,粽叶的香在端午的河面上弥漫。和缓、清朗、平实的人间市井。手艺的黄昏。

吴歈兰薰

一

春夜，我走在幽暗的小巷。"沁兰厅"门口挂着两盏厚纸灯笼，洒着淡黄的光。院门黑漆沉沉，紧紧合闭。清白的高墙上，树影斑驳。突然闻到兰花的香，我几乎晕眩——这就是我要寻访的昆曲？

此时，小巷深处似有笛声断断续续地呜咽，我伫立谛听，那香那笛声却又渺无踪影了。我受着诱惑，不由自主地去靠近，去发现，去真切地感受。她就在那里，在高墙的里面。桐荫深处，传来委婉悠扬的水磨调。馥郁的香，让我迷醉。

推开院门，我望到阴绿的枇杷树，和阴绿之上的朱色栏杆。黄昏的拙政园，两个绿衣粉裳的娇俏女子流云般地飘过小飞虹。原来是化着浓妆准备上场表演的旦角。惊鸿一瞥，似曾相识。前两天，在园区科文中心我才看过白先勇改编的昆曲《牡丹亭》青春版，余音袅袅，记忆犹新。

眩目变幻的灯光，精细秀雅的服装，还有乱红飞舞的背景。沈丰英扮演的杜丽娘，美艳如花。脉脉含情的眼神，微微上翘的手指，水袖挥舞的身段……任她风情万种。细微清扬的乐声，千回百转的吟唱，仿佛迤逦的溪水自远而近缓缓流淌。"情不知所起，一往而深。生者可以死，死可以生。"我被带进了杜丽娘生生死死的爱情神话里。

之前，我曾听过张继青、华文漪版的《牡丹亭》，甚至梅兰芳的录音。我反复聆听，来找差异。对于我这个昆曲外行来说，其实听不出什么差异。若是说到华丽、丰富、婉转之美，大师们显然更胜一筹。但是沈丰英版的杜丽娘、俞玖林版的柳梦梅，以青春之身演绎怀春少女多情少年，味道恰好。登上香洲，有一股浓浓的、烂漫又极铅华的微风吹来，带着湿润的芳香气息。稍远处，杜鹃茶梅丛生。竹坞曲水间，满栽牡丹芍药，深红浅红一片，花瓣卷裹花瓣，此起彼伏。来自花萼的邀约让我深陷绮梦，几许缠绵。

闺阁小姐杜丽娘和丫鬟春香，在春光明媚的园林中自由自在，追蜂逐蝶，唱起了这段四百多年来脍炙人口传诵不衰的名段《皂罗袍》：

> 原来姹紫嫣红开遍，
>
> 似这般都付与断井颓垣，
>
> 良辰美景奈何天，
>
> 赏心乐事谁家院？
>
> 朝飞暮卷，
>
> 云霞翠轩，
>
> 雨丝风片，
>
> 烟波画船，

锦屏人忒看的这韶光贱！

　　我坐在拙政园的厅堂，听《游园惊梦》。窗外细雨迷蒙，浸润笛声箫音，低沉萦回。杜丽娘从半遮面的纨扇后抬起头来，美目顾盼。她的一颦一笑，柔媚入骨，仿佛宣纸上洇化的缠枝牡丹。她的纤美身影，娉娉袅袅，在六折屏风上摇曳生姿。朱鱼游窜，绿水波动，我听到了杜丽娘情窦初开的声音，伴着阵阵哀怨。戏曲艺术正始于这花般美景或伤春叹息。清婉的乐音，闲挂的珠帘，层层叠叠，我仿佛看到了南唐徐熙的《玉堂富贵图》，大朵的牡丹与玉兰、杜鹃、海棠纷杂，花蕊繁复，铺天盖地。转瞬间，杜丽娘如魅影般消失了。太湖石畔，芍药栏前，一缕芳魂葬在梅花树下，花影绰绰。

　　欧阳修名句："人生自是有情痴，此恨不关风与月。"

　　此二者，都在杜丽娘身上得到经典描画。她美丽、优雅、风骨天成，雍容华贵而又面目姣好。《牡丹亭》从闺阁女子入手，从美感入手，来表现至情主题，情节怪诞倒在其次。更奇的，是它的大量场景都有梦的味道，梦的颜色，梦的芳香。牡丹亭亭，含苞欲放，说着一春花事，但春色撩人中围绕一带伤情碧。《红楼梦》中有"憨湘云醉眠芍药裀"一回，我很喜欢。曹雪芹的创作是否受了《牡丹亭》的启发？

　　汤显祖的高明处，是把我们的目光定在花团锦簇的春色上，由空返色，由梦返梦。他带着我们步入虚无，又从虚无重返人世，一去一回，青春与爱恋的诸多画面精彩纷呈，浓缩了几多人生意蕴。

我想就此画下园林中姹紫嫣红的春景，画下杜丽娘酡红娇艳的容颜，画下所有甜蜜醇香的爱情。我看过关良、林风眠的戏剧人物画，但我还是喜欢樊少云的。樊少云精通昆曲，他的昆曲册页，以曲境入画，人物形神兼备，有古意。他笔下的杜丽娘符合我的想象。

《牡丹亭》，全名《牡丹亭还魂记》，也称《还魂梦》或《牡丹亭梦》，传奇剧本，二卷，五十五出，据明人小说《杜丽娘慕色还魂》而成，明代南曲的代表。《牡丹亭》以文词典丽著称，宾白饶有横趣，曲词兼北曲爽利劲拔与南词宛转圆软之长。

汤显祖一生有四部传奇（又称"临川四梦"）：《牡丹亭》《南柯记》《紫钗记》《邯郸记》，其中以《牡丹亭》最为著名。舞台上常演的有《闹学》《游园》《惊梦》《寻梦》《离魂》《拾画叫画》《还魂》几折。

我想，演《游园惊梦》的演员，如果心印园林意境的话，她的举手投足，就不是无源之水，演来就有底气、有灵气了。

曲与园，从来密不可分。昆曲中唱园林，园林里唱昆曲，近水远山皆有情，达到了曲园并茂、浑然一体的至高艺术境界。在初春的拙政园，我穿"柳阴路曲"，听悠婉昆曲。一株飘逸清芬的兰花，它消失或行将消失的姿影，渐渐浮现。

拙政园"卅六鸳鸯馆"原为补园"鸳鸯厅"，一座专为昆曲演唱而构建的建筑。园主张履谦与其孙张紫东，都雅好昆曲。该厅分南北两部，四角建有"暖亭"，可以供伶人换装；屋顶为"卷棚式"，在厅内唱曲，效果极好。与鸳鸯厅一池之隔，还有精美华丽的"留听阁"。当年，任张府昆曲教习的是有"江南曲圣"之称的俞粟庐先生，与其子俞振飞住在补园。雨声淅沥，栏杆倚处，俞粟庐先生在"留听阁"听"鸳鸯厅"家班的吟唱，清越悠扬的歌声从枯叶残荷间穿越。

昆曲在明朝嘉靖、万历年间，经魏良辅改进而繁盛，与其他剧种不同的是，它气质清雅，如空谷幽兰，故有"百戏之祖"之称。昆曲的音乐简称"曲牌体"。它所使用的曲牌，据近代曲学大师吴梅统计南曲曲牌有4000多个，北曲曲牌有1000多个，常用的仅200多个。流传的南曲曲牌如《游园》中的"步步娇""皂罗袍""好姐姐"等，北曲有"端正好""一枝花""集贤宾"等。宋元南戏和明清传奇以南曲为主，元杂剧都用北曲。昆曲在近代渐分为南昆与北昆。

在化妆间，描花的戏箱，精巧的道具，等待着演员粉墨登场的那一刻。

昆曲的舞台美，在于留白。留白中，有枯藤、茅亭；有草堂、远山；还有神秘的后花园，充斥香艳的私情，让观众不乏想象，得以把心神寄寓于舞台的无限空间而流连忘返。

"苏州的拍曲子，非常盛行，这些世家子弟，差不多都能哼几句。因为觉得这是风雅的事，甚至知书识字的闺阁中人，也有度曲的，像徐花农他们一家，人人都能唱曲的。"

这是报人包天笑说的。从前，苏州喜爱昆曲的人家很多。檀板轻轻拍，长笛缓缓吹，优雅的水磨昆曲缭绕飞扬。春暖花开之际，人们凑足分子，互相约好去对方家里唱，叫作同期，也算是举行曲会，大家轮流唱，一曲又一曲……

冬阳浅淡，我徘徊在中张家巷的苏州昆曲博物馆，遥想清朝苏州红极一时的昆班——全福班的演出盛况。里面有个戏楼，由戏台和东西厢看楼组成。戏台为歇山顶，檐下上额枋雕饰戏文、龙凤、花卉，斗拱木雕贴金。特别是戏台上的藻井，大红底色，镶黑泳金，顶壁花板雕刻精美，一座华贵富丽的戏楼。我寻见它时，修葺后的古戏台，飞檐翘角，朱廊雕栏，但是失去了俗世的快乐。一个注定无法与岁月抗衡的建筑，裸露在天地间，诉说着昆曲的兴与衰，生或死！

一直以来，园林里的士绅，是昆曲的高层消费者，是清工；而专业昆班，是昆曲的大众传播者，是戏工。昆曲衰落了，清工可以退回到厅堂中，在一方红氍毹上，低吟浅唱，聊以自娱；戏工却只能面对衰落带来的种种煎熬，苦苦支撑。

撑着伞，我走过杏花涧。水流无声，河畔的牡丹如一片漫漶的紫烟。回廊尽头，传来黄莺清脆悦耳的啼啭声。

高接云天的大树和郁郁葱葱的灌木，纷然杂陈。石桥边孤零零的一株兰花，出尘峭拔。我画兰花，不随意，仔细捉摸，它是传统文化衣带渐宽的叹息声里终不悔的笔姿墨态。

民国初年，苏州五亩园成立了昆曲传习所，培养出一批"传字辈"演员，顾传玠、周传瑛、朱传茗、沈传芷、姚传芗……尽管各人的际遇坎坷曲折，但是昆曲终得以传承。霏霏细雨飘落在"秫香馆"前的橘树上，我的心中有种暖意。

《牡丹亭》与《西厢记》《长生殿》《桃花扇》并称"中国四大古典戏剧"。文学艺术的自主，即审美的自主。我以为，《牡丹亭》是纤秾的牡丹花，《桃花扇》是淡薄的桃花，《长生殿》是丰姿的芍药，《西厢记》是芳郁的杜鹃。姹紫嫣红，各显其美。但它们在美学内涵上有一致性：如花美眷，逝水流年，代表了中国戏剧的成熟期。在四剧中我首推《牡丹亭》。对我来说，昆曲的内涵才是最重要的，质地、唱腔、流派未免琐碎，每个演员都可以通过自己对角色的理解来抒发内心的不同感受，即个性，把戏份做足。但是，针对戏曲表演，明朝冯梦龙也指出："歌者"必须识别调的宫商，音的清浊，不能"弄声随意""唇舌齿喉之无辨"。我现在听到的只是昆曲的余音，青春版《牡丹亭》的推陈出新无疑是在努力延迟昆曲的衰落。

站在海棠春坞，我品味昆曲的妙不可言。庭中的海棠被夕阳晒出了绚烂的红色，花枝乱颤，抚摩着粉墙。转眼，天黑了。灯火摇摇，我要上楼去。昆曲的那香那笛声随风飘浮，一层一层地升向高处，像雾气，虚无在月色中……

"香令人幽，酒令人远，石令人隽，琴令人寂；茶令人爽，竹令人冷，月令人孤，棋令人闲；杖令人轻，水令人空，雪令人旷，剑令人悲；蒲团令人枯，美人令人怜，僧令人淡，花令人韵；金石鼎彝令人古。"这是明人陈继儒《小窗幽记》中的话，我不曾深刻体会。走出拙政园，才如梦方醒。那一刻，我感到了昆曲的寂寞。

二

"不到园林，怎知春色如许？"昆曲向来曲高和寡，可是作为苏州人，不听昆曲，也就谈不上风雅。

明朝，作为地方曲种，昆曲很快沿运河走向北京，沿长江走向全国其他地方，成为当时影响最大的剧种。"一赞一回好，一字一声血，几令善歌人，唱杀虎丘月。"这是李渔的《虎丘千人石上听曲》。

我对昆曲的印象留有童年的记忆片段，模模糊糊。看过《十五贯》，记得"访鼠测字"的情节；看过王芳的《花魁记·醉归》，还记住了情节；连《桃花扇》也不例外。从《牡丹亭》开始我迷恋昆曲，由此，我想办法去了解俞振飞。

俞振飞出生于苏州，幼年丧母，他的昆曲启蒙是儿时啼哭不肯睡觉时，父亲轻声哼唱的昆曲《邯郸记》的一段《红绣鞋》。

俞振飞的父亲就是清末民国初年的苏州名士俞粟庐，俞粟庐擅长书法，酷爱昆曲，是昆曲"叶氏唱口"唯一的传人。

清朝，苏州人叶堂，用毕生精力写了一部《纳书楹曲谱》。所制剧目多为折子，只有少数几个戏的全谱。他在《西厢记全谱》序中说道："余少嗜音律，沉酣于此中者三十年，蓄元明以来院本传奇二百余种，往往搴取其尤，被之丝竹。独王实甫之《西厢》、施君美之《幽闺》、高则诚之《琵琶》、汤若士之《四梦》、洪昉思之《长生殿》，爱其工妙，制为全谱，间尝论之。"戏曲发展到明清，出现"折子戏"现象，这是戏曲发展史上的一个重要突破。经过折子戏的磨炼与锤打，昆曲成为一门歌舞合一、唱做并重的表演艺术。

昆曲有别于其他剧种，曲的地位和作用非常重要，有"无曲不成昆"之说，学曲叫"拍曲"，唱曲叫"度曲"。叶堂的曲谱，被称为"叶氏唱口"，公认的昆曲曲谱的标准。

我没想到，叶堂是名医叶天士的孙子。更没想到，叶堂还是神医徐灵胎的弟子。那么，他的昆曲传承来自谁呢？

按照俞粟庐的严格要求，俞振飞9岁进私塾学经史诗词，14岁拜师学画，并请了名家沈月泉、沈锡卿教戏。经史诗词是根本，书画唱曲是修养，倘若不是逢着乱世，吟诗作画唱曲是俞振飞该有的生活。

俞振飞继承了叶派的唱曲精髓，唱法讲究。他不仅仅是清唱家，还能够游刃有余地扮演各种角色，大小官生、巾生、雉尾生、穷生兼工。他擅长吹笛，能唱两百余出昆曲折子戏，对唱法、念白、咬字、用气、运嗓都造诣颇深。尤其在制谱、拍曲、度曲方面，更体现了叶派和俞派的传承关系。可惜，他生活在昆曲没落、京剧蓬勃的年代，父亲死后，为了安身立命，他接受京剧名旦程砚秋的邀请下海唱戏，成了角儿。自此，他将京、昆表演艺术融于一体，形成儒雅、清新、"书卷气"浓郁的独特风格。他本来就是一介书生。

在他之后，昆曲舞台上再没有和他一样有书卷气的小生了。我对他深为佩服，做公子时像公子，琴棋书画，样样精通；做演员时像演员，一招一式，得体到位。

而后，他又与梅兰芳合作，合演了《白蛇传》中的《断桥》，《牡丹亭》中的《游园惊梦》，轰动一时。我看过他与妻子著名京剧旦角言慧珠合演的《牡丹亭》剧照，男的俊朗，女的妩媚，执手相看间，眉目传情，配合默契。那一刻的他，想来像剧中的柳梦梅一样感受着爱情的甜美与芬芳。

昆曲中历来有女学《游园》、男学《琴挑》的说法。为了加深对俞振飞的了解，我通过在网上搜索，一次次欣赏他演的《玉簪记》中的《琴挑》，渐渐地，我听了进去。

经卷，木鱼，念珠，香火，释迦庄严，观音慈祥，寺庙的法事，放生的虫鱼……这是陈妙常晨钟暮鼓的佛门生活。月白风清之夜，她独坐抚琴，这段"懒画眉"道出她的心声。

> 粉墙花影自重重，
> 帘卷残荷水殿风。
> 抱琴弹向月明中，
> 愁情万千种。

同样，书生潘必正也为情苦。一大早，他在陈妙常的屋外伫立。

庭中玉兰初绽。

接下来的《秋江》一折，不用细听，就能体会他的心情。

落第才子挥泪而别。

这船上，伤心何止潘必正……

陈妙常在江边站立良久。试问东流水，别意谁短长？

我看见她的纤手在摇，欸乃一声，帆船驰入山水绿中了。面对昆曲，我们常常看到的只是表面。当能握住背后的那只手，哪怕轻轻地。那么，昆曲就能得到保护与弘扬了。所幸，俞振飞一生都没有松开那只手，他为昆曲甘守寂寞。

年少轻狂时，他沉迷女色，为此自责。但多年以来，他谨记父亲的教诲，不媚俗讨巧，不拿昆曲钓名利，始终以纯正心态来对待艺术。他成了大师。

我想，当一个演员被称为大师的时候，他对人类和世界的窥测和探究里，已经有了社会责任的成分。也许，这责任是他不自知的。《牡丹亭》中的柳梦梅、《玉簪记》中的潘必正、《长生殿》中的唐明皇、《太白醉写》中的李太白、《墙头马上》中的裴少俊……他演绎出了对生命无以言说的同情和忧伤，演绎出了人世间的凄凉和温暖，还演绎出了爱情的惊世骇俗和生死相许。在他那里，社会责任和他的艺术主张并不矛盾，那是他艺术主张的一部分，是他诚实的内心诉求。

他有《俞振飞艺术论集》《振飞曲谱》等著作，又整理出了《粟庐曲谱》。《粟庐曲谱》为工尺谱，收录昆曲著名折子29出，根据俞粟庐先生生前口授唱法加以校订。对于昆曲，俞振飞从来没有忘记自己的社会责任。他是昆曲传习所的倡导人和创办人之一，20世纪50年代后担任上海戏校校长，培养出一批至今仍活跃在舞台上的昆伶，如计镇华、梁谷音、岳美缇、蔡正仁等。在他的悉心传授下，《粟庐曲谱》上的小生曲子，岳美缇几乎拍遍，深得俞派唱法真传。

晚年的俞振飞曾回到故乡苏州重游拙政园，站在"卅六鸳鸯馆"中，凝视，沉思。花几上的盆兰，青葱，香如故。今日归来如昨梦。他说："我在这里演过戏。"他演的是什么？我想，一定有《游园惊梦》。

锦盒画页

——"吴门画派"之明四家

林泉高致

天气闷热。夏日的有竹居，天井里开着几枝素白的凤仙花。帘拢低垂，香烟袅袅，沈周卧眠榻上。耳边轻轻传来学生唐寅的款款言语：君子之所以爱夫山水者，其旨安在？

如同悄叩林壑间的柴扉，他睡眼惺忪，不作应答。一个云深不知处的隐士。推开窗棂，我与吴门画苑的一代宗师遥遥相望。

沈周长得清瘦，干净，飘逸。独立山冈，他看云看水。

看沈周的出身，我就知道，他是天生要画画的人。一生韬晦保身，拥有成为名画家所需要的种种元素：书香门第、生活无忧、才华出众、恬淡温和的性格以及诗文书画的广博才能。

晚风阵阵，宾客12人来到有竹居的后院，一场文人雅集唱酬的图景。越过一方荷香四溢的池塘，在葱翠错落的竹林旁边，亭子里一群赏花望月、品茶听泉的文人墨客。他们执手交谈，他们对坐吟咏，他们展卷作画，这就是明朝苏州文人的生活。所谓艺术，其实就是将生活的所有环节、全部趣味都纳入眼底。

沈周是个散漫而有名士气质的画家，平易近人。与他结交的人都说他随和，随和是另一种谦逊。我认为，只有一颗谦逊的心才能领略中国传统绘画的奥秘与乐趣。

《秋轩晤旧图》作于沈周58岁。一轮圆月高挂参天古柏的树梢，碎银般的月光洒落在溪河上，朦朦胧胧。水岸草庐中，沈周与老友陈世则挑灯叙旧。朔风萧萧，苇叶瑟瑟，如此的静谧与虚空。这幅四百多年前的画，纯粹而温情的情感碎片，让我变得柔软而细腻。

午后，沈周坐在桌前作画，微弱的日光斜射窗外芭蕉。草草几笔，他画了一河两岸。没多久，便搁笔起身了。唐寅蹑手蹑脚地走过去，观看。只见这幅《仿倪山水》，笔法简疏劲峭，墨色干淡柔润，俨然倪云林的创作。细看，意境相迥。我熟知倪云林，他每画山水，多置空亭。一座空亭，是山川灵气动荡的交点，也是林木精神聚积的处所。他的画体现出枯疏空寂的意境。沈周也画空亭，但我看见亭中有人。确切说，是他心中有人。他在亭中与朋友喝酒，说话。他的画充满了人世的平和怡悦之情。

傍晚，沈周从老师杜琼的住处延绿亭赶回。坐下，用绢帕微拭鬓角沁出的汗珠。师生畅谈，神会意解。他在纸上洒了几点淡墨……

北坨湖水北，杂树映朱阑。逶迤南川水，明灭青林端。

这是王维的辋川绝句。王维的山水画没有流传，我不可能看到，但此诗的情调，一如沈周的山水画。

王鏊从兄王涤之，隐居洞庭东山，名其居"蜇舟"。沈周为他作的《蜇舟图咏》册：娟娟群松，下有漪流。晴雪满汀，隔溪渔舟。唐司空图在《二十四诗品》中，把这类意境归纳为"清奇"，我颇为认同。

沈周经常游览吴中古迹和江浙名胜，因而他的山水画题材内容广泛。沈周的画既是对《林泉高致》的圆满表现，又是他的心境反映。君子之所以渴慕林泉者，正为此佳处故也。中秋之夜，他不是呼朋共赏石湖窜月，就是携友赶赴虎丘庙会。

张岱在《陶庵梦忆》中这样描绘虎丘中秋夜：自生公台、千人石、鹤涧、剑池、申文定祠，下至试剑石、一二山门，皆铺毡席地坐。登高望之，如雁落平沙，霞铺江上。

我经常去虎丘览胜，大都在冬天，春秋两季人实在太多。

大雪纷飞，有个披蓑戴笠老人，策杖穿过树林，踏着银白的雪来到虎丘塔下。寂寥的云岩禅寺，那堵空白的墙壁，犹如宽大的电影银幕，上映着荒野萧瑟的景色。

他提笔迅速画出一方石，几棵树，接着是峻峭的高山，潺动的流水，笔触是那么的疏淡、简远、稳重。中国山水画里的意到笔先。那份不动声色，那份磊落之气，几乎与当年的黄公望别无二致。

只是后来，随着清兵南下，明朝覆亡，那画，那墙，那寺庙，都在大火中消失了，仿佛突然中断的电影画面。

当枯木逢春，石头开花，一张画页成为传奇，人们便从那张古老的画页上，嗅出了旧年的芬芳。

记得《晋书·列传第五十》中记载一则故事，说王徽之居山阴时，雪夜初晴，见月光清朗，四周一片白茫茫。他独自饮酒，咏诗，忽然想起了好友戴逵。其时戴逵在剡溪，于是徽之夜乘小船往访。走了一夜，终于到戴家门口，但他"造门不前而返"。问其故，他回答："本乘兴而行，兴尽而返，何必见安道邪？"我在看《雪夜访戴图》时，想到了沈周，觉得他简直就是个魏晋人，旷达，潇洒。

我常想，一个人的情感、操守、趣味，对日常生活应该会有不易察觉的重大影响。那么，更别说是创作生活了。

沈周在有竹居里每天读书、弹琴、吟诗、作画，平静安详。他的画作里，丝毫看不见烦躁浮躁。朋友们和往常一样来喝酒清谈，青青竹林，散落着吴中诸贤的身影。他们尊敬沈周，喜欢他的书画，评头论足，但没有人恭维他是大画家。一切都是那么平实，欢畅。

粉墙上映出杏花烂漫的姿影，仿佛沈周晚年的花鸟画。大师的艺术都是烂漫的，童言无忌，赤子之心。一颗活跃、跳动而有韵律的心灵。只有承继这心灵，我们才能获得深衷的喜悦。这样想着，我便走在了林泉高致的山水间。

一个人的拙政园

归去来兮，田园将芜，胡不归！

这一年，57 岁的文徵明辞官南返，回到苏州。唐宋以来的文人极爱陶渊明，文徵明也不例外，做了三年翰林院待诏便归隐了。

停云馆是文徵明的居所，如今杳无痕迹。倒是他参与建造的古典园林拙政园，还留有他的些许花渍影痕。为此，我经常去园里走走。

园里文徵明手植的紫藤，盘根错节，已经生长了 400 多年。每到春天，开出一串串浓郁芳香的繁花，成了苏州园林的典故。

细雨迷蒙中，伫立波形廊。卅六鸳鸯馆下，鸳鸯拨掌青波。我想着趣味二字。拙政园的美就在于有趣味：虽为人作，宛自天开。

记不清，文徵明来拙政园多少次了；也看不清，他是怎么来的？从小径到见山楼，采菊东篱；从河道入香洲，寒江独钓；还有度曲桥坐留听阁，残荷听雨。说不出的洒脱与从容。

倚着远香堂的回廊栏杆，透过落地长窗，望雪香云蔚亭，宛如读画——当然是文徵明的画，银装素裹的《寒林晴雪图》。我不由遐思：大雪纷飞的早晨，文徵明邀三五知己，围坐亭中吟诗作画，其乐无穷。

走进远香堂，中间的圆桌上摆放一大盆白色沾红的杜鹃花，清微淡远，仿佛琴声一样。一阵凉风穿堂而过，桌上、凳上、青砖上，都是落花，我弯下腰拣了一朵，放在手心。

在精致典雅的拙政园，我捡到一朵伤感的落花。"临行为写吴枫冷，何日高踪再此经？"这是文徵明在《德孚赠别图》上题写的诗句。德孚即文徵明子文彭、文嘉的老师钱尚仁，文徵明与他相交至深，一朝惜别，依依难舍。画面上平坡寒林，萧瑟清寂。心境的反映。

文徵明作画，很少绘山重水复、境界幽邃的景色，以静谧

一阵凉风穿堂而过，桌上、凳上、青砖上，都是落花，我弯下腰拣了一朵，放在手心。

秀润为主调。因而，我一直困扰：这样一个画如其人的画家，在书法上为什么会取法黄庭坚，两人的性情实在大相径庭。

难得与谁同坐轩没人，小坐片刻。看水中的经幢，荷叶，还有悠游的锦鲤。景致平和，一点不喧闹。这是我想要的生活。

《句曲山房图卷》是文徵明的一幅青绿山水画，虽是为老友王暐所作，抑或不是他自己归隐生活的写照。山坳深处，茅屋数间。主人展卷赏画，童子站立侍奉。身在都市的人大多向往画中的句曲山房。

现在，文徵明的一幅画拍卖价格不菲，不少人关注起他来。这个明朝"吴门画派"的核心人物，长寿，晚年住在苏州玉磬山房。但留存苏州的画作很少，上海博物馆收藏他的作品较多。

在海棠春坞的闲庭中，踱步。我发现廊檐的影子带点苔绿，湿润，仿佛池水反射在漏窗下，很有看头。漏窗之间，我慢慢欣赏文徵明《拙政园图记》的刻石，笔触细腻。时间久了，感到口干舌燥，赶去秫香馆茶室。借着几竿青竹的荫凉，我品茶看画。

烟波浩渺，江流有声，一叶小舟，浮泛江上。江流到此，突然被一峭然石壁截断，其间长着茂密的丛树和草木。远处，青山绵延，峰峦叠嶂。这幅笔法工细、设色清丽的《赤壁赋图》，是文徵明89岁高龄时所作，精妍至极。那一刻，我感受到文徵明山水画的笔墨之妙了。

暮色沉沉，拙政园的春色黯淡起来。我站在浮翠阁里，看开花的木瓜树，花色淡雅；低头瞥见竹篱旁的红牡丹，娇柔浓艳。同样，文徵明的艺术表现形式丰富，一类是青绿和细笔山水，被称为"细文"。另有一类粗放简疏风格的山水，称为"粗文"。我想，文徵明脾气再好，也是位艺术家，作画时情绪难免不稳定。一会儿画得明洁清逸，一会儿又画得雄健豪放。也许，这才是大美：艺术不是一成不变，不是司空见惯，而是万变不离其宗。

梧竹幽居亭上有一副对联：爽借清风明借月，动观流水静观山。姑且把它当作是文徵明辞官南返后在拙政园笔墨生涯的一种写照。

我的家在离拙政园不远的小巷里，经常去园里走走，感觉它就像自己家似的。前两天，偶然读到袁殊的《拙政园记》，颇有同感，摘抄如下：

> 吾家附近之拙政园，为邑中名胜之一。余好其无狮林之俗艳，无惠荫花园之萧索，无留园之富贵气。园中亭树池木，皆疏朗有致，秀而不丽。抗战前，每年初夏，荷花将放，园丁设座售早茶。余贪其近，每日晨兴，必披衣夹书而往，向园丁索藤椅坐下，在晓色蒙蒙中，听蝉嘶，把清香，近午而归，习以为常。

这样的叙述中，迎来了拙政园的"荷花节"。池中的荷花开得娇艳粉嫩，娉娉袅袅一大片。小雨淅沥，游人稀少。我独坐荷风四面亭，看不到一个人。名气盛大的拙政园，自明朝王献臣建园开始，几易其主。才一会儿，导游便带着一大批游客进园了，浩浩荡荡。一位操着北方口音的老人站在曲桥上大声嚷嚷：这个就是文徵明的拙政园，名气很大，听说他经常在园子里画画。我想上去纠正解释一下，但转念一想，他说的没错。拙政园确实是文徵明一个人的园林。

人面桃花

春天的时候，我徘徊在桃花坞大街。心里有种异样的感觉，因为唐寅。没有发现一棵桃树，街道两旁种的是香樟。站在树下，我不止一次地产生幻觉：唐寅手持一把折扇，沿着幽长的石板路走来。他是英俊潇洒的，傲世不羁的。毕竟是江南第一风流才子呵！

唐寅，也叫唐伯虎。中国历代画家中，他的知名度最高，妇孺皆知。这在一定程度上，归功于苏州评弹《三笑》，说的就是民间流传的"唐伯虎点秋香"的故事。

唐寅是才气横溢的。他的"诗、书、画"在明朝被称为"三绝"。绘画上，唐寅擅长山水，又工画人物，尤其是精于仕女。画风纤柔委婉，清隽生动。书法源自赵孟頫一体，飘逸秀挺，功力深厚。

我在苏州博物馆见过他的行书《落花诗》，用笔圆转妍美，温柔敦厚。美呵！一朵朵摇曳生姿的桃花。风过处，落英缤纷，随波逐流。

他的老师沈周首唱《落花诗》，文徵明、徐祯卿、唐寅都有和作。沈周曾作《落花诗意图》，堪称一时风流盛事。这一年，唐寅35岁。他的三十首《落花诗》，每一首都是惜花悲秋，黯然伤情，更多的是对自己的身世之叹。

交错的河道，僻静的街巷，让他感到孤寂，博尔赫斯说有一种是"神的孤寂"，落魄的唐寅陷入了一种僧侣似的孤寂之中。他甚至害怕江南的黄梅雨季，一川烟草，满城风絮。

然而，苏州是他的家。到了这里，会试被诬身陷囹圄的伤口虽然刻骨铭心，照样可以不医而愈。那样的踌躇满志归于失意颓丧之后，唐解元不回苏州，又能去哪里呢？于是，他入住桃花庵，种桃树数亩。每天读读书，看看花，喝喝酒，画画画。伤，也就慢慢好了。

如此居所，在我看来，强于任何豪宅。且桃花是他手植，片片叶叶总关情。桃之夭夭，灼灼其华，桃花庵主过着逍遥自在的生活。

他嗜酒，嗜诗，还嗜美女——他画过《孟蜀宫妓图》《秋风纨扇图》《陶穀赠词图》《李端端落籍图》，她们柳眼樱唇，弱不禁风。他的运笔，时而线条细劲，设色妍丽；时而笔墨流动，挥洒自如。他的美女情结，凭借精湛画技得以在画中充分袒露。绘画之人的真性情呵！

他坐在院子里，痴痴地望着盛开的桃花。皎洁的桃花，花开花谢飞满天，很难说他的心头没有掠过李端端的倩影，她是温婉娴静的。高高挽起的发髻，凝眸静思的神态，还有素雅清爽的衣裙，他钟情于这样的女子。可惜，她们如同春天的桃花，芳华转瞬即逝。

唐寅的每一幅仕女画我都喜欢，尤其是那幅《李端端落籍图》。

春天的时候，我走在桃花坞大街，没有发现一棵桃树。不经意间，走进了桃花庵。破落的桃花庵，他的墨案已经打翻，水渍纵横，一地的废画，零乱的杯盏。他醉意阑珊，衣衫不整，蒙眬入睡。

有时，他独坐花下，望着幽冷的明月，一动不动。几度营造的山体和云气被晚风一吹，就什么也不见了。这样半醉半醒的生活。

江南的春天是静默的，山的余脉在这里隐入了太湖。虚空的时光里，我听见唐寅在高声吟咏《落花诗》："刹那断送十分春，富贵园林一洗贫。借问牧童应没酒，试尝梅子又生仁。若为软舞欺花旦，难保余香笑树神。料得青鞋携手伴，日高都做晏眠人。"

只是：人面不知何处去，桃花依旧笑春风。

画　魂

六月雨蒙蒙：
悄悄地一天晚上
明月透苍松。
　　——日本俳句大师蓼太

年少时，常跟着父亲闲游沧浪亭。在五百名贤祠，我找到过沈周、文徵明、唐寅，就是没有仇英。翻看史料，关于仇英的记载似乎过于简单了，竟无法核实他的准确生卒年月。

仇英又叫仇十洲，是个漆匠，但他偏偏爱上了绘画。

深秋的夕阳不暖，天边一片暗淡的红光，像一双大手，把整座苏州城都拢上了。收工后，仇英拖着疲惫的身躯，慢慢走进陌巷。临近家门，喊着女儿的名字，她欢快地答应着，穿过院子，朝他狂奔而来。

灯火灰暗。仇英把各式棕刷摊晾在春凳上，歇息了一会儿。然后，他将自己隔离在一片孤独之中。一双沾染着漆味的手，轻轻提起毛笔，在雪白的宣纸上泼洒。夜色深沉，他听着窗外风吹的声音，苦中作乐。

陌巷是个鱼龙混杂的地方。那里出过一两个三元及第的状元，都是书画名家。仇英不是名家，但是个勤奋的画家。

仇英因为师承周臣，与唐寅同门。虽然他的画一向被视为南宋院体一派，但是与唐寅、文徵明等人的关系，又使他流露出明显的文人画的笔墨情趣。我猜想，只是因为内涵学识的关系，早期的他才不敢轻易尝试"诗、书、画"三绝的文人画吧。但我肯定，在长期的绘画实践中，仇英是学习、仿制过文人画的。

仇英在仿古画方面，堪称一代巨匠，他一生绘制的巨幅长卷委实不少。一类是受人之托的巨幅长卷，如《子虚上林赋》《蕉阴结夏图》；二类是临摹之作，如摹《清明上河图》；三类是完全由他创作而成的，如《汉宫春晓图》《剑阁图》。

特别是摹《清明上河图》。就仇英个人的喜好来说，这一类的图画，想必是很符合他的口味的。在画卷中，他描绘了2000多个人物，安排在各个场景中活动。人物画的确是仇英的专长，学画之初，他便接触了许多人物画，学会了掌握人事的准确尺度，以及人物的衣饰、表情和细微神志的传达。我不知道仇英是从什么时候开始观察这些人物的，我甚至看不出来，他作画的源头力量来自哪里，或许生来就有？所以他可以对生活的残酷和命运的安排不在乎，只是一心钻研绘事。

观赏摹《清明上河图》时，随着画卷的移动，我好像在宋代沿汴梁河漫行，店铺林立，招牌高挂；士农工商，男女老少；还有不绝入耳的吆喝声、叫卖声。一片繁荣景象。其实，这是仇英的一幅以张择端原作为蓝本的再造之作。

看着刚完成的画，他酸楚一笑。一个来自等级森严社会的小人物，由于对绘画艺术的渴慕而学习……和其他吴门画家不同，仇英几乎从不在画中题写诗文，大多只写名款而已。他有着难以言说的苦衷？

仇英是沉默的，以沉默把持着内心重要的一些东西。他绘制的巨幅长卷作品，主要在其艺术的成熟期，中晚期的二十年里。如此短暂的时间，他居然留下了那么多的杰作，真是令人惊叹。说实话，我不是太喜欢他的摹《清明上河图》，但我仍然尊重他的辛苦劳动。摹《清明上河图》的气势，自然顺畅，一泻千里，怎么看都是营造出来的，而不是做出来的。这就是画匠与大师的区别。

吴门画派对于画坛是重要的，人们像喜欢苏州园林一样地喜欢他们。这时候的仇英，无疑已经是一个心智和毅力过人的名画家了。

一座山，一棵树，席地而坐的高士，倚琴休憩。仇英晚年之作。在这幅被历史流传下来的文人画《柳下眠琴图》前，我一次次地阅读和欣赏，我被画家内心的勇气、对绘画艺术的诚挚追求所打动，其中包括长年客居在项（项元汴）家、周（周臣）家观画临摹。仇英靠了自己的刻苦勤奋与不懈努力，完整地实现了他的艺术理想。

元宵节，他去逛街市。苏州长久以来都闹灯，玄妙观、山塘街、万年桥……除了最大的绸缎铺外，还有绣庄、茶叶铺、脂粉、糕团、中药的店铺，都悬挂了细绢宫灯，绘着梅兰竹菊，八仙过海。熙熙攘攘的人群，闪闪灼灼的花灯，星星点点，热热闹闹，胜似天堂。

回家的路上，夜黑如墨。他默默徘徊在陌巷，虽然周遭黑暗漫过来，他的身影在天地间陡地渺小，但是他攫住一个魂呢。画魂。

明月透苍松。一个漆匠，在中国绘画的史册里，留下了经典的一页。

隐隐约约

　　走进这座才买下的老宅，感觉气息宁静幽雅。人到中年，我的心境未免暮气沉沉。彼时来造园，合适。屋后绿色的树影隐隐约约。走近，看见原屋主栽种的一棵广玉兰，一棵石榴和一棵香樟，颇有山林之气。这是造园的基础。

　　我偏爱扬州何园的片石山房，高低错落的假山，虚实得体，据传石涛所作。"搜尽奇峰打草稿"，叠山与画山水相通，"笔墨当随时代"同样适用造园。亭台楼阁，山水草木，是园林的几个必要元素。现存的苏州古典园林大都是明清的，精美富丽，我独独钟情宋朝的沧浪亭，萧疏清淡。尽管是重修的，荡青漾绿，多少保留了宋朝山水画的意境。它虚的围墙是水做的，实的围墙又以水为漏窗，沿着河岸漫漫延伸。

　　把围墙砌得高一点，园林不论大小，总是一种隔阂。当代人或许比古人更能领略园林的美，也说不定呢。我对造园之理知之甚少，只是因为从小跟着父亲在园林游荡，天长日久，于叠山理水隐隐有些感觉罢了。仅有的理论知识大多来自刘敦桢的《苏州古典园林》。这本书是厚重的，内容精辟，图文并茂，是研究中国古典园林的经典著作。书中所拍摄的照片和测绘的图纸，极其珍贵。书分作"总论"和"实例"两大部分。"总论"又分文字部分和图版部分，有绪论、布局、理水、叠山、建筑、花木六大章节；"实例"也分文字部分和图版部分，举有十五个实例：拙政园、留园、狮子林、沧浪亭、网师园、怡园、耦园、艺圃、环秀山庄、拥翠山庄、鹤园、畅园、壶园、残粒园和王洗马巷七号某宅书房庭院。其中，位于庙堂巷内的壶园已成"纸上的园林"。对于壶园，刘敦桢是这样描绘的：门圆洞形，入门即为走廊，北通一厅，南接一轩，走廊中部有六角半亭一座。园以水池为中心，北、东两面厅廊临水而设，池岸低平。北面厅前平台挑临水池之上，六角亭临水而建，增加了水面的开阔度。园内不叠假山，仅在池周散置石峰若干，间植海棠、白皮松、蜡梅、天竹和竹丛等，掩映于水石亭廊之间。池上架桥两座，以沟通水池两岸，小桥低矮简朴，能与水池相称，唯铁制栏杆与全园风格不相协调。园西界墙高兀平板，故在上部开漏窗数方，再蔓以薜荔之类的藤萝，沿墙布置花坛、石峰和竹丛树木，形成较为活泼的画面。西北角厅前湖石花台与水池、小桥的结合也较别致。此园的面积仅约 300 平方米，但池水曲折多致，池上小桥及两岸树木湖石错落布置，白皮松斜出池面，空间富有层次变化，无论从南望北或从北望南，都有竹树翳邃的风景构图。小园用水池为主景者以此为佳例。刘敦桢用短短 300 多字，细致地描绘了壶园的景致，同时指出园中风格不协调的地方和值得借鉴之处，让我受益匪浅。

翻翻《园冶》，看看《说园》。我提起笔来，"大胆落墨，小心收拾"，画几张草图。我家园子前院窄仄，后院宽阔。倒是符合造园的基本手法：曲径通幽，先抑后扬。园林中的住宅是差不多的，有一定的营造法式。而花园大有变化，这一点很重要，因为要"因、借、体、宜"（计成语：园林巧于"因""借"，精在"体""宜"），说白了，就是要因地制宜。为此，我屡屡去到网师园。陈从周说"苏州网师园是公认为小园极则，所谓'小而精，以少胜多'"。它的特别在于结构的紧凑，又落落大方。这是其他园林所难以企及的。倚着竹外一枝轩的美人靠，看月到风来亭与射鸭廊、濯水缨阁与看松读画轩隔着一池碧水对景。过曲桥，入潭西渔隐。白皮松潇洒蓊郁，周围湖石溪壑萦回，清樾。殿春簃，欣赏芍药的小院落，里面有冷泉亭，亭中有灵璧石，泉水幽咽。我喜欢此园的典雅，美国人也喜欢，特地请苏州巧匠把殿春簃一部分照样搬到纽约大都会博物馆，称"明轩"。

对苏州古典园林中的景致我熟稔于心。穿过狮子林燕誉堂前院的"通幽"圆门，但见绿影斜洒，笋石高挺。隔着怡园透迤的云墙，高树低草，闲亭花阁，尽收眼底。还有留园的古木交柯花窗，步移景随，渐入佳境。在耦园的双照楼喝茶，可以听到窗外传来的悠扬橹歌。拙政园的小飞虹，一座朱栏跨水小桥，花光水影，远望胜于近游，雨中犹显水乡风韵。我想把它们全部搬回家，也知道，没有章法的拼凑堆砌只会显得累赘。怡园是美的，却有苏州古典园林集大成之嫌。其实，我一直心仪残粒园。它是苏州真正意义上的私家园林，与我的距离较为贴近。高二的寒假，我参加学校文学社组织的活动——探访画家吴牧木，他即是残粒园主人。残粒园以小著称，现存面积仅142平方米。如若不是亲见，我根本无法想象苏州造园艺术的高

　　　　　　　　　　　　　寻 芳 记

妙，它是精致、丰富、疏密有致的。一条曲径联结起洞门、湖石、假山、花树、石阶和半亭，葱郁芳香的花草，中心是一方池水，湖石环抱。池边的百年桂树，饶有姿态。园的西北角，依山墙叠起湖石，石上有半亭居高临下，名曰"栝苍亭"，可以俯视全园景色。园口处有一月洞门，上有"锦窠"二字。这确实是个繁花似锦的好园子，适宜读书作画。从那时起，我憧憬自己有一天能住在这种与平民生活融为一体的小巧园林里。据了解，至清朝末期，苏州城里有300多处私家园林，这种小园林占了大多数，它们的存在，形成了苏州成为园林之城的文化基础。

造园可不是一味地模仿，是艺术，以新还旧是创造。何况我还追求风景旧曾谙的效果，太不容易。"虽为人作，宛自天开"。人作之园，贵在自然，从根本上说，这也是人的本性之需求。造园的各种要素不如从名园借鉴，哪怕照搬照抄，但这只是皮相。内在呢？那些古典园林的主人当初造园，是为了"大隐隐于市"，园林实际成了琴棋书画这种隐逸文化的载体。为此，许多画家参与了园林的建造，譬如倪云林参与狮子林的建造，文徵明参与拙政园的建造。文徵明的侄子文伯仁在阊门内有一个五峰园，占地很小，五峰是指园子里的五块太湖石。五峰背后，紧贴着的是民居，一幢二层楼，窗台上搁着拖把，晾着衣裤，还有一把小葱种在破了的搪瓷脸盆里。五峰对着这背景，让我第一次看到了园林的烟火气。

记得小时候放学，喜欢聚到同学家做功课。住在小巷里的同学几乎每家有个庭院，大小不同而已。院子里有几棵芭蕉，数枝青竹，一块太湖石，我们围着石桌坐在凳子上写字算数。稍晚，同学的好婆会做点心给我们吃，有时是桂花糖芋艿，有时是酒酿小圆子，甜滋滋的，现在想来都觉得温馨。还记得我家从前有个邻居，他是粮管所的搬运工，孤身住在前院的西厢房。下班后不忙着烧饭做菜，先去照管蟹眼天井里他种的一盆菊花和一盆兰花。菊花栽在一把紫砂破茶壶中，只有一朵黄菊开在茶壶里；兰花则在一个破蟋蟀盆里抽枝吐叶，花开时清芬四溢。闲时，他会搬个小竹椅坐在花坛边，对着两盆花，喝酒，唱曲，怡然自得。每次看见他，父亲总说："这个人会过日子！"所以，从本质上说，平民与士人的造园目的是不同的，构想设计当然也就不同。省略了碑帖刻石，省略了花窗长廊，乃至池塘石桥，我愿和家人在绿树红花的小园子里过着诗意而世俗的生活。这是它的好处。

首先，我让匠人对房屋进行了整修，刷粉墙，换黛瓦。粉墙好看，黛瓦也好看。年代的长短，位置的阴阳，南北的朝向，树荫，花影，人家的气息，尽管粉墙都是白的，却白得千变万化。前不久，我又去了杭州、扬州、湖州，看过一些粉墙，比较起来，还是苏州的粉墙最虚幻。接着，在前院我以青色烧毛石替代了造园常用的仄砖及碎石铺地，既与住宅保持色调一致和谐，又为园子增添一点现代气息。说到园林的现代感，我喜欢贝聿铭设计的苏州博物馆新馆，有事没事常去园中逛逛。它的主庭院布置设计以水为"底色"，其间点缀树、竹、桥、亭，在疏密、大小、虚实、隐显中表现中国园林建筑的特有文化性格。尤其，贝聿铭"以粉壁为纸，以石为绘"（计成语）的创

　　　　　　　　　　　　　　　　　寻芳记

作手法摒弃了以往惯用的太湖石，而改用巨大的泰山石为原材料，再利用拙政园围墙转折变化的空间错落有致地堆砌而成。最后，才是关键的技术活：叠山理水。叠山，古称"掇山"。大抵都是"仿古人笔意"，"收之圆窗"却不一定要硬搬。假山堆叠无洞是死心眼，洞壑做作是没心眼。湖石假山的线条以竖为主，与黄石假山的堆叠相反，起脚难收顶易。叠山的，苏州人叫"花园子"。为我家叠山的是苏州香山古建的老师傅，话不多，叠山时最喜欢说"隐隐约约"。他是智慧的，深谙此理。环秀山庄是湖石叠山的杰作，登峰造极。其涧、其谷、其洞，咫尺山林浓缩了万壑千岩，峭拔高耸，陡崖壁立。其势其质，无可非议。可惜，名匠戈裕良的"勾连法"在我家园子无用武之地。但是，这位香山师傅堆叠的假山，还是有余味。虽没有峰回路转，却轮廓浑厚。大概是叠山者胸有丘壑的缘故。

闲庭信步。粉墙前，一块孤置的太湖石，单石（独峰），灰白色，上大下小，满布"弹子窝"。玲珑剔透，有险峻之美，像一朵飘浮的祥云。凑近一看，它的洞壑、纹理富于变化，变化中又求得均衡。太湖石以太湖水中为佳，但此石是旱石，取自安徽广德。太湖石凹凸不平，前后穿插着翠绿的南天竹与猩红的山茶花，点缀出晚唐诗的浓郁。左右两侧，深绿的麦冬草扶疏清秀，衬托着零星的太湖石，跌宕起伏，逶迤不尽。这座假山是滋润的，绘声绘色绘影，传统绘画里的笔墨之美占尽。我对太湖石最初最美的印象，得之于"瑞云峰"，它矗立在苏州十中的西花园，纤秀灵巧。冬天的太阳底下，我静静地坐在池塘边的蜡梅树下望着它，顾自出神。

初阳淡抹，门扉轻掩。西墙隅，几竿青竹抱着石笋，浑然毓秀。我爱太湖石向来胜于石笋，一个朝气蓬勃，一个郁郁寡欢。与之相对应，东墙隅植一棵老桂树，繁茂婆娑，绿叶间点点簇黄，我用手轻轻一摇，立时满陇桂雨。树下坐一青石井阑，厚朴。回过头，瞥见粉墙上映出婀娜多姿的红枫，看朱成碧。露台下的青花瓷缸里，金鱼游弋在碧绿的水藻间；摆在窗台上的雀梅盆景青葱嫩绿，有些疯长。我半蹲着精心修剪，再一瞧，造型秀雅清新，心情为之舒畅。园林与住宅的关系虽是偏和正的关系，但我以为，二者又是相辅相成的。由粉墙黛瓦的房屋组成的园景掺着树色的干湿浓淡，斑斑驳驳的红花白花，有着雨丝缠绵的感觉。水墨画一般，耐看。越过院墙，我仰望远处的灯火楼台，这是借景，好比在拙政园的中部可以望见北寺塔一样，收到小中见大的效果。

　　说到理水，刘敦桢将慕园作为理水的范例。我是去过慕园的，在富仁坊巷 72 号苏州电信局内。以假山水池为主要内容，辅之立峰、洞穴和古树。两座石桥，是点睛之笔。一座为花岗岩袖珍平桥，隐而不露凌空而架，切合幽深水际，构成濠濮之境。另一座是湖石三曲平桥，每曲各铺以三块并列的花岗岩条石。它迥异于别处园桥的独特性在于：不但桥墩不用块石，连桥栏也非铁（铁栏）非木（木栏）非石（雕凿石栏），而以自然形态的湖石，叠成与假山浑然一体的湖石桥栏和桥墩，"为苏地孤例"，让我至今难忘。计成是山石理池的始创者，他的方法是"选版薄山石理之，少得窍不能盛水"。考虑到面积小的因素，我没有在阶前石畔挖小池，而是在露台东侧廊柱后，利用日本的"枯山水"造园法，又叫"假山水"（受中国造园法的影响而产生）布景。掇叠前院几块剩余的湖石，错列；把制一堆白砾石（中国俗称"瓜子片"）铺地，在略有起伏的土坡上，以石灯笼、木栅栏、龟背竹、桃叶珊瑚、藤架、踏步石构成前院东中部的小景；在藤枝野蔓间，再置放古拙的牛耳石槽，以石磨蓄水环流替代手洗钵，高低参差，尽可能做到藏而不露。"何必丝与竹，山水有清音。"淙淙的流水——击破柱与门线条的枯索单调，反过来又使一院子的太湖石五彩缤纷，这就是造园的细节。我看它们彼此呼应得真好，显得从容大度：真山，假水，假山，真水。真真假假，山重水复。

转身，我提着一把拖泥带水的花锄走向后院去除草。在拙政园卅一景图中有条蔷薇径，名字香艳，令人遐想。鹅石小径边蔷薇丛生，初夏，蔓绕篱墙，花枝招展，娇俏可爱。眼前豁然开朗，后院的色彩明艳丰富，俨然一幅莫奈的印象派油画。一棵粗壮葱茏的香樟树，绿荫满地，砖石上苔痕斑斑，砖上的比石上的苔痕更重。细看，我发现植物的布置还是有些凌乱，又密了点。不过，不至于喧宾夺主。虬曲的石榴树，浓绿的枝叶间悬挂着可爱的果实。高大笔直的银杏树溢出屋顶，金黄的叶子在黛瓦上籁籁作响。抬起头，一只花喜鹊呆呆地落在待霜的柿子树上。一转眼，掠过树梢飞走了。

静坐屋内，许久。观南北长窗，绿肥红瘦，仿佛置身于耦园的城曲草堂。登楼俯视，后院景物一览无余。西北角两块元宝石横搁草地，背后藏着一片紫鹃；东北角空旷，别无长物，只露出一片茶梅。姹紫嫣红，也算对景吧。

还是留了一点空白。我透过窗户看云，看树，看花。暮雨潇潇，走廊里的灯笼晕黄，淡淡地洒着。帘栊低垂，桂影隐隐约约，隔墙似有笛声回荡。慢慢地，曲调由哀婉转向苍凉，白茫茫一片芦花，一只大雁弯颈穿过秋风，落在浅滩。待细听，笛声戛然而止，屋内静得连外面檐头滴水的声音都听得清清楚楚。也不知过了多久，笛声突然又响了起来，明快了些。熟悉动听的乐曲让我觉得安然而放松，快要睡着了。

我家园子面积约 150 平方米，虽不曲折深邃，却也疏朗宜人。徘徊其间，我动观流水静观山。有乐趣。邻居隔墙传话，赞我家园子小巧、精致，假山花木处理面面俱到。我听了，对他笑笑。心想，这恰恰违背了傅山关于"宁拙毋巧，宁丑毋媚，宁支离毋轻滑，宁真率毋安排"之说。尤其后院中规中矩，人工的斧痕明显。造园的困难正在于此。但不是"法无定法"吗？

坐在光滑的元宝石上，我想着童寯先生说过："今虽狐鼠穿屋，藓苔蔽路，而山池天然，丹青淡剥，反觉逸趣横生。"再一想，觉得苏轼的境界似乎更高。苏轼贬谪黄州，于山凹处得废园。大雪中，围墙垣筑"雪堂"。屋子简陋狭窄，清寒漏风。他潇洒挥毫，在四壁绘雪景，起居安乐自足，曰：真得其所居者也。因心造境，所以他能超然物外。寒来暑往，我修葺此园，以新还旧。不论精力、物力，均花费许多，但到底"何为新邪？何为旧邪？"我的感触倒是与金圣叹相似："本不欲造屋，偶得闲钱，试造一屋。自此日为始，需木，需石，需瓦，需砖，需灰，需钉，无晨无夕，不来聒于两耳。乃至罗雀掘鼠，无非为屋校计，而又都不得屋住，既已安之如命矣。忽然一日屋竟落成。刷墙扫地，糊窗挂画。一切匠作出门毕去，同人乃来分榻列坐。不亦快哉！"我可以看小花猫淘气地追着蝴蝶东跑西窜，鸽子在草地上啄食；看台阶前的红山茶开了，又谢了，葡萄如碧珠般挂满枝头；看紫藤结出长长的豆荚，还有小小的柿子，缀在青青的枝叶底下。时光似小河里的水，流去无声，每一天就这样平缓地过去了。

园林的灵魂在于静。老宅地处偏僻，一个人少的地方，从市中心的喧闹中逃逸来此不错。且有山有水，有酒有茶，有琴有歌，与谁同坐？清风明月，本无常主，闲者便是主人。

永生之石

一

电视里在介绍太湖三山岛，介绍三山岛上那片峻峭奇美的太湖石群。无端想起他了。尽管我并不想为他作传，但还是想要给他找一块布景，为行文方便。像给他拍照，我在他身后拉出布景。拉出——苏州十中 [1] 西花园。

话本上有面如傅粉的句子，形容他实在合适。初次相见，就是在十中西花园。一见面，颇觉投缘。不料，狂风大作，周遭一片黑沉，杨树榆树陷落在阴暗中，那些旧时代的字碑与瑞云峰全都影影绰绰。高大的银杏树在风中簌簌作响，黄叶纷纷下落，如同上天的昭示。四面空寂，只有我和他。我呆坐静听，汗毛竖立；他衣袂飞扬，泰然自若。在他的身体周围，散发出一种典雅的世俗与高贵的没落气息。我想如果是在《春夜宴桃李园图》上见到他，也不会是一件奇怪的事。盘桓手中热白果的滋味，咬壳，剥衣，吃仁，透明的果仁如琥珀留在素笺的柔肤之上。后来读到他的诗文，仿佛纱罩护住的红烛，暖暖，冷冷。瑞云峰如荷花一样水灵灵地高挺在水面上，而面如傅粉的文气，如蝶翅般慢慢打开。翩跹。

《云林石谱》我读过两遍，极想从那一块块石头中探得一点古代的春消息，惜云雾浓重，不识真面目。那一天我去留园，见到冠云峰，脑子里没来由地跳出荷花婷婷的端庄样子来。后来我在十中西花园见到瑞云峰，如遇故人。

瑞云峰：烟雨蒙蒙，春色凄美。

我读石谱，第一想到这是中国第一部论石专著。第二体会了宋代文人赏石之风雅。第三是在脑子里有段故事，或场景：一座昏黄的园子里，一老一少坐在瑞云峰前，喝着香茗，无话不谈。也就是这段话，使石谱真正具有交谈的私密空间。这一老一少坐在椅子上，园子里有两三棵粗壮的银杏。正是深秋，一天落叶，满地金箔。无视。我像葬花人一样只管把老人的片言只语扫进篓中，埋入泥土，时过六十余年示以世人——时间使这块太湖石有了价值。它给了我幻想，仿佛她能回去——回到那座古老的园子，听叶落纷纷，听石遗片片。

二

太湖石片，绕着一座破落荒凉的园子，神散意闲地散步，转着圈。脚下的野草伏倒又弹起，时光在窗户上暗了又亮。

在朝霞之下，读书人担水回来了。两只水桶里分别装着河水与井水。他种了一院子的花，其实是他的新婚妻子种的：篱笆边是蔷薇、玫瑰，阶前是牡丹、芍药，院中是一架紫藤，临窗是娇嫩的海棠。清风徐来，牡丹似妩媚的莺莺，蔷薇如活泼的红娘。瑞云峰上攀缘着盛放的凌霄，有一只黑猫卧在底下，多了份鲜鲜的神秘。屏风后面，她读着远去京城赶考的兄长的来信。屏风上画着荷花，大朵大朵的荷花，层层裹卷：像捧着锦盒，锦盒里装着瑞云峰的前世、今生和传奇。太湖石片从灰土与红尘中跃起，这座宋徽宗花石纲遗物"小谢姑"来自太湖，运送途中，沉入湖底，后被打捞，辗转从苏州横泾的陈家到湖州南浔的董家，直至阊门徐家的东园[2]。园主死后，亭台已经颓废，池塘早就干涸，瑞云峰摇摇欲坠。

那些节气，那些花草，一个挨着一个排列，来了又去，去了又来，葳蕤不息，在她心底兀自开落，衰了又荣，繁华萧瑟，一年，又一年。她便是靠了这些念想度过一个又一个静美夜晚——瑞云峰发出的星光都来护佑：海棠、牡丹、蔷薇、山茶、玫瑰……合上书页，她很远就听见了读书人熟悉的脚步声。拜堂成亲那晚，她久坐临水的阁子，调皮又羞涩地掀起红盖头一角，却没有看到作为新郎的读书人，只见后院角落一只黑猫闪着两簇幽光，她的心一阵狂跳。阁中的灯烛映在阁下的水面波光，一池荷花仿佛仙子一般，凌波而舞，她满心喜悦优游于睡眠的水中。初春，桥头担水的读书人，看着激流中的小鱼，想着墙头杏花怒放，情思绵绵。若是并蒂莲能开在今夏，也是多年夙愿。昔日的情种或善根罢了。

太湖石片绕着园子散步，渐渐地，园子消失了，在空地上，出现一座太湖石峰的形状。峻峭、清奇、妍秀。宛如一朵盛开的荷花，又似一个亭亭玉立的少女，秀颜粉颈。粉颈为了眺望，眺望河岸边读书人归来的身影，还有另外的太湖石片……归来，它们手拉手，抱缺、补残、搭出一座瑞云峰。它是山，也是水，

　　　　　　　　　　　　　　　　寻 芳 记

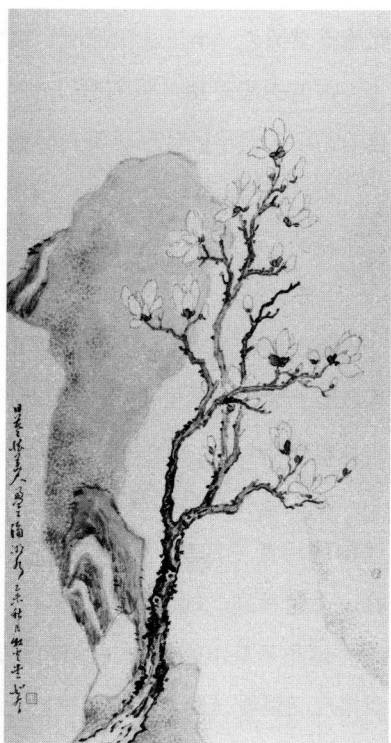

　　一男一女守着一架书，一院花，一块石，
散淡的温暖。

俯身倾听，既是山里的响泉，也是涧中的溪流，时而奔腾，时而跌宕，时而潺湲，但它却是静的。

一男一女守着一架书，一院花，一块石，散淡的温暖。

不久，他醒来了。在楼头，在午夜，在梦里……醒来之时，红烛已燃掉了一半。秋雨冽冽，镜中鬓发斑斑。

古老的园子里，只有那读书人的身影。他还担着水，尽管妻子的坟头，早已芳草萋萋，尽管一院子的花，早已凋零。

三

她心底蠢蠢欲动的叫喊。有一天，上天作雨，入地化泉，落在园子斑驳的墙垣；淌在园子幽暗的庭院，果真无声么？

她被推动着，又似乎受到了召唤，走到了园子里。

去年盛夏她跟着摄影师来过十中，园子里痴长的青草，涨过脚踝，有三四株，竟拔地而起，与她齐腰高，在风中摆动着……这一刻，她没觉得青春的美好，只感到时间的华丽，因此涌起许多梦中的景象，仿佛自己正穿着粉白竹布衫子，躲在西楼房间里看《西厢》，《琴挑》一折让她看得面红心跳。

明明灭灭，岁月仿佛一幅长卷，因时间的收藏，也就多了份从容。她抿起嘴唇，打开前听说是一幅青绿山水，打开后才知道这长卷是浅绛的——画湖石一座，玲珑剔透，凹凸有致，说不出的奇崛秀美。以石青绘草数丛。有一棵桂树，以泥金书"祥龙"二字。另有宋徽宗题诗：祥龙石者，立于环碧池之南，芳洲桥之西。她暗暗纳闷：为何每次打开这幅长卷就会突然莫名的头痛，但还是受不了要打开它的诱惑。

背着包站在银杏树下，她朝他扬起一个淡淡的笑容，月牙般精致的柳眉下，明亮的翦水双瞳让他有一刹那的失神。看着她窈窕的身影，他的心怦然一跳，这个少女似曾相识。

戏文里，常有"琴挑"故事，让他向往。帘影绰约，人影憧憧，不是十分看得清楚，听或许也听不清楚，恍如眼前人。

两人见了面谁也没说话，只是沿着榴花小径往池塘走去，拂花分柳，远远已窥见了掩映在绿树丛中的瑞云峰的姿影。他已准备了茶水。何处轻微的一声响动，似乎是什么东西掉落了，随之又恢复了平静。那是掉落的白果。接着，又是一声接一声的响动，依然是扑扑掉落在地的白果。

工作以来，他的上班地点一直在苏州十中西花园，差不多有六十年了。园西小土坡上有两三棵老银杏，初春它们常常让他惊讶，猛地就绿了。把桌椅茶壶放在近处的瑞云峰前，内心会一掠而过年年深秋银杏树金黄的叶子。金黄的银杏树比碧绿的银杏树更加耐看，一夜狂风暴雨，它在草丛里、亭子上撒下无数金箔，斑斓绚丽，以致他想要彻底遁世了。

小土坡上最粗壮的一棵银杏，他却从没见过它结果。银杏面向阳光的叶面，闪闪发亮，背着的一面暗弱，如她垂下眼睑时的暗影。到黄昏，风变得凉了，那些扇形叶子，在渐逼渐近的暮色中缓缓飘落，看着，心里便生出凄凉的况味来。

六十年了，瑞云峰矗立在水中，他则像一棵古银杏每天默默守着它，若有所思。雷电之夜，他瞧见那碧绿的石峰不断发出诡异的光芒，把人一下子照亮。分明有个白衣长发少女凌波微步从水中走来，娉娉袅袅，如梦似幻。

四

　　事先通过电话，但还是紧张，她的声音哑哑的，不时停下来咳嗽。正大光明的公事，反而弄得像见不得人的私情。

　　他微笑，记忆里浮现那个娇羞不已的少女。嫂子要她出前厅奉茶，他隔帘看见她小心翼翼走来，粉衫绿裙，时令已是闲适的深秋。——她也不看他，低头托盘一搁，转身就走。

　　当晚，兄嫂跟她提起亲事，说是知府公子，她不言不语，神思有些恍惚。兄嫂误会了："是不愿意吗？"她摇摇头。

　　又不是第一次采访，她却觉得凡事都是第一遭。伫立在台阶上，久久看着池中盛开的荷花和如荷花一样盛开的瑞云峰，她好一阵发呆。桌上一杯淡碧的茉莉花茶，"请喝茶。"这是他说的第一句话，她接过来喝一口。

　　采访之前，她先说明："我们是地方性刊物，影响不大，读者人数不多……""没关系的。"他百感交集，声音微颤。

　　一问一答间，她环顾西花园，长廊、草坪、小土坡、亭子、银杏树、瑞云峰。——这地方，她好像来过不止一次。

　　草药的清香花袭人一般，不可名状，在芭蕉映绿的窗纸上，一个俯首的身影擦着汗忙忙碌碌，灶头上的药罐咕嘟咕嘟冒出热气。她躺在荷花屏风后面，一场病从暮冬生到次年初夏。初夏小荷露出的尖尖角，是粉白色的，小荷打的花骨朵也是粉白色的。院子里的白瓷鱼缸，他不养鱼，只养荷花。

……草在生长，药也在生长，草药更像是从水里抽出来的一片一片的荷花瓣，花瓣上飘摇着暗紫的星火，在一点一点飘散，衣带渐宽——与其说药到病除，不如讲油尽灯枯。情至神来，于想象间无穷尽，纤手上有一页画稿：一页有关瑞云峰的画稿。她要读书人用毛笔画出一根光的丝线来，她的裙带拖在线上，紧紧缠绕那一块块即将散开的太湖石片。

她问："是什么，使你守了这块石头一辈子？"

他说："它是我的命。"

两人都愣一愣。

她胸口挂一小块玉，温润细腻，是红线吊了一只玉戒指，正抵在窄窄锁骨上。她不自觉地把左手藏到背后，握紧，又松开，仿佛害怕他会留意到，她无名指上与生俱来的戒痕。

他一直看向她的眉际，隐约有颗朱砂痣。他记得自己曾抚棺痛哭，一滴来不及揩拭的眼泪，无声地，碎在她的眉梢。

冥冥之中，究竟有何安排，他们全没把握。

拖拖拉拉，采访不得不结束。抬眼一望，暮色降临，终归是不得不走，她收拾纸笔站起身。

他脱口道："等我。"这是他梦里回荡了千百次的呼喊。"我会一直守着你的。"他一生都不忘记、坚守至今的承诺。

凭着这确凿的凭证，他认出了对方，却不能相认。

她已重入时间轮回，一颗在尘土中打过几十个滚的灵魂，穿着白色高领毛衣的少女；他却停留在这一世，白发如雪的老爷爷。——已是隔世了。

五

　　这些来家里搬石头的衙役他根本不认识，他读书的背景就是这块孤傲的太湖石，雨露滋润。一团月光，一团月光下的积雪，覆在瑞云峰上。他想，它到底是一朵冰清玉洁的荷花，还是一个素裳沉思的少女？美景并不都是良宵。雀飞草长间，他看到父亲腰际的宝剑，锋利得几乎可以杀人了。父亲说，"把瑞云峰献出去，献给织造官。皇帝马上要来南巡了，行宫正在修缮布置……"他摇摇头，"这不行。"妻子采莲归来，让他如何交代？"但我已经决定了。""那也不行。"听了父子俩的争论，衙役在一旁吃吃地笑：书呆子。沉默，唇齿间的熏衣草香，须臾消散。父亲喝斥道："跟我去书房。"

　　书房里的争论，他拭汗之际出神到了忘言程度。抽屉里的纨扇，猜不出的谜语，日光仿佛蝉声穿透窗纱："不能。"

　　当初，父亲这么轻易答应他娶她，目的竟然是瑞云峰。难以置信。父亲冷笑一声，"那你以为呢？徐家早就败落了，唯一值钱的恐怕就是这座太湖石了。我的眼光长远着呢。"

　　父亲联想到的是他自己浮沉的宦途。怪不得，成亲之时，他坚持要徐家用瑞云峰做陪嫁。原来早有预谋。"那你以为呢？苏州城里的漂亮姑娘可不只她一个。"他抚须一笑。

　　晨曦中的瑞云峰格外秀美，显得透彻而丰厚。朝霞一出，阳光穿过这珠圆玉润的荷花，花瓣的纤维牵着一丝丝一缕缕的微粉淡白，稍不留心就走火入魔。微淡的颜色，清雅的女子，她轻声轻气地说出举重若轻的话，轻盈得要飞。"你可以搬走它。但是……搬运时千万小心，不要伤了它。""那是当然。"他看着父亲，凹腹凸背，缩颈低头，神色狡黠猥琐。"不，你不能答应他。"他急忙阻拦。泪水在她的眼眶里打转，低叹："为了它，知府大人处心积虑。我不想你为难。"

兄长闻讯一路急赶而来，劝说道："知府大人还请三思，这块太湖石可是小妹的命呵。"

"哦，这是什么说法？"

"当年家母难产，在竖起瑞云峰时，小妹才呱呱落地。家父临终嘱托我，千万要守住瑞云峰，因为小妹乃是这块太湖石化身的精灵。石在，人在；石离，人亡。"

"岂有此理！你这书生，居然敢妖言惑众。"

"知府大人，我不敢。但……"

"不必多说了，我主意已定。再说，我也是出于好意，没听说瑞云峰不吉利吗？不然，你们徐家怎么会败？"

清冷的早晨醒来，不经意，他看到了枕边绢帕上浅浅的颜色，她的咳血。暗暗在周围、在附近漫漶、洇红。

傍晚时分，他到隔壁酒馆喝酒。深夜，蹒跚着醉步，从楼梯上下来，走廊横梁上挂着几只白灯笼。夜风中，灯笼里的微光，托出三个墨字："瑞云峰"。他说：这块太湖石的颜色真美。

六

有一本历史小说《纪晓岚全传》在情节叙述中，留下了淡淡的几笔："在苏州的织造官，闻听皇上要六下江南，探寻到这块宝石，便为迎接皇帝南巡装修行宫，役使了大量民工，花费了许多银子，将瑞云峰搬移到苏州织造府西侧的乾隆行宫内，果然受到了乾隆的嘉许赏赐。"很久以前，在苏州十中西花园，流星划过漆黑的夜空，风在树梢，难以详述。

　　他对织造府熟谙的程度简直令人惊奇，哪里是厅堂、楼阁，哪里是机房、染作间，哪里是打线作间、库房，全都清清楚楚。来苏州十中西花园参观的人几乎都由他作介绍，这里简直就是他的家。他在灯下画秋山，画春花，墨痕水渍在宣纸上。满月之夜，他感到体内的水被月亮吸引，不断往外翻涌，漫漶成一团潮润的雾气，白茫茫地包裹住苍古嶙峋的瑞云峰，虚无缥缈。草坪上，一个人翘首如鹤，发白如霜。

　　白头到老。

　　他打扫着园子，停下，凝望着池水中的瑞云峰，她消失在一大丛绿树之后。逆着这最后的阳光，打开湖石画卷的老人在绿色烟雾里，仿佛有渺茫的歌声从荷塘那边传过来。少女被光的丝线提动，提起裙裾迈向河流，雪白的荷花盈香满怀。水没脚背，白皙的脚背上激起小小水花，就像踩在岁末的积雪里。往上，再往上，仿佛春草，水在长高，掩住了小腿、膝盖、大腿。他从凝想中回来了。这时，荷花与叶子也有了一丝的颤动，像闪电般，歌声脱离了他。头上忽然响起了乌鸦的叫声，接着是扑落的声音，一个黑影在他的眼前一晃。一根黑色羽毛从上坠下，慢慢飘，飘落到荷花上。颈脖，她在水中沉浮。

　　水渐渐厚腻起来，堆积在她周围，起初为半圆，后呈现圆圈。两人相隔不远，但她在水中，他在岸上。在被围拢的圆圈中，一束金光直照太湖石峰，闪烁着耀眼光芒。

光的丝线霎时随着一枝茎草折断。然后，什么也看不见了，只能听到冲击太湖石的淙淙水声。老人摩挲手上的玉戒指，眼神迷离，目送少女离去。想象就是看见。

一只蜘蛛从一根透明脆弱的游丝上垂下来，颤巍巍悬挂在大花瓶中的鸡毛掸子上，与庭柱一度保持着袅袅平行的状态。没多久，它落了下来，落在床板上。

在他的床板上，刻着四个字：永生之石。

注：1. 苏州十中（即江苏省苏州市第十中学）为清代的织造府旧址。

2. 清代徐泰时的东园后归盛宣怀，改为留园。

小巷春光

　　清代篆刻家邓石如刻过一方"春涯"闲章。红底白字，"春"字像个坐着的人怀里紧紧地搂抱着"日"，不肯松手，也不能松手，一松手就跌到了"涯"的那边。春是有际涯的，格外值得珍惜。

　　苏州的春天好像才刚来过，同样的街道，同样的小巷，同样的园林，同样的河水，还有水波上的涟漪，同样的一座一座走过的桥，回首看去，那桥栏，一瞬间就飘落了花瓣。仔细看，你会发现这个沪宁线上古老的城市，每天都在发生变化。上学时走过的林荫路上开出了旗袍专卖店，石牌坊下的小学校改成了国学书院，在夏夜里买过汽水棒冰的烟纸店也无踪影。但这座城市没有沦陷，只是在更新。我和这座城市相遇，然后分开，最后重逢，带着深深爱意带着淡淡伤感。

　　我喜欢苏州的古老街道，不是所谓的怀旧，而是因为总能在老街巷老建筑的蛛丝马迹与岁月钩沉中，触摸到苏州的绝代风华。而这个时代的东方水城，不仅有沧桑衰朽的一面，还有着春意绵绵的一面。

　　平江路就是这样一条街道。严格来说，它不仅仅是一条街，在苏州历史文化风貌区的划分中，它是其中一个核心，一条条小巷与之交会，卫道观前、混堂弄、丁香巷、南石子街、悬桥巷、大儒巷，遍布各式古宅，随便打开一扇门都大有来头——这是一座城市足可引以为傲的历史，但几十年间物是人非的同时，"遗忘"二字如影随形。

穿城而过的官太尉河，街道都依河而建。一座座精致的石桥，一幢幢古朴的民居，石阶的埠头从楼板下一级级伸到水里，有妇人在埠头上浣洗衣物，离她不远的小船上升起一缕白白的炊烟。

在平江路上，悬桥巷东头的顾家花园是顾颉刚故居，西头有状元洪钧的故居，两人均文采出众。北面的南石子街10号是探花潘祖荫故居，因藏匿"大克鼎""大盂鼎"两只国宝青铜器，已成神秘之地。

"贵潘"是苏州的书香门第，自乾隆年间，科举成名做大官的没中断过，最有名的是乾隆年间的状元潘世恩和他的孙子潘祖荫。"富潘"是有名的商贾世家，祖宅"礼耕堂"坐落在官太尉河东侧的卫道观前。位于官太尉河西侧的"贵潘"老宅，由几个大宅院和废弃的苏州床单厂招待所组成，断壁残垣。从前的"攀古楼"和"滂喜斋"呢？庭院深深，红山茶正对着绿鹦鹉，这里需要一个陌生的访客吗？

从悬桥巷一直往东走，经大新桥巷，穿过官太尉河经小新桥巷，就到了耦园。"耦园住佳偶，城曲筑诗城"演绎着才子佳人诗酒唱和的美满爱情。所幸，这些年城市改造虽频繁，但平江路的格局没变。

无论是爱情还是友谊，都因长久而格外美好。回忆过去，我们感怀的从来不是真正的故乡，而是在故乡的河水里流淌的童年和青春。

春天，街树茂密，香樟银杏，叶片摇曳闪光。苍苔斑驳的河岸，绿柳荫里，画舫半露。清明前后，苏州人喜欢雇画舫到城外去踏青扫墓。还适宜三二知己，寻胜探幽，在船里可以看景吃酒喝茶。

清早喝茶，用荷叶上的露珠或梅花上的积雪煎煮，在苏州人那里，已成了神圣而考究的仪式。冬天守着火炉，一个人在家里喝；春天望着鲜花，几个人在外面喝。可以在巷口树荫，也可以在园林茶室。

傍晚，夕阳西下，晚霞燃烧。顺着巷口望去，渐行渐远的两排房屋陷入昏暗，隐隐约约。几个闲人站在开花的白玉兰树下，一个木制棋盘已经摆好。一天的辛苦仿佛都吹散在清爽的晚风里。

真正的小巷生活，每一天是从生煤炉、倒马桶开始的，平庸而琐碎。苏州一大半以上的人口，都曾居住在这样的小巷院落里。确实，苏州有诗情画意，风花雪月的情调也很高，但小巷里芸芸众生的人情冷暖，才是滋养苏州人善良品格的最初一刻，是苏州人生活的底色。

走在和煦的春光里，浑身惬意、懈怠，好像马上就要被春光融化。在苏州街头，少有问路者，一拐入小巷，却常常被人喊住："怎么走？"一点不难。苏州的小巷，有横巷和直街之分。横巷用来居住，直街用来经商。这是颇有古风的。既是因地制宜，也是闹中取静。

一条不起眼的小巷走到底，便是另一条小巷。在另一条小巷里拐弯抹角，穿过仅容一人的小巷，又回到这条不起眼的小巷了。小巷是青灰色的。一下雨，粉墙上的雨漏痕一下子就泛青。记忆里。印象里。往往这条小巷还没有走到底，当中就横插来另一条小巷。东张西望，何去何从？所以说，苏州人性格中的犹疑、胆小、不爽快、墨守成规，诸如此类，全是小巷作的怪。但小巷缠绵，一旦走进，难以自拔。中秋前后，下班路上，我走在小巷，看一会儿月亮才回家。

有朋友来苏州，要游艺圃。他说打的，我说不行，小巷太窄了，开不进去。还是骑自行车吧。他点头。正是中午，阳光炽热，园子里没一个游人，我与朋友把两只藤椅从茶室搬出，搬在了阴凉的长廊，面对面坐着。我与他一边喝茶，一边听着半导体中的评弹。

离开的时候，他骑车在前面，在阊门老城墙上停住，等我上去。从城墙上，看得见大运河和小巷。又长又窄的专诸巷，没有蔷薇玫瑰，只有凤仙花鸡冠花。冲下城墙，往右一转，拐进小巷。隔世之感的路灯亮了，光亮照得清地上的纸片、落叶和水迹。一扇门打开了，往外泼了盆水，又迅速关上。经过这扇门，看到门缝里渗漏的光。花窗在门边，朝里一望，看见一对青年男女。男的洗脸，女的洗碗。女的说，你嘴边有一颗饭粒。男的问，在哪里？女的说，在左边。说完，伸出手替他擦掉了。男的看了她一眼，眼神复杂暧昧。突然，一个男孩冲出门，后面跟着一连串尖骂："丢下饭碗，就往外跑，去捉鬼呀？！"

小巷是苏州的细节。每条小巷都有故事，故事都有讲完的时候。只是生活在小巷里的苏州人，他们的日子还要继续下去。在桥头读一张本地的晚报，在桥上看看小船，在桥下与走过的熟人聊聊天，在桥堍喝一碗糖粥、赤豆糊，买一块海棠糕，寻常的一天就这样过去了。

　　细想想，一个人生在苏州，是种幸运，文化积淀厚，人杰地灵；也是种不幸，容易满足，缺乏闯劲。还有才子太多了，不知该记住谁。

　　我在台湾"故宫"的出版物上看到唐寅的一幅《白牡丹》，以至只要一说到唐伯虎，就想到这幅画：干净、妩媚，像清澈的井水浇灌出来的。与其说他是"江南第一风流才子"，不如说他是个半醉半醒的桃花仙子。奇怪，现在的桃花坞大街居然没有一棵桃花，空有其名。

　　在小巷是很少看到树的。树都种在围墙里——像小家碧玉。小孩子们在温暖的太阳下唱着童谣，跳跃奔跑。"麻子麻，采枇杷，枇杷树上有条蛇，吓得麻子颠倒爬……"西花桥巷倒是有一棵粗壮挺拔的枇杷树，金果累累，在一堵清白的高墙背后，站在巷子里还看它不见。巷子中间歇着一辆三轮车，一个风致楚楚的年轻女人斜倚在车上，手里挽着元宝篮，不知在等什么人，让走进走出的人忍不住多看了她几眼。天黑了，女人头顶的窗户亮了起来，映着婆娑的树影。

　　天亮了，井台边好一番人间景象。井水漂浮桃花瓣，花瓣经受了井水的清凉，冰肌玉骨。吊水洗漱浇灌的人络绎不绝，睡眼惺忪的男男女女，哈欠连天的老老少少。这边，大姑娘挑着水桶走路,扁担颤颤悠悠,长辫子甩在胸前,脸红扑扑的。那边,小媳妇扭着细腰买菜,逢人羞涩地微笑打个招呼,篮子里装着新鲜的青菜猪肉。井边是邻里之间交换信息的集散地,冒着人间烟火,男人比着工资福利,女人说着家长里短,随之哈哈一笑,搬弄是非是不多的。苏州人的心态是知足的,只对小孩子的考试分数要求最高;脾气是温和的,小夫妻偶尔吵架红脸,老人一句"家和万事兴"便息事宁人了。

转眼到了清明。绵密的细雨,沙沙地落在屋瓦上,像笼着一层薄纱。雨下了一夜。最初是一滴一滴的,首先打在枇杷叶上,尔后打在一片片瓦上。抬眼时,整个古城已是这般湿润了。也有风和日丽的大好天气,太阳斜照到地面上,光是那么的均匀细腻。不像正午前的,轰然鸣响的阳光。灰尘轻轻泛起,纷纷扬扬,光和影都是强烈的。

待一切沉静下来,那些细密的春光,缓缓分布在空气里。玻璃窗上的光,更是亮堂,若是有人在这时推窗,那窗户上的反光,便哐啷啷地闪过,带着一股子俏皮活泼劲。若是老宅,瓦顶上的杂草小花,丝丝可见,缝隙里是平铺着的光,人的脸呈现出柔和的线条,孩子是不消说了,连老公公布满褶皱的脸,也变得清朗润滑了。揽镜梳妆的丰满少妇肌肤甚至是娇嫩的,如窗外的海棠花,眉目含情,难掩春色。

在闪烁的光线里,声音可以传得很远。谁家在收晾衣服,晾竿清脆地碰撞着,还有拍打棉被的声音,那空而实的嘭嘭声,一记记的,不紧不慢,在天井里,疏落又饱满地散开。对面屋顶上的鸽子,饱食的咕咕声,清晰可辨。有脚步声,即便是皮鞋急促地敲击着青石路面，还是轻盈和悦的，从屋前到屋后，直至消失。放学的孩子，聚在井边的空地上玩陀螺，叽叽哝哝地说着话。哪怕是在重重的院落，也是清清楚楚。窗台上蹦跳的麻雀，那小脚爪柔软地落地，都是入耳的。

这时的阳光是有气息的，是被褥的干燥与灰尘的味，还有衣服上残留的肥皂味，竹竿则是青涩的气味。然而，日里烟熏火燎，夜里声鼾鼻息，难免有焐热的难闻的浊气，此刻，经过这么好的阳光不停地照射，已经散尽扫空，而衣被原先的清香气息，蓬然而起，如柳絮飞扬。这样的宅院，往往有天井，楼屋，台阶，粉墙，还有月洞门。气息并不单调。光斑，竹影，还有盆栽的花草，朝朝暮暮，早已脱胎换骨，都是清清爽爽的。青砖地的阴凉气悄悄透出来些许，却是舒服的，温情脉脉，染了人气的。暮色降临，春光自然而然就换了颜色。

游客一向认为苏州的美美在多水。但水太多了——河水猛涨或者雨水太多了，大街小巷石桥粉墙黛瓦男女老少，不免有些烦恼。

梅雨季节走在小巷，常听到黑漆大门里有人抱怨：雨怎么还不停呀，衣服都没地方晾了。梅雨折磨着苏州人，每次出门必得带伞。或许，这是好事。为了让人们闲散一点，不要总是忙忙碌碌的，光想着挣钱。于是，苏州人在梅雨季节里因为怕出门，闲着没事，就只能喝茶、下棋、看书、弹琴、吟诗，还有作画——苏州就成了一座风雅之城。

某年春，雅士李渔出门，恰逢大雨，到路边茅亭躲雨，不少踏青郊游的女子也奔来避雨。其中有个女子，一身白衣，装扮寒素。其他人都挤到亭中，只有她一人在檐下徘徊，因为亭中已挤满了人。挤到亭中的人，都忙着抖落身上的雨珠，只有她神情淡定，顺其自然。

这个在李渔眼中饶有姿态的女子活脱脱是从苏州九如巷走出来的闺秀张充和。那时的她不过20多岁，人长得小巧玲珑，面容白净秀气。而且，总爱穿一身旗袍，袅袅婷婷的。张充和曾在拙政园的兰舟上唱过昆曲；想来她的身段，一瞥一动，举手投足，都是好看的。

她本是无意以著作传世的，做什么都是随兴而至，她说过："我写字、画画、唱昆曲、作诗、养花种草，都是玩玩，从来不想拿出来给人家展览，给人家看。"的确，苏州人做事坚守道德底线，从不急功近利，也不刻意追求，反而像杯温吞水一样笃悠悠的。但毕竟沾染了这方水土的灵气与养分，天资聪颖，心思剔透，想不成功都难。

张充和的箱子中，珍藏着乾隆时的石鼓文古墨；她的阁楼上，摆放着结婚时古琴名家赠予的"霜钟"古琴；她的园子里，种着来自故乡的香椿、翠竹，芍药花开得生机勃勃。遥想张充和唱起昆曲，声音是怎样的娇慵醉媚。加上浑身上下换了戏装，凤冠霞帔，扮相漂亮得简直耀人眼睛。幸好，张大千以一幅仕女图留住了她的倩影。

小巷的春光虽然撩人，但是冬日的阴冷却不宜休养生息，好在频频推出的新楼盘都安装了空调地暖，替代了传统的炭盆暖炉。为着未能参加"仰山墅"看房团而有些微的惆怅，却给了自己一个探访"紫兰小筑"的理由。熟悉的甫桥西街王长河头 3 号，门扉紧闭。我曾经在大门打开后看到孩儿莲可爱绯红的笑靥，但它早已随着主人周瘦鹃的离世而枯萎了。这样一个旧式文人、园艺家毕竟不在了。那一园的鸟语花香随他到了哪里，那一层金黄的阳光如今移挪到了哪儿，还有那随风翻飞的白色笺纸遗落在何处。透过一扇扇花窗，一层层地穿越这昏黄的园子，恍惚如梦，我仿佛横跨千山万水来看它。

越来越多的人知道了平江路、山塘街，越来越多的人来苏州旅行，居民们也越来越开心，沿街人家都换了门面卖起了奶茶、鸡脚和丝巾，不在沿街的就改换门庭，把家变成客栈，欢迎很多很多的人入住。苏州渐渐少了自己的味道。东南西北的人，中国人外国人，各种气息充满了大街小巷。苏州不再是从前那个小城了，它成了一个经济发达的现代化繁华都市，交通拥挤，环境喧闹。走在人流熙攘的观前街，我有一种反将故乡作异乡的感觉。即便如此，它仍然竭力保持着水乡古城的幽雅与风度，对大量涌入的外地人表现出难得的宽容与谅解。由于很多人迁居园区、新区少有人居住，小巷有时显得格外宁静。走走看看，深宅大院的门楣上都挂着"控保建筑"的蓝牌。那些幽深颓败的陪弄，那些岌岌可危的纱帽厅，那些摇摇欲坠的砖雕门楼，随便一看就是需要保护的名人故居及文物，但又没能将那些人物有效地张扬开来，于是蒙尘的文物便也寂寞下来。往事如烟。

人民路上的法国梧桐高大蓊郁，鳞次栉比的房舍依次晃入眼帘。眼前即是文庙，传说中苏州的文脉所在。隔着苏州中学，旁边是"连中三元"的三元坊，从前有三道石柱木构的精美牌坊，可能毁于"文革"。想象着顾廷龙或郭绍虞每天穿过曲折的小巷，去往不远的可园（江苏省立图书馆）研读他们的文物——宋孤本，有时会散步去对面的沧浪亭。风雪后的早晨，门口的小石桥上一抹黑，被人拖泥带水地走出条道，特别刺眼。但梅枝上落满积雪，令园子平添几分风情。

年少的我在园子里毫无赏梅雅兴，只惦记着母亲带的点心，一门心思在吃上。当时我口啃糕饼，偎在父亲怀抱，举目望梅。一大丛梅花，星星点点，从高大的院墙花窗内探出头来，传递着春的消息。在池岸冷香与亲情温馨的维护之中，懵懂的我还是被深深感动了。长大后读了姜白石的咏梅词，更觉那逝去春光的可贵，常会想起沧浪亭。

还是伍子胥会选址，苏州历来是个洞天福地，基本没有遭遇过地震洪涝灾害。夏天，天气预报都说有强台风要经过，最后总是绕过了，虚惊一场。股市行情，房价高低，通货膨胀，对这些并不是太注重，苏州人一如既往地过着平淡安稳的生活，饮食依然按照习俗讲究时令。立春要吃春卷，立夏要吃苋菜、蚕豆、咸鸭蛋，端午要吃粽子，还有小满枇杷黄，夏至杨梅红。中秋要吃月饼。规律有序，从不搞乱。

从我家到苏州北站，要坐十几站地铁，中途有几站是在地面上疾驰，其余都是在黑暗的地下穿行。每当到那几站时，不管是在看书、发呆，还是接听手机，我都会不由自主地停下来，看向窗外。

地铁飞驰而过一片废墟，春天时那里环绕着大片绿树和紫色泡桐花，中间有四五幢粉墙黛瓦嵌着花窗的房子，已经废弃了。但这些房子有着浮光掠影般的苍凉之美，每次经过，我都会凝神看着。我知道它们迟早会被拆除，可能某一天经过的时候，就会不见了。于是我努力看着、记着，在这一切消失之前。想当初，干将路拆迁，这样的房子拆了多少！我发现在拆除了古旧的房屋后，乐桥地区变得很空旷。铁瓶巷、豆粉园、旧书店，都不见了，只留下干将河上两座光秃秃的清代石拱桥，供人凭吊。

刚回苏州的日子，我喜欢一个人坐在十全街临河的茶楼喝茶，看看对岸的小巷、房子、树和被树遮住的一角平桥。

杜少卿有句情话让我怦然心动。妻子问他："朝廷叫你去做官，你为什么装病不去？"他对答："你好呆！放着南京这样好玩的所在，留着我在家，春天秋天，同你出去看花吃酒，好不快活。"

温软细语加款款情意，言辞里却乍现了何等的潇洒自如！若是在苏州，我相信，几乎人人都会这么说。闲情逸致，渗透在苏州的各个角落、各个阶层，与地位、财富不太相关。简单说，不过是种一两朵碗莲，养几瓣水仙，或在瓶中插几枝春花，在桌上摆两三颗秋果罢了。

从前的日子真慢呀，轿，船，喝茶都慢，一生只够住一个地方。那时，客堂是客堂，厢房是厢房，厨房是厨房，书房是书房，各个房间的功能分得清清楚楚，更奢侈的是还有一个园子。园子里有树木，可看花，可赏果；园子里有池塘，可种荷，可养鱼；园子里有假山，可登临，可邀月；既实用，又有趣，还能举办书画、古琴雅集。

喜欢吴冠中的画作《墙上秋色》。画中一大片粉墙，爬满苍劲的藤条，枝枝蔓蔓。正是霜降时节，藤上的叶子枯萎飘零，枝条却缠缠绕绕，似流云、细雨，又如春水初生，碧波荡漾。其实，这幅画就是网师园的写照。网师园坐落在阔家头巷，父母那时已从阔家头巷搬到通关坊，这是座被没收的深宅大院，里面有晚清时建的戏台。雕栏画栋、亭台楼阁已被拆掉了，苏州人大概认为自己的文物太多，不稀罕。那时我住在二楼，视野开阔。站在窗口，我看到了锦帆路的春天，绿树葱翠；看到了红砖房灰砖房，因为年深日久，大多色泽晦暗。只知道市侨办的地址现在也是章太炎故居，进去后马上感到书卷飘香了。

阔家头巷和其他的小巷一样，铺着被人踩得亮滑的青石。石块的隙缝间，长着淡紫色的小花，给青冷色调的小巷增加了细微的缤纷。还有巷口的合欢树，每到暮春淡绿的叶子和深绿的叶子片片掺杂，像把大伞，很难漏出一点阳光。风一吹，青石上，人脸上，粉墙上的叶影就像浮在河面上的水草，一散一合。放学后，我回家第一件事就是给金鱼喂食。我把鱼食撒在水里，金鱼立即聚拢来，有一条贪嘴的甚至碰到了我的手指。我兴奋得手舞足蹈，一不小心滑了一跤。全然忘了放置瓷缸的蟹眼天井，地面潮湿长着青苔。但这又有什么要紧呢？

高中的时候，因为离家远，住读在学校。冬天的夜晚，坐在空荡的教室里温习功课，偶尔能听到平门火车站的声音，高而清越，让我突然非常想家。半夜从寒冷中惊醒，躺在床上，童年的很多事物、很多情境、很多回忆一下子围拢来，我的心悠悠荡荡，仿佛回到了多年前的桃花春夜，粉红的花朵在微风中饱满地绽放、颤动，氤氲的芬芳冉冉升起。那一刻，我感到了春的妖娆与短暂。

水绘仙侣

在苏州城东，有一座水筑的园子，住了一对神仙眷侣。

他们在园子里一共住了八年，夫唱妇随，情深意长。游人若从仓街小新桥巷步行入园，一般会先游览耦园的西花园，若从小柳枝巷河道摇船入园，会先进入耦园的东花园。

耦园偏于一隅，三面环水，南北各有河埠水码头，一条沿河小路笔直地伸展出去，连着西面的人家；东面接内护城河，橹声袅袅。再往东是城垣的残迹，斜阳古道，野草闲花。

清初，这里是仕人陆锦归还故里建造的涉园。同治年间，安徽巡抚沈秉成偕爱妻退隐，请苏州的名画家顾沄在涉园的基础上拓展开辟，形成了今天的耦园。耦园的特色是"以楼环园，以水环楼"，与沧浪亭借水打开不同，耦园反而是借水隔绝。隔离摒绝世间的嘈杂纷扰，在这座园子里，"枕波双隐"沈秉成严永华，过起了诗酒唱和、吟风诵月的幸福生活。"耦园住佳偶，城曲筑诗城"，一时羡煞多少旁人！

耦园的格局为住宅部分居中、东西花园对称。小时候跟着父亲去耦园，西花园是不开放的，因为有居民未迁出，难得进去看看，西花园破败不堪。1994 年，中部厅堂和西花园全部整修完毕，两园才合一，真正成为"耦园"。从此，每逢节假日，我和先生都要去耦园走走，尤其在暮春时节。日子久了，有朋自远方来陪着游园，对着耦园的一景一物竟能如数家珍般地娓娓道来。原来，我是那么的喜欢这座园子，喜欢它的亭台楼阁，喜欢它的花草树木，还喜欢它的黄石假山。据传，这座黄石假山为名家张南垣所叠。面对悬崖陡立、峭壁惊险的山势，严永华一下子来了兴致，她要作画。当墨汁在宣纸上洇化，刚显现一抹秋山时，并肩而立的沈秉成便感受到了一股烟岚之气，忍不住喝彩。只是他那出自"叠山行家"的得意之态，不知是为了黄石假山，还是为了妻子画技？她要画出假山上的阳光，但阳光太短暂，她来不及画。

东花园一向人多，我常常去西花园。织帘老屋是典型的鸳鸯厅，南厅北厅，雨天地上泛湿，不想进去。我撑着伞静看阶前的湖石假山。湖石假山上有一道云墙，在苏州园林里是别出心裁的。由此看出，当初园主造园也是煞费苦心的。春天的傍晚，我独坐藏书楼前的古井栏上，看着眼前盛开的白牡丹，浓郁绿叶映衬着雪白花瓣，华丽，纤秾，金粉里飞出的冷蝴蝶。像从箱笼里找出遗忘多年的某件瓷器，拭去尘埃，看到那青花的山水或粉彩的花卉：山道上有人策杖而行，杖头挂着酒壶；牡丹花枝下，分明看到那摘花的素手。于是，我兀兀然做起了幻灭之梦。黄昏时分，沈氏夫妇在院中散步。冷不防，他从身后"变"出一壶桂花酒，随后与她席地而坐，举杯对饮。酒兴阑珊，他频频吟诗作对，她轻轻自如应答。雪白的花瓣在四周纷纷飘落，落在青砖地上，落在五彩的酒杯里。已然微醺的她捡起一片，看着看着，不免伤春。

喜欢看戏的朋友对我讲过一出地方戏感动她的细节：封建社会，青年男女不能自由恋爱，更无法当众相互表达爱意，一位热心的长者便当起牵线搭桥的月老。在舞台上，那对男女四目相望却不能靠近，这位长者的"搭桥法"是把那男人和女人无形的眼光像荡着涟漪的水波一样一缕一缕地收集起来，捏在手中将它们衔接。严永华的哥哥充当了这个角色。据记载：沈与严之兄曾共事于京城，兄展示其妹手绘花鸟及题句，沈大为叹服。妻病逝后，沈向严家求婚，获允。定亲之日，沈以绝句六首向严索和，严欣然酬答，沈大喜过望。

客厅，桌上一杯澄碧的绿茶，她顺手递给他，"喝一口解解渴。"他接过来一口饮尽，清香入脾，顿时口舌生津。

她倚坐在窗前，眼睑低垂。蔷薇色薄绸上衣，沉黑色棉裙，腰际却缀了红缎菱形补子，垂下紫红流苏。

他远远站着，簇新的藏青长衫，一身压箱底太久的揩痕及新浆气味："聘礼太少，委屈你了……"她的心里充满了甜蜜，脸上却保持大家闺秀的矜持。

我与先生在载酒堂坐了很久，酒、茶、花气，起身时微醉般的步伐，他猛地握紧我的手。我不舍得离开，仿佛探身出去，就被那夜色溅湿了。回头看见她，坐在靠窗的鼓凳上。

她侧着脸，长发深黑浓密，面孔略仰，不知在想些什么。她辛苦侍奉过病母，体贴入微，善解人意——三十一岁的女子，还有什么不曾经历，际遇是她的芬芳。

她渐渐走近，像花轿在街亭稍息，四周寂然无声。他知道，他急切等待一生的女子，就坐在轿中。

他说："我把家安在城东的耦园，园子极幽静，只是荒了一点……"她抿嘴一笑，他随即明白她是喜欢耦园的。

环顾"城曲草堂"，旧墨旧砚旧笔，不是古董珍玩，只是家用，但样样精致秀雅，连屏风上的荷花绣鸟也栩栩如生。——这园子，让她流连。想到这，她呛得咳起来。

脑海里时常响彻这样的咳。他忧心如焚，找医生，煎药，陪侍在床边。

她双手合臂，抱一抱自己，这样瘦削。目光转向他，却见他拿起伞，门一开，大雨如泼。他长衫一掀，淹没在雨夜。

突然明白了寂寞。

六月荷花开，他们去拙政园，先到北码头坐船。撑入荷花深处，船舷与水面这样近，荷花荷叶与人这样近。回棹时暮色沉沉，从船上可以遥望听橹楼的灯火，他们打着灯笼上了岸。现在，荷风四面亭外还有荷花吗？她从昏睡中惊醒，一抬头，荷花似火，荷叶接天，数十里绵延……

1885年，朝廷诏书累下，沈秉成无奈复出，离开苏州，赴京任职。1891年，沈秉成又赴应天署两江总督任，"拜命之日，严夫人卒"。多年后，他回到阔别的耦园。

闲坐凉亭，一片花瓣飘落在地，悄无声息。最先感受到那一片花瓣的是她，他的目光越过她的肩膀、黑发，看到池子里的月亮。夜空中的一轮月亮和池子里的一轮月亮一模一样，居然都是金黄的满月。禁不住，他潸然泪下。

"鹊噪晴枝傍绮栊，东风吹放小桃红。暂开帘押迎归燕，偶擘云笺寄远鸿。春事今朝花影里，诗魂昨夜雨声中。寻芳双蝶过墙去，绣陌新添绿几丛。"这是耦园女主人严永华的诗，写出了她生活八年的耦园之美。杨柳、深巷、小河、石桥、画舫，粉墙黛瓦，耦园的门前风光，在苏州园林中是很少见的。柳丝荡涤，一叶扁舟，微微风簇浪。我仿佛穿越在那时光那余晖之中，耳边有层层水波漫漫环绕，婉转低沉，浸透我的各种想象。俞樾、吴云、李鸿裔、顾文彬这些"真率会"老友都是在此上岸的吧？如今，踏进耦园大门，走过城市山林，庭院中的桂花树树身粗壮光滑，叶子阔大肥实。

对沈秉成来说，耦园既是浪漫清越的歌谣，又是幸福短暂的回忆。我屡次想起园子落成之时，严永华的这首小诗：

小有园林趣，当春景物新。

名花如好友，皓月是前身。

风过松多高，云来石有神。

素心终不改，天际想真人。

喜欢耦园的人，读这首诗，是那样熟，有她一如既往的缓慢而动人的语调，沉溺其中却不欲惊动旁人的观念；又是那样生，朴素清新的诗句，流露出女主人的品性与情调。多少年来，我抱持的忧郁情怀，因着反复诵读刻在园子墙上的《纫兰室诗钞》，得到了一次彻底的、孤注一掷的释放。

两三年前，我读了不少清朝的史料，心情灰黯。同治、光绪皇权交替之际，阴阳失位，社会失序，在外国列强胁迫之下，君相失策，百姓苦难深重，沈秉成严永华的爱情，就发生在这段时期。在个体存在与家国命运、私人书写与政治叙事的困局之间，我一时无法收拾自己的心绪来细细品味。耦园的良辰美景终为我卸下了那些莫名的政治与道德焦虑。

"中国的人家所以是风景，古诗里写人家前庭与华堂，词里则多写的是后院内室。前庭与堂前的是男人的日月，后院内室的则是女人的光阴。"（胡兰成《中国的礼乐风景》）尽管有了冬，不妨春花烂漫；尽管有了死，也要活得精彩。"再好再坏的人世都是有个底子衬着"，对沈氏夫妇来说，这个底子就是耦园，四季芳菲花事繁盛的耦园。

有严永华这般如花美眷，知天命的沈秉成，难掩心头的愉悦，赋诗道："不隐山林隐朝市，草堂卅傍阓阛城。支窗独树春光锁，环砌微波晚涨生。疏傅辞官非避世，阆仙学佛敢忘情。卜邻恰喜平泉近，问字车常载酒迎。"沈秉成用一支毛笔蘸着河水，写耦园的花开花落写他与严永华的诗酒唱和，落到我们手里的诗集，一张桌，一杯茶，风吹哪页看哪页，多好！更何况这座水筑的园子，是那样的清，那样的柔。

这清，在受月池。江南人造园，偏爱蓄养一汪水，园主沈秉成循了这个例。受月池的水是从东面的护城河流过来的，水虽瘦了些，倒也活泛，又清澈，潴留了一片。晴天里，阳光洒进池子，一下就散了，金子似的闪烁。城曲草堂的檐脊、双照楼的雕窗在花光水影间轻漾，如绘出一般，再拢来数峰妙叠的湖石、几片天上的流云，不着笔墨也是画。若逢上阴天，又是细雨又是雾，凝成一团浓愁，清朗的光景也被它遮去一大半。徘徊其间，陷在里面，心里怎会少了诗？

这柔，在双照楼。第一次跟着父亲游园，我便记住了这所楼。双照楼临着受月池，白玉兰的叶子正绿得鲜，更衬出这所楼舍的幽静。严永华那样的多情才女，依水而居，凭栏凝眉，是何情状，完全可以想象。别有一番滋味在心头。淡淡幽香弥漫曲房斗室中，身为耦园女主人的她，轻曳裙裾，宛转游于回廊曲径、书阁画苑间，看阳光在池子里流泻。

双照楼底层是还砚斋，虽窄了些，却也放得下小憩的罗汉榻，上面摆了一张炕桌，清夜剪烛的光经久不散。榻前有个半隔断，放着红木竹刻一桌四椅。转眼瞥见不远处的望月亭，风流名士和温婉才女，品竹弹丝，心底一片宫商。那琴声被晚风一波一波推送着铺在了有月亮的池水中，如泣如诉，丝丝入心。我分不清它究竟来自哪里，只能静静聆听。此刻，我内心沉静，多少能理解她的情怀。"幻境之妙，十倍于真"，神意之美，全因李渔这八个字。温柔妩媚的女子，月下推窗，吾爱亭侧的古桧、藤花舫前的紫藤、便静宦后的苍松、无韵俗轩边疏疏密密的桂树，还有那微茫水光折射的廊榭亭台，一一映入眼帘，朦朦胧胧，让人心情舒畅。便是那些性子傲慢些的，不待歌咏，神思先已恍惚了。

性情温柔，只是一面。本是以弱为美的丹青女子，又是闺阁诗人的严永华，字少蓝，号不栉书生（栉是梳子的意思，或许她不拘于女红，爱诗画），是一位工丹青、擅诗赋的才女。十一岁送其兄北上应试，曾作诗："破浪乘风壮此游，雁行分手意悠悠。相期早啖红绫饼，聊慰门闾朝暮愁。"我游园，从没见过她的画作。沈氏夫妇在耦园生活的八年，沈秉成坚辞清廷，退隐苏州，这里面，怎能缺了爱妻的砥砺？

我一直喜欢城曲草堂里的对联：卧石听涛满衫松色，开门看雨一片蕉声。这样有声有色的极致享受难道只属于这对神仙眷侣？沈秉成恋慕严永华，一在貌美。在他看，少蓝清姿融于花。这花，是她最爱的白牡丹吗？俏媚花容配上窈窕身影，真是犹春于绿！融于月，银辉下倚窗而诵流萤纨扇诗，真是一切景语皆情语。二在才绝。著有《纫兰室诗钞》《鲽砚庐联吟集》。在他看，少蓝阅诗无所不通，又能频出新意，且擅画、喜茗、耽香、操琴，颇有雅趣。三在德高。迁徙辗转，劳累病苦，始终相依相随，却先于沈秉成而殁。

主人正直，园子也有了同样性情。一些不肯屈意于朝政的退隐文人，常常来耦园载酒堂酬唱。载酒堂的韵致在于宜静思，宜小聚，宜清乐，宜雅谈。走进，一只翘头条案，一张大方桌，几把雕花嵌大理石靠背椅，没有一点旧日的声息气味。窗外，竹子在时间中活着，我听得见生长的声音。抬头看，楼厅呈凹字形，开阔明亮，气宇恢宏，厅前砖细墙楼，雕刻精美，额题"诗酒联欢"。这大概是园主规划住宅功能的总体理念吧。东花园以宴乐赏景雅聚为主，西花园以静修著述藏书为主，承继了苏州古典造园以辉映自然和人文精神的一贯传统。载酒实写酒事，虚指酒外之兴。"载酒"是为了流连寄情山水，与之呼应，东花园的水榭取名"山水间"。由此，我悟出了载酒的深意。

历史上耦园多次被毁，"文革"期间变成工人宿舍，八十年代重新整修，基本保留了原有的建筑框架。耦园，乃是中国古代典籍流落在苏州的丝雨。它的营造法式、建筑构造都是因地制宜。耦园的房子真多，渐渐地我觉出它的好处，因为人的世俗生活通常总是在房子里进行的。沈秉成严永华的恩爱，就是因着诗情画意以外，能够在一起过世俗生活吧。

可能，沈秉成开始写《鲽砚斋诗抄》时是随心所欲的，写着写着便入了迷：从家居的食、茶、香到诗、酒、画，他压根没想写一部文人思想和哲理的总志，只想写园子里的风花雪月与郎情妾意，写不够，从而在心底衍生出一片好风光。

生离死别就是这样朴素，

单是为了今天的好风光，

我也要把这两两相忘，

也要把这人间当成天上。

这是诗人柏桦长诗《水绘仙侣》最沉痛、简淡的四句告白，专为冒辟疆董小宛之爱而写。不禁让我想起苏东坡的词句："十年生死两茫茫，不思量，自难忘。"其类似时光倒流的幻觉与恍若隔世，又让我想起杜甫《秋兴八首》之八最后两联"佳人拾翠春相问，仙侣同舟晚更移。彩笔昔游干气象，白头今望苦低垂"。我读《水绘仙侣》花了很长时间，最吸引我的，还是此诗的格调，有一种不以苦愁为悲的执着，这份执着让人倍感凄凉。我是去过如皋水绘园的，也读过《影梅庵忆语》，冒辟疆对董小宛貌似刻骨铭心，事实很是无情。

我还是喜欢苏州人沈复的《浮生六记》。所谓平凡人家、寻常日子，被沈复写出了粗茶淡饭的色泽和律动，真切感人。沈、严之诗，则有着退隐官宦庭园生活的从容与散漫，加上云水氤氲的文风，使得描绘的春花秋月显得弥足珍贵。

城曲草堂正中间，挂着的并不是沈秉成、严永华画像，我无法一睹园主的面容。从年龄推算，沈的面相显老，尖颊垂髯，是一位文质彬彬的雅士。严长得清秀，笼烟眉，含情目，酷似那凌波的湘夫人，且双靥略含愁，更添万种风情。我和先生凝神伫立，看着眼前的雕梁画栋、家具陈设，体味着当年红栏曲水的欢快。栏外，雨梳柳丝，宝帘闲挂小银钩。

耦园少其他一些建筑可以，如果没有山水间，就等于没有耦园。隔着山水间朝北看，不是看画，而是身在画中。走近，小石桥横卧水面，不似人间。我多么愿意我和先生是这幅山水画中的一方闲章：水绘仙侣。严永华的琴台置放在山水间，不见柔指调弄的古琴，台面空得落寞。闭上眼，严永华的神态瞬间浮现，衣香淡影，浅笑轻颦。我抚摸“松竹梅”落地飞罩，情思一直沉浸在耦园的温润日子里。桂花一开，阳光里满是碎碎的蹦跳的金粒，蹦过一池秋水，跳过半堵影壁。到夜晚，随风摇曳的桂花，香气浓郁，流金溢彩。

从耦园的布置可以看出沈秉成对女性的态度，对地方风物的惜爱，对植物山石的取舍，对书画典籍的收藏，以及对待家人朋友的礼仪等，无不用心之至，只是结构不如拙政园繁复、庞大。

近日，游览了耦园后，我连吃了两天的荤油菌菇面，外带一块玫瑰大方糕，可惜中间夹了一点儿猪油。苏州点心就是这样，白粥加豆沙，玫瑰和猪油，粽子裹蜜枣。

也许这一点儿猪油，就是沈秉成每月一次的“真率会”妓船之旅。他是见惯风月的人。

即便如此，整个耦园仍然一片宁静。

月华如霜，竹叶碎影。细细一想，他力拭菱镜，一尘不染，无非是想看清镜中那青花瓷瓶里的白牡丹。

梨园之内有"三分情真得天下，七分情深动鬼神"的行则。我猜想，沈秉成一定不喜欢那些悲悲戚戚的剧目，因为他受不了心底的悲苦。从一见倾心，诗酒唱和，到不离不弃，睹物思人，沈秉成的深情不输于沈复。

想到这，就想起中秋节的那天下午，我在耦园双照楼喝茶，一个人慢慢地喝，慢慢地看窗外。屋檐长长的阴影，院子里有一棵浓翠的桂树，枝叶繁茂，在风中婆娑起舞，我沉醉于一百多年前"东园载酒西园醉，南陌寻花北陌归"的往事中。傍晚出园时，满身桂花香气。

夏日风物

金 鱼

雷雨后，去留园。闲坐在池塘边，紫藤浓荫遮地。随意分掰面包屑，喂食金鱼。金鱼个头硕大，争先夺后，生生搅乱了一池碧水。稍长，知道那不是"大金鱼"，而是锦鲤。

《紫藤金鱼图》，我偏爱的一幅画，也是虚谷晚年最擅长的画题。紫藤繁花细蕊，锦绣俏艳；金鱼穿梭水波中，轻泛银光。题款"紫绶金章"，这本是指秦汉时的官印。金印上系着紫色绶带，有一朝为官、功成名遂的寓意。虚谷以此题《紫藤金鱼图》，构想妙绝。

夏天，皮市街花鸟市场的金鱼摊真多。充着氧气的玻璃大鱼缸，冒着串串气泡，养着五彩斑斓的金鱼。缸边挂着捞鱼的小网勺，放着袋装鱼食、苏打。鱼贩唠唠叨叨地为我介绍养鱼经验：换水时，可以略放苏打，以调节水中的氧气。另外，水不能天天换，换时一半用新水，一半用老水……

盼着放暑假了，去同学家玩耍。她家住的是老宅，天井里的粉墙上爬满了常春藤，绿茸茸一片。墙边的大石缸，好看。两三片翠绿的慈姑叶，一两条朱红金鱼在藻草间悠然地游来游去，尾巴一甩一甩的，收放自如。廊沿上，井台边，盆栽的石榴、绣球、茉莉、夏鹃，都是应时花卉，葱绿幽香。我们用蜡笔画金鱼，金黄的"水泡"、朱红的"珍珠"、湛蓝的"麒麟"，还有漆黑的"墨玉"，一条又一条，乐此不疲。

丰子恺有幅《欣赏》的漫画，有童趣。画中几个小孩子兴致勃勃围着一只水盆在干什么？我猜，多半是看金鱼吧。

碗 莲

桌上有张照片，乃小儿五岁时摄于拙政园的"荷花节"。

每到夏天，远香堂前的池塘就铺满了一片片碧绿阔大的荷叶，高高低低，层层叠叠，掩映着一朵朵袅娜多姿的红荷，亭亭玉立，香远溢清。回廊水榭间，则摆放了一盆盆清雅纯洁的碗莲，娇小玲珑。碗莲还是荷花，袖珍的荷花。

当时，莲叶娇嫩，童子稚乐。

篆刻名家吴隐刻有一方"爱莲池畔是侬家"的白文印，颇有汉凿印的趣味。不知灵感来自西湖荷花还是吴门碗莲？

苏州从前有个叫卢彬士的老人，他所莳弄的碗莲，开始叫钵莲。莲花冰清玉洁，在他以为，须用定窑、钧窑烧制的精细古碗才能养植，碗莲也由此得名。生活讲究精致的苏州人夏季多用碗莲作案头清供，品种倒不是十分在乎的。

文人沈三白在《浮生六记》中有一段关于碗莲的闲笔："以老莲子磨薄两头，入蛋壳使鸡翼之，俟雏成取出，用久年燕巢泥加天门冬十分之二，捣烂拌匀，植于小器中，灌以河水，晒以朝阳；花发大如酒杯，叶缩如碗口，亭亭可爱。"

蝉声聒噪，柳影曳地。

远香堂里，黄花梨条案上，一只仿宋代印花莲瓣纹白瓷碗中，四五片嫩绿的小圆叶，衬着一朵含苞欲放的粉莲花。不胜娇羞。宛如一阕浅吟低唱的《虞美人》。

西　瓜

酷暑，骄阳似火，炎热异常，难免疰夏。午睡起来，人懒懒的，不想动弹，只想吃几片西瓜，清凉解渴。

窗外，传来悠长动听的西瓜叫卖声："卖西瓜——卖西瓜——包熟包甜的大西瓜！"有人在问："多少钱一斤？"走出家门，发现巷口的黄鱼车瓜摊旁挤满了人。有会挑的，拿起一只又一只西瓜，笃笃敲敲，侧耳细听。戴着草帽的瓜贩，笑眯眯地帮这个选瓜，替那个称瓜，忙得不亦乐乎。脖子上虽搭着毛巾，却没空抽下来擦把汗。他们大多是近郊的瓜农，自种自销。如果事先约好的话，瓜贩还会把整担的西瓜送到顾客家中。住在深宅大院的人家，常常把西瓜放入吊桶，浸在井里。到了傍晚，才慢吞吞吊上来。用刀切开，咬一大口，汁肉鲜美，冰凉香甜！味道不知要比放在冰箱里好上多少。

小时候，父亲带我去近郊游玩。途中，经过一大片西瓜田。不巧，鞋子脱落了，正要弯腰系鞋带，父亲在一旁笑着打趣说，"瓜田不纳履，李下不整冠哦！"记忆犹新。

巷口的合欢树，一过黄梅天，绽放出一团团毛茸茸的粉红绒花，散发淡淡的幽香，夹着丝丝的甜味。窗外，适时又传来了久违的"卖西瓜——卖西瓜喽！"的叫卖声，时而交杂着浒关蔺草席的叫卖声。夏日的二重唱。分外悦耳。

金农有幅只画了一片红瓤黑籽西瓜的册页，题道："行人午热，得此能消渴。想着青门门外路，凉亭侧，瓜新切，一钱便买得。"通俗的题材，充满了生动浓郁的艺术气息。

扇　子

母亲从小喜欢看戏，有次陪她在开明大戏院看完了全本昆曲《桃花扇》，是江苏省昆剧院演的。

"溅血点作桃花扇，比着枝头分外鲜"，这出名剧演绎了才子佳人，国破家亡的悲情故事，让我不住扼腕叹息，同时也对那柄作为定情物的桃花扇念念不忘。它产自苏州？

苏州的扇子制作由来已久，品种繁多，主要有檀香扇、绢宫扇、纸团扇、折扇。士绅淑女，市井小民，各有所好。

苏州民谚曰："六月里扇子檀香扇，再热也勿会打恶心。"结婚时，好友赠送一把檀香扇。片片扇页，拉镂薄薄透空的细细的花草，说不出的精致秀美，夏天我根本不舍得用。只在有些个夜晚，在灯下拿出来摩玩一番，又放回抽屉。

绢宫扇，也称"绢团扇"。狮子林附近的旅游纪念品商店四季都有售。曾见一群游客，人高马大的壮汉，人手一柄泼墨花鸟绢宫扇，大摇大摆地走在园林路上，样子滑稽可笑。年少时，一柄绢宫扇让我如获至宝。情结源于工笔画中妩媚的杨贵妃，那团扇半遮海棠春睡的模样，真是我见犹怜。

长大后，到底喜欢上了折扇，毕竟它是"怀袖雅物"。从前的文人士子，出门应酬必穿长衫，在袖袋里放入一柄精巧的折扇。彼时，谈笑风生之际，展开轻摇把玩，尽显儒雅。

折扇又称"撒扇"，撒开为用，聚拢能藏。以宣纸为扇面，可以题诗作画，扇骨有竹子、乌木、紫檀和象牙。除用作扇风驱暑外，还是供来鉴赏的艺术品。画家吴湖帆生前收藏的一大特色是状元扇，全部是折扇，其中清代状元扇就有72柄。这些状元扇被他悉数捐给了苏州博物馆，成为镇馆之宝。

晚饭后，我拿着一柄芭蕉扇，坐在藤椅里纳凉；母亲习惯用一柄白色纸团扇，轻轻拍打脚上叮咬的蚊虫。繁星满天，蟋蟀鸣唱。一不小心，母亲用纸团扇打死一只蚊子，父亲见了，用毛笔替她在扇子的蚊子血上画了一只蝴蝶，栩栩如生。

如今，有了空调与电扇，扇子用得越来越少，更别说享受"轻罗小扇扑流萤"的情调了。

石　榴

暮色四合，漫步平江路。途经一户人家，门扉微启。粉墙两侧长着四五棵石榴，树干虬曲，枝繁叶茂。碧绿油亮的枝叶间，藏匿一朵朵红色小灯笼般的石榴花，饱满鲜艳的花瓣，像卷曲琐碎的皱纹纸。风过处，小径上一地残红。

夜读李渔《闲情偶寄》，我羡慕他的芥子园不足三亩地，却种了不少石榴。待到花开烂漫，可倚栏观赏，聊发诗兴。

石榴多籽，古人把它作为吉祥物，喻人多子。表妹新婚，母亲送《榴开百子图》，是苏州桃花坞木刻年画的传统题材。

相反，狂癫激情的青藤老人，珠玉般的才华无处施展，只能以石榴自喻。他的《榴实图》，画的是折枝石榴，题诗："山深熟石榴，向日笑开口；深山少人收，颗颗明珠走。"

有一年春天，我病了很长时间，等好的时候，檐外的樱桃花已经凋谢了，而庭中的石榴花，开得红艳艳的。

天气随之暖和起来，我换上了薄薄的衣衫，坐在小竹椅上，一边吃着绿豆粥，一边听有线广播播放的徐云志长篇弹词《三笑》，对唐伯虎单相思的丫鬟石榴，做得一手好菜，发噱得很。这时，母亲推门进来，递给我一个手绢包。解开一看，原来是一捧沾着露珠的栀子花、白兰花和茉莉花，清香扑鼻。惊喜中，在她的眼神示意下拨开花儿，竟藏着只炒肉团子——黄天源的夏令糕点，她特意早起排队为我买来，捎带了店门口虎丘花农篮子里晨摘的鲜花。看着我的一脸馋相，母亲笑了，那笑容同红艳似火的石榴花一样甜美。

春水词

这世上没有一样东西我想占有。

——米沃什

一

从前，有位画家谈山水，引过一段妙论："画山水，最重要的是要有水。有水无山，也可以凑成一幅。有山无水，无论怎样画，总是死板板的，令人透气不得。因为水是表显聪明和秀媚的。画中一有水，就可以使人神意悠远了。"我是赞同这个说法的。苏州不就是这样的一座秀媚水城吗？

午后的太阳照在干将河上，闪着一片金红色的光。沿着干将河往东延伸，可以望见入云的大厦，林立的高楼，交叉的高架桥……水里的船，看不见了。我恋慕的心上，失掉了古城岁月的影子。苏州的风味到底是淡去了，想着哪怕能听一听船娘的歌，也是好的。

站在乐桥，我的眼睛看着前方。前方就是过云楼了，准确地说是"过云楼陈列馆"，刚开放不久。除房屋以外，一无所见，河流，石桥，草坪，欹斜的杨柳，都附属于过云楼，是过云楼的一部分。我想着：去这座著名的藏书楼走一走。

过了桥，我在干将河边走走，看看。我看芳草萋萋，看红花艳艳，看葱郁的罗汉松，看清澈的河水。目光过到河那岸，对面就是过云楼了。春天的风里，水光漾动，我的心很平静。

在苏州古城改造中，因干将路拓宽，使本是深宅内院的藏书楼成了临街浅屋，这个二进三间的老宅，前一进平屋三间，即"艮庵"，后一进为上下两层的"过云楼"。五块玲珑的太湖石，曾耸立在艮庵南面的院子里，称"五岳起方寸"。过云楼以"过云"为名，是取"过眼烟云"之意，主人是以一种平常而淡泊的心态来对待他的藏品的。

顾文彬构造过云楼的起因是景仰宁波的天一阁，他对儿子顾承深情告白："当若能为我设法造成，则夙愿已偿，心中大悦矣！"过云楼建造时，他还在宁波任职，匠人跟随顾承专程到宁波，顾文彬在百忙中耳提面命，关照他们回苏后，依照讨论的结果把画出的详细图纸再寄来，然后定稿。可见，他是个做事严格、追求完美的人。

艮庵正对着干将路。这种房子，我住过，虽然临街，关上门，不喧闹。尽管它原来是紧邻铁瓶巷的。这里有一张顾氏家族世系图，粗略一看，就知道大概。两侧墙上，挂着顾文彬、顾承（骏叔）、顾麟士（鹤逸）、顾公雄、顾公柔、顾公硕四代人的介绍，其中，顾氏第四代兄弟三人分别向博物馆捐献了大量的过云楼藏品；第五世孙顾笃璜先生白发苍颜，神态安详，在硕大的投影屏幕里娓娓而谈。

关于过云楼的收藏，在顾文彬撰写的《过云楼书画记》、其孙顾麟士撰写的《过云楼续书画记》中有详细记述。收藏包括：法书类，如范仲淹、苏轼、赵孟𫖯、董其昌等；画迹类，如吴道子、巨然、李公麟、米友仁、刘松年、夏珪、杨无咎、赵孟坚、钱选、"元四家"、"明四家"、"清初四僧"、"清初六家"、"金陵八家"等。过云楼藏品以文人画为主，书法次之；宋元较少、明清较多；明清书画作品中又以"明四家"和"清初六家"最为精彩著名。据我了解，这种趣味不仅是顾氏一族的选择，也是同时代江南收藏圈整体的风尚。

过云楼藏书的出名，与傅增湘有些关系。傅增湘是四川人，现代著名藏书家。民国时期，先任教育总长，后任故宫博物院图书馆馆长，以图书收藏研究为乐，千方百计搜访中国古籍，致力于版本目录学研究。有一天，他从北平来到苏州，叩响了过云楼的门环，拜访好友过云楼主人顾麟士，要求借阅藏书。主人碍于情面，同意他进入楼内，但附加了一个十分苛刻的条件，看书时不能带纸砚抄写。于是傅增湘每天看书数种，回去后记下书目，写成《顾鹤逸藏书目》，发表在《国立北平图书馆馆刊》第五卷第六号上，顾氏秘藏书目从此被公布于世。若缺了傅增湘的这番辛劳，过云楼对后世的影响或许不会如此之大。

作为过云楼第一代主人，顾文彬深知藏品的文化价值，为此，他制定了庋藏法则谆谆告诫后人要珍爱藏品，"书画乃昔贤精神所寄，凡有十四忌庋藏家亟应知之：霾天一，秽地二，灯下三，酒边四，映摹五，强借六，拙工印七，凡手题八，徇名遗实九，重画轻书十，改装因失旧观十一，耽异误珍赝品十二，习惯钻营之市侩十三，妄摘瑕病之恶宾十四"。可谓用心良苦。

他说："今此过云楼之藏，前有以娱吾亲，后有以益吾世世子孙之学。"这就是顾文彬收藏书画的初衷与目的。一个心志睿智目光深远的老人！

顾文彬晚年辞官，回归故里，与勒芳锜、潘曾玮、沈秉成、吴云、彭慰高、李鸿裔等人组成了"吴郡真率会"，以顾家的怡园为主要活动场所，书画鉴赏，诗酒酬咏，雅集频频。他专门请常熟画家胡芑孙绘制"真率会"七老像，还请著名画家任阜长补图，补画童子三人。

我在《苏州杂志》上看过这幅《吴郡真率会图》，画中的七个老人长衫宽袖，温文尔雅，面容、气质如此相像。顾文彬在画卷题跋中作了具体注解：图中胡床一具，其浓眉秀目，面皙髭白，以手掩胸而坐于右者中江李鸿裔香严也；面圆髭微白，其容蔼然，以手按膝而中坐者奉新勒方锜悟九也；面颊若被酒，白须飘然，袖手抱膝而坐于左者吴县潘曾玮养闲也；方面浓髭、笑容可掬，屈膝而坐于方椅者归安沈秉成仲复也；凭椅背而立，面清癯、须疏白，有海鹤风姿者归安吴云愉庭也；面长鼻直，美须髯望之伟然，凭几而坐者长洲彭慰高讷生也；方面微髭，坐于几侧，以手作按曲状者元和顾文彬艮庵也。其中，顾文彬与吴云交往密切，两人都是退隐官员，不仅喜欢鉴藏，还是姻亲关系；李鸿裔在他眼中，则是抢夺《米题褚摹兰亭卷》的潜在对手。

只说顾文彬的交谊，北京琉璃厂访博古斋，宁波访天一阁、抱经楼，苏州访曲园老人俞樾，包括寺庙焚香求雨，都含着有趣的细节。顾文彬深爱怡园的一草一木，小病初愈，惦记着园中新种的白皮松，赶紧戴上帽子去看。更夫晚上喝醉酒撞坏了大石笋，气得他翘胡子瞪眼马上把他赶走。每月一次的"真率会"，他请来美貌多情的歌伎陪酒助兴，散席后，还回访她们，送钱赠物，嘘寒问暖。听到他的这些轶事，我不禁哑然失笑。真是一个有性格活得有滋有味的老头儿。

我和过云楼主人本不是一个时代的人，因为读过他的《过云楼日记》，再加上喜欢这座藏书楼的书画，彼此之间，好像就不隔什么了。

《日记》："（四月）十一日，晴。午后，至松筠庵，访心泉和尚不值，遇雨而归，小雨即止。"因未遇见心泉和尚，所以才有"十二日，晴。巳刻，访心泉和尚，见其所藏书画各件。一夏珪纸本山水卷，有俞紫芝、黄大痴、柯丹邱、文衡山跋；一恽香山纸本水墨山水册；一恽香山青绿山水册；一王西庐山水册，先画七页，后补三页，有王员照跋；一恽南田山水册，诒晋斋藏本；一恽南田花鸟册；一恽南田扇面画；一黄瘿瓢画册；一蒋南沙绢本花卉册。皆真迹，其中以南田山水册为最佳。有陶发成绢本山水册，乃伪迹，盖旧画添款者"。

有一阶段，顾文彬与心泉和尚的交往相当密切，因为心泉和尚富收藏，精鉴赏，而且对书画名迹的递藏经过了然于胸，又与当时经营书画的商号稔熟，所以顾文彬在访求书画名迹中遇到疑难，往往请他来为自己掌眼。"（八月）初四日，晴。往晤心泉和尚，示以倪（云林）、黄（公望）两小幅，谓倪真黄赝，与余意合。"

院子里，种着一棵青枫，长得有一房多高，树身较粗，虬曲着伸过屋檐下的匾额：过云楼。题款：冯桂芬。细瘦的枝头挂着鲜绿的叶片，在风中摇曳。还有一丛蜡梅，飞雪天气里，吐蕊绽放，满院都是香。顾文彬的诗句，在梅花的花瓣上颤动：

> 古今兴废几池台，往日繁华，云烟忽过。这般庭院，风月新收，人事底亏全。美景良辰，且安排剪竹寻泉、看花索句；从来天地一秬米，渔樵故里，白发归耕。……

　　这首诗不管是什么，都能在心里化开。这样写，十分符合他当时的生活状态。也符合我彼时的心境。

　　过云楼一层主厅挂着"霞晖渊暎"的匾额，它本刻在被拆掉的过云楼砖雕门楼上。两侧是顾文彬手书的对联："一枝粗稳三径初成，商略遗编且题醉墨。"字面的意境，我一时说不出，心里却是明白的。在院子里我没看见枇杷树，怡园里是有的，枇杷有晚翠的象征，契合他退隐的思维。中间的条桌上供着顾文彬铜像，是供人瞻仰的。

　　虽说《过云楼书画记》不能当文学书来读，但也是可以与《林泉高致》相比的。那个时代，收藏家多的是，很少能写出这样一本书。《过云楼日记》传达出了顾文彬文句的神采，语词更是优美。我反复读过几遍，领受其文气，体味其内涵，有些句子是适于诵读的。

　　顾氏所藏的书画，有些我在博物馆看过，尤其喜欢几幅意境悠远的山水册页。我叹服顾文彬这么写山："舟行山阴道上，见群山傍水，石壁崭然，如读北宗画，用大斧劈披者。山根有水一道，中亘一堤，与外河相隔，然壁立之山只一二里许。过此则平山迤逦，时见大树郁葱，皆乌桕，此又如南宗画矣。"颇有几分宋元山水画的笔意。

过云楼留存下来的藏书的四分之三归南京图书馆，剩余四分之一，170余种，既有宋刻《锦绣万花谷》（前集、中集、后集各40卷，共120卷）这样的存世孤本，又有黄丕烈、顾广圻、鲍廷博等大家的批授手札。2012年6月4日，备受关注的"过云楼秘藏"（包括《锦绣万花谷》）拍卖经过八轮竞拍，最终以1.88亿的落槌价，被凤凰出版传媒集团拍得。由此创作的音乐剧《锦绣过云楼》在苏州首演艳惊四座，剧中的场景对每个苏州人来说都是现实版的回想。

过云楼，多么令人神往，我靠图片想象过它的样子。它在人民路铁瓶巷与怡园之间，像是三岔路口。干将路到这里忽然分开，谦恭地贴着白色院墙两边绕过去，生怕搅扰了里面的安静。四周的楼房差不多全是商铺，高大轩敞，留出的这座老宅，门扉低小，倒不一般了。

铁瓶巷顾宅，是顾氏祖产，人口滋多，就要分流。顾麟士在分家后，移居醋库巷西津别墅，在三子顾公柔去世后，又移居城西的朱家园。西津老人的著作虽袭用过云楼之名，但日常生活已与实体建筑逐渐分离。至于顾氏的书画家学，在顾麟士这一脉，得到了最好的延续。

守着一楼一园，顾家是富有的。

站在乐桥，抬眼就能望见苏州文物大楼。这里离文庙和北寺塔都不远，从前旧书店林立，如今荡然无存。顾文彬不在了，顾承不在了，顾麟士也不在了，他们把许多关于书画收藏的故事都带走了。想起早先读《诗经》，有"夜未央，庭燎之光"这样的句子，我朝过云楼，投出一个温暖的注视。

二

过云楼是顾文彬用来收藏书画的楼屋，书法、绘画，纸上的山水，可望不可即；怡园是他退隐后怡性养寿的园林，假山、池塘，梦中的山水，可游也可居。过云楼与怡园是相辅相成，不可分割的，那里只有风月，没有一点人间烟火气。让人往返之间，诗意灵感顿生。

怡园的位置再好不过，很多游客第一次到苏州逛观前街，就望见了位于人民路的怡园，细砖门楣上镌刻着黑色的书法款识，透露出高墙后面的花木气息。只看得见假山一角。没想到，如此热闹的观前街区域，竟然隐藏着这样一座幽静的园林。

过云楼竣工后，余下的太湖石很多，因太平天国战事后，不少私家园林毁于战火，大量湖石待价而售。顾文彬嘱咐顾承购买了尚书里一块废地，即古春申君庙址和明代状元、尚书吴宽"复园"故址，并逐一改建成住宅（东路为过云楼）、义庄（春荫义庄）、祠堂、花园（怡园）。垒石成山，坎地为池。这就是怡园。

怡园是一座集大成的苏州园林，花团锦簇。藕香榭是园子里的主要建筑，它的富丽堂皇既及不上拙政园的远香堂，狮子林的燕誉堂，也及不上留园的五峰仙馆。但是，它的朴素、简洁让我喜欢。童寯在《江南园林志》中评价怡园："园内西北堆山，东南多水，划分庭院，善用曲廊，不泥于直垣方角。"周瘦鹃为怡园写随笔，文中提到景点"画舫斋"，说"上有小阁，因窗外有松，可听松涛，所以叫'松籁阁'"。又写道"穿梅林到'岁寒草庐'，前院后庭，都用奇峰怪石随意点缀，更有石笋多株和古柏、老梅、方竹等互相掩映，饶有诗情画意"。盆景是缩小的山水，周瘦鹃制作盆景的一大特点就是仿照古人的名画来做。他与顾文彬是两个时代的人，彼此的心意却是一致的。

按照顾文彬信中的意思，顾承在怡园设计中"集思广益"，他是画家，造园时有画友王云、范印泉、程庭鹭等一起出谋划策，园中的一石一亭先由海上著名画家任阜长起稿，然后请来名匠叠山理水。几年后，顾文彬告老还乡，怡园已建成，共耗银二十万两历时九年。

"一琴几上闲，数竹窗外碧。帘户寂无人，春风自吹入。"明人的这首小诗，是怡园曾经的生活写照。怡园主人顾文彬工词章，善音律，因爱琴好石，造园时精心构筑了与琴有关的景点：坡仙琴馆。

坡仙琴馆的匾额由吴云书额，并加跋曰：

> 艮庵主人以哲嗣乐泉茂才工病，思有以陶养其性情，使之学习。乐泉顿悟，不数月指法精进。一日，客持古琴求售，试之声清越，审其款识，乃宋元祐四年东坡居士监制，一时吴中知音皆诧为奇遇。艮庵喜，名其斋曰"坡仙琴馆"，属予书之，并叙其缘起。

这奇遇似有神助一般！顾文彬在馆内收藏的苏东坡"玉涧流泉"琴，我在苏州博物馆举办的古琴展中有幸目睹了它的风采。这张古琴蛇腹断纹，金徽玉轸，琴背满刻铭文，错落有致，连琴名共有文字题刻十二则。琴背上右刻行书"松石间意"和"吴趋唐寅"的落款；龙池两侧有文徵明、祝允明的题诗，沈周的签名，还有张灵、文彭、顾文彬的笔迹，"坡仙琴馆"的印章赫然在目。它的琴音想必清微淡远。

"石听琴室"悬有翁方纲手书匾额，顾文彬跋文：

> 生公说法，顽石点头，少文抚琴，众山响应，琴固灵物，石亦非顽。儿子承于坡仙琴馆，操缦学弄，庭中石丈有如伛偻老人作俯首听琴状，殆不能言而能听者耶！覃溪学士此额情景宛合，先得我心者，急付手民榜我庐。

"玉炉香，红蜡泪，偏照画堂秋思。"唐人词意，丝丝缕缕，萦萦绕绕。临窗的树掩着屋子，透过窗棂，斜斜地映上琴桌、古琴。这些家具物件不是顾承用过的，摆设在这里不过是当时场景的再现。我想象顾承琴罢默望着檐角斜挑的星辰，静听残雨的淅沥；想象他伫立在午后的日光中，观看翠竹在风中摇晃映在粉墙上的影子；想象他穿过锁绿轩漫步池塘边，在晨曦里凝视着荷花的姿影。

一下雨，水天就忧郁了，像顾承的曲调。顾承与顾麟士父子都是琴家。馆内有一对联："素壁有琴藏太古，虚窗留月坐清宵。"琴在怡园主人眼里是多情善感的。另一对联：

> 步翠麓崎岖，乱石穿空，新松暗老；
>
> 抱素琴独向，倚窗学弄，旧曲重闻。

不知怎的，最后一句"旧曲重闻"，让我内心惆怅。这对联虽然写的是顾承学琴之事，但又何尝不是对怡园琴会的追忆。

过云楼二层的屏风上绘有一幅宋代的《西园雅集图》，西园是北宋驸马都尉王诜府第，当时文人墨客多雅集于此。王诜请善画人物的画家李公麟把自己和友人苏轼、苏辙、黄鲁直、秦观、李公麟、米芾、蔡肇、李之仪、郑靖老、张耒、王钦臣、刘泾、晁无咎以及僧人圆通、道士陈碧虚画在一起，名《西园雅集图》。松桧梧竹，小桥流水，极泉石之胜。宾主欢聚，或写诗、或作画、或题石、或拨阮、或看书、或说经，尽宴游之乐。米芾为此图作《西园雅集图记》。后人景仰之余，纷纷摹绘。从此，"西园雅集图"成了人物画家的一个常见画题。

近代绘制的《怡园琴会图》，一幅类似《西园雅集图》的纵逸隽雅的人物长卷。在主要描绘琴者雅集的同时，杂以突兀的山石，繁茂的古松，横斜的寒梅，参差的修竹，还有潺潺的流水。引人入境。

那是1919年的秋天，著名琴家叶璋伯寓居苏州，与顾麟士相见恨晚，两人共议在怡园举行琴会。琴会在怡园藕香榭举办，广霞和尚的一曲《梅花三弄》，拉开了琴会之幕；接着，栖谷和尚、琴契和尚弹奏了《胡笳十八拍》《石上流泉》。尔后，琴家轮流抚琴献艺。郑觐文表演了鼓瑟《鸥鹭忘机》、擘箜篌《秋风高》，川派琴家李子昭与吴浸阳、郑觐文分别表演了双琴对弹《风雷引》和《良宵引》。他们还对各地琴家所携的十张藏琴的琴名、琴式、断纹、题识等进行汇考，并一一加以记载。李子昭兴致勃勃作《怡园琴会图》长卷，吴昌硕写《怡园琴会图》长题以志其盛，顾麟士在画上题诗纪念，有"月明夜静当无事，来听玉涧流泉琴"的句子。此情此景，不复再有。

玉延亭和四时潇洒亭外面的铺地上，嵌着几块小太湖石，还有一口"天眼"水井。花岗石井栏，内圆外六角。井栏上镌刻六个隶书：天眼潘奕隽书。游园的人一进门就能看到它，清清之水，映出一方蓝天，这口井的水是活的，大抵与古城内的河道相通，养润了顾家人。

黄昏时分，走进怡园，有种风景旧曾谙的感觉。这里养过鹤，日寇侵占怡园后，做出了煮鹤焚琴之事；这里种着梅，梅花散发的芬芳经年累月弥散在南雪亭；这里长的白皮松遒劲孤高，仿佛刚刚从一幅古画中走出来。即使是狭小的角落，怡园主人也要吟诗作对，这是文人本色。我从顾文彬的日记里知道，从前的日子，他写下了千余首诗词，编为《眉绿楼词联》，依"望江南"调，首句都为"怡园好……"现成拿来制成楹联，请名家写好在园子里各处挂上。何等风雅！可惜我只读过几首，假定捧在手中读完，从这一册诗集里，也可更深地了解那个时代的苏州士绅的心态，以及这一带的习俗风物。

小时候，为了练好书法，父亲多次带我到怡园。园子里的廊壁上嵌有历代书法家如王羲之、怀素、米芾等的书条石，这些"怡园法帖"集中分布在画舫斋的南侧长廊，碧涧之曲古松之阴，这里是怡园最为幽静的地方。我边走边看，细细品味。我喜欢其中的《兰亭集序》刻石，这是"玉枕"兰亭。相传王羲之《兰亭集序》墨迹已被唐太宗李世民作为自己的陪葬品一同下葬，宋代贾似道得到与真迹一致的用纸蒙在墨迹上的摹本，命工匠花了一年半时间精心镌刻在玉枕上，从而保存了王羲之的真迹。这刻石就是据宋拓本钩摹复刻的，颇为传神。

有时候，我也去看面壁亭背后的东林五君子册，是杨涟、魏大忠、缪昌其、周顺昌、周宗健的尺牍，他们中的周顺昌鼎鼎大名，魏忠贤授意东厂特务来抓他，引起了苏州市民的暴动。但我看了他的墨迹，没觉得好，字体过于圆熟自负了，远没有王羲之的灵动飘逸。即便如此，我每次走到这块刻石前，还是久久徘徊不忍离去。这大概跟五人中除杨涟是湖北人外，其余都是苏州人有关吧。

三

雨下了一夜，愈加添浓了水的味道。睡不着，就多思——现在是初春，不是梅雨之季，雨水怎么来得这样勤？当然，江南本来就多水。

苏州园林经营位置的定律：初入园，有朱栏回廊，渐见亭台，然后到池，楼阁与假山殿后，登高处，顾盼全局，由小及大，由低及高。这样的布局大同小异。但雨中游园是最好的，仿佛一幅水墨画。我站在怡园的曲桥上，感觉竟然是《青溪》

的意境：

> 言入黄花川，每逐青溪水。随山将万转，趣途无百里。声喧乱石中，色静深松里。漾漾泛菱荇，澄澄映葭苇。我心素已闲，清川澹如此。请留盘石上，垂钓将已矣。

怡园的园风近似王维的诗风，散淡中见富贵。

雨停了。

天色大亮，鸟叫。粉墙绿树，新鲜得仿佛刚刚来到这里。我想园林应该是童年和老年待的地方，不过，我还没把这个意思想清楚。

雨时下时停，游客忽聚忽散，我独坐画舫斋，才感到怡园的美，只可意会，难以言传。怡园的假山堆叠得煞费苦心，模仿的是环秀山庄，跌宕曲折，绵延不尽。假山上的绿意我是不厌其多的，越多越有山林之气。螺髻亭的位置也恰到好处。

隔着池塘，看假山，滂沱秋云变幻："写此云山绵邈，代致相思，笔端丝丝，皆清泪也。江树云帆，忽于窗棂隙影中见之，戏为点出。平远数笔，烟波万状，所谓愈简愈难。全是化工神境。磅礴郁积，无笔墨痕，坐卧其上，极游赏之乐。"天气闷热，《南田画跋》里的句子在我的脑子里断断续续，窜上窜下。

顾文彬、顾承父子堪称书画鉴赏家，他们身处过云楼，坐拥丰厚藏品，几乎每天都进行的鉴赏工作温馨而家常，严肃而紧张。窗外，时而传来一两声鸟儿的啁啾，或是猫咪的呼噜。眼前，这一幅幅书画名迹，闪烁着钻石般深沉而持久的光芒，分明是一个个活泼生命，只要是生命就值得尊重珍惜值得奉献爱意。若只是为了鉴赏而鉴赏，价值并不大。认识到这个鉴赏真谛，顾承便拥有了一种热诚。

顾承在我心里，是有一幅画的：面容俊秀，衣衫整洁，一个风度翩翩的佳公子；他人很清瘦，满身风尘，那是高山与流水的馈赠，眼睛却是炯炯有神，分外明亮。这是青年顾承。

年轻的顾承，身上充盈朝气，青春如花。他为什么没热衷科举，登庙堂之高？要知道，明清之际，苏州的状元可是出得最多。我思想的触须慢慢伸向太湖以外的广袤山野，为搜罗书画碑帖他经常奔走于苏、沪、浙之间。顾承心向的山水，是他一生中最壮阔的生命场域。

《过云楼日记》有关鉴赏、收购书画碑帖的内容，都是顾文彬亲身经历的实录，这对我了解《过云楼书画记》中有关书画名迹的传世、递藏和收购经过，以及真伪鉴别都有参考作用。其中，《释智永真草千文卷》、赵孟頫小楷书《黄庭经卷》、苏东坡楷书《祭黄几道文》这三件书法精品的入藏虽颇费周折，读来却津津有味。让我既体验了作者内心的诉求与渴望，又分享了他得宝的快乐与惊喜。为了保持故事情节的原汁原味，我特意在这里摘录几则《日记》：

（六月）初二日，晴。至松筠庵，晤心泉和尚，携（沈）石田《吴中草堂》卷示之，再观其智永《千文》卷，议价一百五十金，当即携归。

但仅隔了一天，他就"以智永《千文》卷送还心泉，无从张罗价值也。"我想，送还的理由"无从张罗价值也"只是托词吧。

（三月）廿三日，晴。解京饷委员王绍庭自京中回，带研生（朱姓，似系顾氏京寓管家，并代处理书画买卖事）信、李诚甫（北京德宝斋掌柜）信并所购智永《真草千文》墨迹卷及骏叔托买琴足两副、琴轸一副。《千文》卷温云心所藏，后归心泉和尚，京中不乏赏鉴家，欲得此卷者亦不少，皆因议价未成。余去年入都候简，一见诧为奇宝，议价一百五十金。嗣以客囊窘涩，舍之而出，忠心耿耿，未尝一日忘，遂于履任后即致书研生，仍照原议之价购之。发函展赏，焕若神明。思翁（董其昌）跋中所云，唐人无此写法，足为此卷定评。窃叹历来见此卷者，岂无好而有力之人，顾皆弃而弗收，迟之又久，而卒归于余，固由翰墨因缘亦有前定，究由真鉴虽逢，因循不决，如此奇珍，失之交臂。假使余出京后，此卷竟属他人，悔将何及，既自幸又自愧也。接昨日骏叔从沪上来禀，据云已与金保三、张子番往还，颇有佳品，未知能购成几件否也。

那么，是什么原因使得顾文彬写信给管家，关照仍然按原价收购智永《千文》卷呢？我百思不得其解。

隔了一天后：

　　　　　　　　　　　　　　　　　　寻芳记

廿五日，晴。题智永《真草千文》墨迹卷。乍见此卷，虽赏鉴家不敢遽定为真迹者，皆有刻石《千文》先入为主，反据虎贲而疑中郎耳。及见翁覃溪先生《复初斋集》载《石刻〈真草千文〉跋》，云"向疑其用笔太过圆熟，未必隋人所书，反复辩论，决为宋初人书无疑。盖北宋初年之书迹，至大观已是百余年前旧纸墨。薛（绍彭）氏不眼深考，遂以入石。后人因薛氏所刻，踵而信之，从无纠正之者。遂使北宋人书冒铁门限之名流传至今耳。自古书家，唐以前正楷若钟（繇）之《力命（表）》、王（羲之）《乐毅（论）》，皆笔笔自起自收，开辟纵擒，起伏向背，必无千字一同之理。至宋以后，乃有通体圆熟之书。此实古今书势大关键，不可不亟为订正者也。"覃溪为本朝赏鉴第一。既决石刻为伪，始可引证此卷为真，惜覃溪未见此卷，不能邀其赏鉴也。

读到这里，我恍然大悟，原来顾文彬是看到了翁方纲的《石刻〈真草千文〉跋》，跋中认为由于薛绍彭的失误，将宋初人托名所书的《真草千文》镌刻上石，以致人们把它当成了智永真迹，先入为主了。由此，他获得了鉴定这件名迹真伪的依据。晚年，顾文彬在撰写十卷本《过云楼书画记》时把《释智永真草千文卷》记入《卷一·书类一》列为众品之首，可见对它的珍重程度。

波光粼粼，花光水色在"屏风三叠"上晃动着，我坐在小沧浪亭看《过云楼日记》，看久了，就看出人生如梦的意蕴。想着，若是秋夜在小沧浪亭外的平台上喝酒赏月，看周围漆黑一片，山水寂静，自然是人间神仙。古人的日常生活满溢诗意，现代人只能在纸上虚拟了。

顾文彬虽身处宁波道署，却对各地收藏家的佳品、行踪了如指掌。同治十年五月廿九日，他嘱咐顾承，浙江海盐人陈容斋已回家，赶快去拜访，晚了的话他又要出门。因为陈容斋藏有元代书画家赵孟𫖯小楷书《黄庭经卷》。让顾文彬心驰神往的《黄庭经卷》，在信中频繁提及，他不遗余力一一加以描述："松雪小楷《黄庭经卷》，相传有两本，一藏桃花坞程氏，一藏石塔头顾氏。乱后程本已失，顾本归海盐陈容斋，每往访，必出此卷与余共赏。近岁其弟良斋始以归余。"

离开小沧浪亭的时候，出太阳了，地上的光斑，浓浓淡淡。下假山，穿曲桥，我在碧梧栖凤馆外的石凳上稍坐，有一股阴湿之气，好像冬天还在这里逗留。漏窗后的阴绿，仿佛一帧残缺的宋院体画。

永昌徐仰屺，他的先祖富于收藏。顾文彬先派人到徐家摸底。"倘能尽发所藏，一气得之。乃大快事也。"当得知徐仰屺有苏轼所书《祭黄几道文》时，顾文彬难抑激动，"徐氏苏书，字既精整，黄几道又是名人，不但可压梁册，即我家所藏两件，亦拜下风，志在必得，不必计较价值也"。"得三儿信，知以三百元得东坡楷书《祭黄几道文》卷于永仓徐仰屺处，为近日大快事。"顾文彬得宝后的喜悦与满足溢于言表，跃然纸上。《祭黄几道文》是苏轼与弟弟苏辙联名哀悼好友黄好谦的祭文，写于宋元祐二年（1087年）八月四日，书风直率自然，丰腴淳

　　春秋佳日，父子俩信步从过云楼走向怡园，吟诗、抚琴；赏花、玩鹤；或者捡拾落叶、采摘果实，多么美好的时光呵。

厚。仿佛春天里待放的花蕾，一种实在的美，更是美的符号。现存于上海博物馆的《祭黄几道文》，是顾文彬四世孙顾公雄在解放初捐献的。

在藕香榭中看云墙，绿油油的，越看越舒服。金粟亭也被掩映得扑朔迷离。亭边有棵婆娑的大桂树，临水照镜，含婀娜于刚健中。

《过云楼日记》中有关父子俩收购书画碑帖的事迹很多，我百读不厌，有一则印象深刻：（同治十一年三月）"十三日，雨。张子番前日自上海来，携到书画各件，买得其文衡山（徵明）轴廿八元、文衡山轴廿四元、王麓台（王原祁）大轴卅二元、吴渔山（历）小轴廿元、柴桢（君正）册六十元、石涛册六十元、莲池大师卷廿六元、《魏刘懿墓志》一元。"由此可以看出，顾文彬购藏书画碑帖渠道较广，不仅在宁波当地四处搜访，而且有张子番、金保三等书画商送示上门。

回到苏州后，他除了与官绅、同道交往外，仍以鉴藏书画为喜好，几年中在苏州又收了一些书画名迹：赵孟頫草书《千文》卷，仇英《瑶台清舞》卷等。光绪八年（1882年）七月，顾承病逝。艮庵老人老泪纵横，在《日记》中自叹："自承儿殁后，余古玩之兴索然已尽。"《过云楼日记》也就此而终。生命与生命，人与人，需要相互安慰与怜惜。春秋佳日，父子俩信步从过云楼走向怡园，吟诗、抚琴；赏花、玩鹤；或者捡拾落叶、采摘果实，多么美好的时光呵。掩卷，伤感。

我在拜石轩喝茶，厅内忽明忽暗，雷声隐隐。天暗下来，拜石轩里好像有云影晃动，风吹，叶飞，松烟缭绕。

茶室旁园林值班室的门半开着，桌上的电视机里在重播昨晚的《苏州新闻》，音量高亢，介绍的正是过云楼顾家收藏《七君子图》的故事，虽是片言只语，但乍听之下，心情激动。我忍不住凑上前。

《七君子图》是藏家把元代赵天裕、柯九思、赵原、顾定之、张绅、吴镇六位大画家的墨竹收裱在同一张长卷中，其中，柯九思有两件作品，一共七件，名《七君子图》。画面上首先是乾隆年间收藏家乔崇修书写的隶书《六逸图》三字引首，其次是嘉庆年间金石家张廷济书写的《六君子图》，最后是吴昌硕书写的《七友图》。

我一向欣赏水墨画中的老树荒溪、危崖瀑泉、丘壑松风、雪山寒林，这样清明澄澈的景色仿佛不属于人世尘寰，只出现在高士或隐士的画中。比如倪瓒的《六君子图》。近处的坡地上有松、柏、樟、楠、槐、榆六种树木，疏密有致，姿态挺拔。远处的山峦浅浅一抹。全图气象萧索，用笔简洁清淡。上面有黄公望的题诗："远望云山隔秋水，近有古木拥披陀，居然相对六君子，正直特立无偏颇。"

倪瓒隐居山林，一生只与笔墨为伴。像清风明月是中国人内心的东西一样，《六君子图》的创作意图是以树寓君子，体现了画家孤傲高洁的情怀。而松、竹、梅代表的就更是刻在骨子里的气节了。

我在过云楼里看到的是《七君子图》摹本，与真迹相比，神韵差了一点。但这并不妨碍我对《七君子图》产生浓厚兴趣，免不了通过各种渠道刨根问底。从顾氏为《七君子图》所做的考证来看，这确实是一件递藏有序的宝物。康熙年间的收藏家缪曰藻在他的专著《寓意录》中最早记录了一张名为《竹林七友》的长卷，藏家把元代赵天裕、柯九思、赵原、顾定之、张绅五位大画家的墨竹逐一收裱在同一长卷中，其中，柯九思与顾定之各有二件作品，一共七件，名《竹林七友》。到了乾隆年间被乔崇修收藏，但已失去顾定之的墨竹，改名《竹溪六逸》。几经辗转，顾麟士从另一位藏家李苏邻手中买到了这张长卷，恰好手上有一张吴镇的墨竹横幅，尺寸相符，就配入装裱，于是这张长卷又从"六逸"变回了"七友"，名《七君子图》。

拜石轩前面的石笋多有精品，浑然而毓秀，我打了一会儿盹。一睁眼，竹树竹色，一片葱翠。

雨停了。

《七君子图》在过云楼获得了重生。我产生了一种与画作本身表达的思想意识统一起来的向往。忽然意识到，在收藏中得到的持久快乐，并不仅仅属于书画家，也属于任何热爱艺术感受春天的人。

面壁亭前的白樱花把落花散满水面，五彩缤纷。朱鱼窜起，绿水波动，倒影如美人卷帘，令我眷恋。不忍离去，不忍离去。

我走到梅花厅外的台阶上晒太阳。白皮松。梧桐。海棠。杏。石笋。杏花烂漫，仿佛顾麟士晚年的花鸟画。我以为顾麟士的花鸟画比他的山水画传神，就像吴昌硕的山水画比他的花鸟画耐看。

鸟叫。游廊里的杏花花瓣，纷纷扬扬，点点滴滴。

四

黄昏，我与先生一起去过云楼。他对收藏有些兴趣，从前他住在颜家巷，海上大收藏家庞元济晚年就归隐在这条小巷。

天阴阴的，雨点不停滴落檐瓦发出的细响，愈加让人恍惚了。我的步子迈得很轻，怕忧了一院的静谧。

过云楼一楼东间陈列部分过云楼收藏的书画，全是复印件；中间的两侧墙上题写着《过云楼书画记》与《过云楼续书画记》中涉及的书画名迹，满满的；西间介绍顾氏家族的藏书故事和收藏大事记。

读壁，都是一些耳熟能详的书画名迹，让我唏嘘不已。有释智永《真草千字文》，《米题褚摹兰亭序》，范仲淹《手札》，苏东坡《祭黄几道文》，巨然《海野图》，李公麟《醉休图》，王蒙《稚川移居图》，倪云林《春霄听雨》轴，杨无咎《四梅花图》……

过云楼，如今是座空楼，曾经庋藏的书画大部分已散佚，陈列布置的那些文字、图片，包括影像，都是给人"看"的，看顾家留下的生活痕迹。

船平平稳稳地行进，太阳照在船上，船行驶在柔软的河水上，卷起几朵细小的浪花。舱壁上几道水影的反光晃晃荡荡。

活在世上，你不可能没有期待，期待有什么可以看一看的。比如美景，比如名画。有时你疲疲困困，你的心想休息，你的生命匍匐着像一条缓慢的夜航船，而一旦有什么事发生，你就会豁然醒来。

晨雾一层一层散去，从浓到淡，只是一个瞬间。万物苏醒，没有一点声响。

他站在那里。目光沉静，神意悠远，不纷乱，也不焦躁，没有显露一点忍耐。——你一眼看出他的神情像在等待着什么，再看，又不像。于是，你有些疑惑了。不免仔细打量他。

他整洁，俊秀，颀长，而且非常的文雅，身体的姿势，待人的态度，都好极了。难得，在寂寞的旅途中能遇到这样一个人。

——他在等待松竹斋的人走进来，那人的包裹里有他父亲一心想要的书画。他等着那人坐定，等着他开口，然后找个适当的机会还价。

谈毕，细细地看，安安静静，他的脸上看不出表情，但身体明显不那么紧绷了，气息深沉，偶然舒一舒胸，长长吐一口气。

他从小受他父亲的影响，临摹古画，在一笔一画的描摹中，他尽量压减洗涤体内的不平和俗气，画得很认真。即便如此，他的气息还是没有与古人相蕴合，所以就不可能完全得到他们的气韵与神髓。他的心很静，他画，不停地画。只因为这样的生活是父亲的安排，他是个孝顺孩子。虽说新鲜的事物会让他好奇分心，渐渐地却沉湎绘事。

两个人比一个人画好，不单调，有配合，有变化，自由自在，画起来散散漫漫，像飘浮的云朵。——衔接得真好，没有抢占，没有缝隙，水流船行，叶落花开，如此默契。当父亲末一笔的墨迹将近，他的第一笔恰好出手，不点头，不咳嗽，看不出一点暗示和预备的动作。

他们并肩站着，保持距离。他们是父子，是师徒，更是画友。他画得较少，但不是陪衬。他画的时候也是意气风发，运作得当的，父亲娴熟的技巧，强大的气势并没有笼罩他，他们是平等的，合作时必不可少的平等。父亲画的时候他低着头，他的神情是那么专注！他垂手直身，大方端正，有时稍稍抬头，看一眼父亲。——父亲伫立不动。

他画完了这一段大概还有一段，画作由他开头，也由他收尾。

有人悄悄把放在桌上的船票折扇放回口袋，船穿过一座古老的三孔石拱桥，快到杭州了吧？

他理理包裹，接起刚才中断的思绪，回想父亲在信中关照的进行中的几件事务的若干细节，想一想下一步可能发生的情形。

他的人高高的，长得匀称，但是并不伟岸，周身有一种说不出来的优雅与高贵。一件灰色棉袍，剪裁得体。略有点瘦弱，还好，看不出有病痛的迹象。他有三十岁了吧。今天是……十五，过了年才这么几天，风吹着似乎不那么寒冷刺骨了。他脸上的轮廓清晰，手指白皙修长，指甲修得齐齐的。一眼看上去你就会觉出他的干净。

他的一切声容动静都归并收纳在这最后的一瞥，形成一个印象，柔软，敏感，细腻，甚至是纤弱。他走了，但是印象留了下来。

过云楼二层进行了藏书楼复原陈列，展示顾氏鉴藏印章、部分旧藏和诗集著作。我去看了看修复中发现的神秘暗室，是从前女眷看戏的地方。折回。见北面天井里，长着一株白玉兰，有一片眉心紫盈盈的花瓣，紫得喜气。我左看右看，忽然生出欢喜。

他坐在金粟亭，伏案拈毫作画，侍女小红磨墨，时而孩子气地翘望天外鹤翔。白山茶洁白如雪，五瓣之间，自然是蜜蜂的遁窟。他在泥金扇上画白茶花，别有一种风致。他太过讲究，邀客赏花，饮食器皿，都是茶花图形。赏梅，盆盎匙碟，没有一样不是梅花。湖石、玉兰、翠竹、海棠，他忽然想画幅仕女图，海棠花红，少女倚石托腮而立，容貌俏丽，清新脱俗。题诗：海棠弄春垂紫丝，一枝立鸟压花低。

山里的夜来得真快！倦鸟归巢，静极了。他一路走来，觉得一片安静。但是山里和城里迥然不同。他走进小村庄，私塾里有孩子朗朗的读书声，村民弯着腰在水田里忙着插秧，溪水从青石板下淙淙流过，一位梳辫子的小姑娘穿着一件水红色的衫子，像他的妹妹……

走过小石桥，就是他的家。他知道，他想的是他的母亲。而投在母亲的面容里着了色的转尔又是他的妹妹。他真愿意有那么一个妹妹，穿着水红色的衫子，在门前井边打水，井边有一棵开花的海棠，鸟儿立在枝头，把花枝压得低低的。她想摘一朵，听见母亲织布的声音，觉得该回家了，就说："我明天一早来摘你。"她给他指路："山里有座庙，走上去不远，你可以去借宿。"小姑娘和他都走了，剩下一口井。他们走了一会儿，井栏上的水滴还叮叮咚咚地落回井里。

母亲在时间里停留。她还是那样年轻，就像那个摘花的小姑娘，像他的妹妹。他真愿意有那么一个妹妹，如小红一般的年纪。但他在心里画不好妹妹的样子。搁笔，看着池塘。仿佛有一朵一朵的荷花要从水中长出，白色的宣纸平摊在桌上，爱恋的火星微微闪耀。

隐约的天光从苍灰的湿云中挤出来，透过树枝，落在地板上。我毫无目的地擒纵一些飘忽意象，漫然看着窗外河水；——身体里的水起了波纹，一小圈，一小圈，细细密密。观察，感觉，思索着……各种生活（艺术）式样摆设在屋子里，展放出来，真实，又空幻。

太湖石仿佛待开的荷花，一瓣卷裹着一瓣，层层叠叠，往虚无中绘色绘影，绘影是最美的，尤其能够在虚无中绘影——绘在哪儿？

藕香榭俗称"荷花厅"，顾承在营造怡园这个主要建筑时坚持砌墙，而且要在墙上绘画。顾文彬虚心采纳儿子的建议，但在信中反复强调："画壁是古法，但须画得好，否则反成疵累。目下除任薰，无第二人，任薰亦宜令其画奇松、怪石、珍禽、异兽，若画人物，恐落吴小仙、闵贞一派，反堕恶道。……此事极关紧要，切勿草草。画壁久已不流行，恐匠人中亦少内行。"几经修整粉刷的藕香榭，是个四面厅，精致通透，建筑布置采取鸳鸯厅方式，中间用板壁分隔成南北两厅。北厅为藕香榭，又名荷花厅；南厅称锄月轩，又名梅花厅。

不见梅花，也有暗香浮动。梅花厅前的花坛上有一丛牡丹，还有芍药、杉、桂、白皮松，我的心立刻落在牡丹上了。这是我见过的最艳的牡丹，仿佛从我心里搬出来种在那儿的。花不是名种，品相却好。朦胧之中，红艳艳，粉嫩嫩，开得刚好。我想用舌尖舔舔花，但我的眼睛却像蝴蝶定在花上了，一动不动。粉墙上有画！

画以墨线勾勒而成，再敷了色。一朵朵，一片片，千花万蕊，取材明显出自写实。画若要题目，题目是梅花。填的颜色是黑，翠绿，粉红和大红。作风纤巧而不卖弄；含蓄风流，风流中有着一种安分，然而不凝滞。线条严紧匀直，无一处虚弱苟且，笔笔诚实，意在笔先。

谁在这里画了这么一墙的画壁？衬得牡丹娉娉婷婷，格外妖娆。我心里沉吟，沉吟中已走入锄月轩。

——这是一个细木匠手笔，这个人在杭州或北平从名师学艺，熟习各种雕刻花式，熟能生巧，偶尔兴作，来借这粉墙小试牛刀？

这个假设看来近情理，然而我笑了。我笑那个为顾家造园的木匠。

这画当然不可能是他画的！

抬头，银杏木屏风上刻的是俞樾的《怡园记》。

我跨入藕香榭。

厅堂如此之暗。天晚了，暮色沉沉。眼睛拣亮处看，外面还有光。我凭窗而望，小荷才露，桥上人走，一切在逐渐浓起来的烟雾中漂移。水草气味，淤泥气味，荷叶气味，开放的牡丹微带忧郁的清香，窗下几竿新竹，给人一种雨意，氤氲弥漫。我这样望了很久，直到点点灯火在远处的假山上晶莹的游动起来，我才回过神。灯亮了！

银杏木屏风上画的是郑板桥的翠竹，清影摇风，楚楚动人。

……于时一片竹光零乱，岂非天然图画乎？凡我作画，多得之于经窗、粉壁、日光、月影中耳。静坐许久，从竹缝中向外而窥，见青山、风帆、渔艇，又有苇洲，有耕犁，有艳妇，有二小儿戏于沙上，犬立岸旁，如相守者，直是小李将军画意悬挂于竹枝竹叶间也。

绢纱宫灯挂在廊柱间，灯光映照，墙上也有画！一望而知与花坛后面的是同一手笔，画的是荷花，还是墨线勾成，敷以朱墨赭绿，墙有两三丈长，满墙都是画，设计气魄大，笔画也劲健。笔画经过一番苦心，一番挣扎，润似春雨，枯如秋风；高度的自觉之下透出丰满的精神，纯澈的欲望；克己节制中成就了孤傲的情趣，飘然出尘。干净，相当简洁，但不缺少深度。别致是诗，有点得意与不舍。一搁下笔，他这才感到可真有点累了。他的身体立刻松弛下来，随即由一个艺术家变为一个普通人。给他泡的碧螺春新茶在哪儿？

我一直站在那里，站在过云楼的窗前。夜色在一瓣一瓣地开放，露水在草上凝聚，空气鲜香，这是未遭败坏的时间。树木，河流，小桥，飞檐翘角，风火墙，路上行人轻捷的脚步……一切很美，很美。

墙上到底画了什么，你看清楚了吗？告诉你，那上面没有珍禽、异兽，也没有梅花、荷花。你睁大眼睛，不会吧？难道这一切都是幻象？是的，是的，只有山，只有水。大片的墨在白色的墙上慢慢洇化，流动，奔泻，飘逸的点画姿态翩翩，妩媚蕴藉。

柔和秀媚的江南山水，飘浮着湿润的空气。山川在墨色气势的渲染下，烟雨迷蒙，水天一色。这次换作是他一个人在画，他舞动着笔，挺直身体，在墙上不停地画，尽情挥洒，浓墨、淡墨并用，一气呵成。

　　这画壁像风，你追赶它时它逃离，在你寻遍千山万壑后才在灵光一闪的刹那捕捉到；像火，你扑灭它时它燃烧，在你深陷岩浆浊浪后才在万念俱灰中探入大自然的隐秘深处；像水，在你抽断它时它涌来，在你无处躲藏甘愿认命后才在铺天盖地的激流中沉沦。

　　多少日子以来，他向上，又向上；升高，降低一点，又升得更高。他要爬的山太多了。有时一抬头，一只大雁横掠过他的视野。山越来越高，山头和山头挤得越来越紧。路越来越小，也越来越模糊。他仿佛看到自己，一步一步，走在苍青赭赤之间的一条小道上。他看看天，又看看路。路像一条长线，向前延伸。云飘过来，他睡了；云飘过去，他醒了。他的衣衫上沾了蒲公英的绒絮，他要带它们到远方去。

　　去泰山，看经石峪《金刚经》石刻，听说石刻在登山直线的一侧，旁枝逸出，秘藏在云雾松树间。那是一大片平坦的花岗岩，如从天降，《金刚经》就刻在上面。这是瀑布流经之地，经文多数时候掩藏在清澈的流水下，只在枯水期才露出。《金刚般若波罗蜜经》水落石出，清晰可见，雄劲有力，仿佛刚刚镌入。不知是谁写的，书者已逝，继续将这些字往深里刻或者磨去它的，乃是亘古不变的泰山。

　　闭了一会眼，他几乎睡着了。在寒风呼啸声中，人从风雪中走来。他甩袖提笔，从空中直落，墨花飞舞，和画上的虚白，融成一片。

雪峰屏立，白雪皑皑。

他端坐雪地，"抚琴动操，欲令众山皆响"，这是效法古人宗炳。

风声，鸟语，流水，从弦上缓缓流出。

青苔的气味，干草的气味，荷花的气味。风化的石头在他的身下酥裂，发出气味。野花丛中蹦出了一只蚱蜢，鱼在清澈的水里，你还是不睡？再见，青苔的阴湿；再见，干草的松软；再见，硌在腰下的一块硬的石头。老和尚敲着磬。他要睡了，肩膊平摊，腿脚舒展。

烛火什么时候灭了。是他吹熄的？

他包在无边的夜的中心，像一只莲蓬包在荷花里。

老和尚敲着磬。

水上的梦是漂浮的。山里的梦挣扎着飞出去。

他梦见对着一面壁直的黑暗，自己也变细，变小。他努力想超越黑暗，但是黑暗无穷无尽，再怎么跳都够不着。他累得跌倒在地，吐出一口血来，于是黑暗变成了一朵红荷，打着花骨朵儿，宛在水中央。他蜷缩在荷花一层又一层的花瓣里，喘息。他太小，几乎找不着自己了。他贴着荷花作了一次周游。叮——，荷花上出现一颗星，淡绿的，颤动的，如萤火，随起随灭。一切归于寂静。叮——，又一声。

天一亮，他走近一个绝壁。抬起头，他望见天，苍碧嶙峋，不可抗拒的力量垂直压下来，咄咄逼人，让他呼吸停滞，脸色发青。这一刻，他感觉到他的画。画在背上，分外沉重。而从绝壁的里面，从他的心里，发出叮叮的声音，坚决而从容。

五

第三次到过云楼是个下午，先游的怡园，后去的过云楼。

过云楼修得细，檐头的瓦像是新的，刚好下了一场雨，不但黑，而且隐隐地亮，鳞片似的。旧日的痕迹差点修没了，格局还是当年的。

站在院子里，风吹来，海棠花瓣纷纷飘落在铺地上。

"……落花人独立，微雨燕双飞。　记得小蘋初见，两重心字罗衣。琵琶弦上说相思，当时明月在，曾照彩云归。"我越想越觉得——这词特别符合我此刻的心情。

夏夜，凉月如水，顾麟士坐在石上弹琴。音乐的精灵在银色的月光中跳跃，舞蹈，这番情境，可以用怡园小沧浪亭上的对联来形容："竹月涌当局，松风时在弦。"家学传承的担子，在他的肩上负着。

代际传承的单调秩序，已经定型为一种公式。顾承去世后，顾文彬在家族中协议：过云楼全部收藏由顾承之子顾麟士继承，因为唯有他具备这样的学识与修养。家族成员的沉默表示了对于决定的认同。

照片上的顾麟士，圆脸，穿灰色长衫，敦厚、善良、儒雅的一个人。细看些，宽大的前额，透出的目光平静而柔和。我在报纸上数次看见这张照片，在孩子们的心目中他应该是位温存、慈祥、宽容的长辈吧。定居美国的鉴赏家王季迁对自己的这位老师，敬而思，晚年还撰文回忆在过云楼学画的往事。"最初给我启蒙的是外舅顾鹤逸先生。他本身即是名满三吴的大画家，他的老家也就是以书画收藏著名的过云楼，因此我从小就有机会窥见了若干元明清的名画。"我是读过徐小虎《画语录：听王季迁谈中国书画的笔墨》的，二人以犀利而风趣的问答，对中国古代书画的时代风格、笔墨特质、用笔技法、构图布局提出了各种精辟的观点。但顾麟士的"宋画以骨胜，元画以韵胜"显然是更有前瞻性的见解，目光独到，简明扼要。

我在心里感叹：日往月来，顾鹤逸先生离我们越来越远了。只能从这些印鉴中来一窥他的音容了：顾麟士、顾鹤逸、顾麟士画记、顾六、顾六手临、麟士、麟士之印、麟士之章、鹤、鹤逸、鹤庐、鹤庐主人、西津老鹤、西津渔父、古稀老人、元和顾麟士之章。我习惯称顾麟士为顾鹤逸，他的品德、气质、才情完全配得上这个名字。

相较于《过云楼书画记》的著录多以文献考订与画学结合的方式，顾麟士在《过云楼续书画记》中重点关注画理笔法等风格因素的鉴定。他的《鹤庐画赘》和《鹤庐题画录》不仅是其绘画观点的集结，也是以画论的形式来阐释独特的艺术观点。这样的收藏写作，像一条缓缓行驶的木船，只要一开始，就想要在两岸夹树的干将河中贯彻始终。

郑逸梅在《艺林散叶》中记载："过云楼藏李清照画竹，朱淑真画菊。"这是真的吗？简直难以置信，事实很快说服了我。在 2011 年 4 月的北京保利拍卖会上，元代大画家王蒙的《稚川移居图》以 3.5 亿元落槌，加佣金实际成交价达 4.025 亿元。轰动一时。也许，金钱并不是衡量艺术价值的唯一标准，但至少能说明一些问题。若是顾氏没有家族经商积累的资本，怎么能收购价格昂贵的古画？话又说回来，当今社会比顾氏钱多的人比比皆是，也未必有那样的品位与雅趣，乃至修养。这件作品曾被明代大收藏家项元汴珍藏，后入藏过云楼，得到了当代中国书画鉴赏大家启功、徐邦达、傅熹年的高度赞扬，认为它比故宫博物院所藏王蒙同一题材的《葛稚川移居图》更为精妙。

王蒙的山水画以隐居题材居多，风格多样。他的《太白山图》画的是宁波天童寺所在的太白山风光，布局与笔墨与众不同；还有代表作《青卞隐居图》。我喜欢他的《稚川移居图》，主题写东晋道士葛洪全家移居罗浮山隐居炼丹的故事。画中描绘的是一个理想的隐居环境。顾麟士想必也是十分喜欢这幅画的。他隐居在苏州干将河畔，沉浸于艺术中，追慕的正是陶渊明、嵇康、葛洪这一类人的魏晋风度。

廊壁上，嵌着两块刻石，是旧刻。顾文彬、顾麟士墓志铭。王颂蔚作的《浙江宁绍台顾公墓志铭》，冒广生作的《元和顾隐君墓碣铭》，"隐君"两字用来概括顾麟士恰如其分，这也是顾氏祖孙三代人生前志之所向。据说，顾麟士藏有"绛云楼"三字牙印，润泽如红玉。众所周知，绛云楼是明代大儒钱谦益的藏书楼，收藏之富，令士大夫称羡，不幸毁于大火。顾麟士对绛云楼一定是仰慕的吧！

在所著六卷本《过云楼续书画记》的自叙中，顾麟士写道："予家自曾王父以来，大父及仲父、先子咸惟书画是好，累叶收藏，耽乐不怠。溯道光戊子，迄今丁卯，百年于兹。唐宋元明真迹入吾过云楼者，如千里马集于燕市。"他对过云楼收藏的自负溢于言表。

屋子中间的矮玻璃橱里，摆放着《过云楼书画记》和《过云楼续书画记》，都是复制品，书页的纸又黄又脆，翻开了第一页。《释智永真草千文卷》记入《过云楼书画记》《卷一·书类一》之首，《卷一·画类一》以"吴道元水墨维摩像轴"压卷。但我从查阅的资料中得知，顾文彬其实并没有收藏吴道子此画。我不想揣测他当时的用意。《过云楼续书画记》中，顾麟士以"禅月大师画佛轴"压卷。1949年后，顾公雄之妻沈同樾捐献书画给上海博物馆，上海博物馆特举办过云楼书画展，贯休的画却不在其中。沈同樾感到奇怪，工作人员告知：这幅贯休的画经专家鉴别，不是真迹。我异常惊讶：书画鉴定的难度之大，即使精明如顾氏这样的鉴赏大家也有例外，不免失误。

天色晦暗，我没细读墓碣铭上的文字，但知道上面写的是献给这位顾公子的赞词。《柳南随笔》中说顾麟士："为人介特，不苟受施。东阳张公国维抚吴，延先生傅其子，笔砚外绝不干以私。"我想应景吟诗，只是我对顾麟士的了解，都是通过阅读得来的，根本不能描绘出一个真实完整的他，嘴上便一句平仄也没有。

院子里风声，树声，石影，花影，别有一番滋味。这位晚清大收藏家，离我们太远了。怎么记住他的作为呢？差不多也只有想象。

那是一个无月的晴夜，父亲牵着孩子的小手在河边散步。

天际如此遥远缥缈，他们躺在草地上看苍穹如墨，群星璀璨。

夜色深沉，街上人声稀微，灯火闪烁明灭，似乎已置身无边的苍茫旷野，只有群星与他们同在。

偶尔有流星划过，燃尽在大气层中。

我想，除了和父亲一起穿林过岗、探奇发现，没有哪种力量能把这幅大自然的图画深深地刻在一个孩子的头脑中。

梦是知识和智慧的种子，但情感和兴趣才是这种子生发的沃壤。童年是培育这情感沃壤的时期，一旦孩子的兴趣被激发起来，他们就会对未知的事物感到好奇和振奋，产生感受美和敬畏的本能，并由此去探知激发，那意义就会久久存留。

荣华富贵、功名利禄都不值得羡慕，唯有一颗安静平淡的心，愿与故乡的青山绿水相契合，超然物外。他把自己融入大地、天空、树木和星辰中，无限延伸、扩展，最终随着一江春水流逝了。正如头上那块匾所题：过云楼。这是榜眼冯桂芬的字。

抬眼的这一瞧，不光知晓顾麟士的那些经历，还有对中国古老书画艺术的理解。这样的人，世上有几个？我绕屋一走，对他充满钦敬。

花窗里映出一株开着粉红花的海棠，使老气横秋的过云楼露出了一丝少年的微笑。少年常常是不会微笑的，所以也就迷人。

少年时，顾麟士赴县学应试，看到一老童生因不慎弄污试卷，跪在堂下要求换卷，却被试官厉声训责。他由此厌恶科举，不再应试。我料想顾麟士是读过苏东坡《点绛唇·闲倚胡床》的。"闲倚胡床，庾公楼外峰千朵，与谁同坐？"从他的画作中我同样看到了这样的心志。但他芸窗奋志的历练一定还是经过的，不然，怎会有一笔好文字？

二楼靠窗的矮橱里，放着《眉绿楼词联》《百衲琴言》，线装，散发着古雅的气息。这是顾文彬的诗集，我读过几首。顾麟士的诗我也读过，是《岁朝图》上的题画诗，读来天真烂漫。他确有一颗赤子之心。

下楼，经管理员提醒，才发现案几的桌面下隐藏有一台触控电子屏，将屏幕拉出——干将河边，有一条泊岸的木船，长橹的一半拖在水里，矮篷被细雨打湿，泛出乌亮的光。一个薄雾的早晨，水天明洁，枫叶荻花，空气中夹杂着野草与泥土的芳香，解缆，摇橹。吴昌硕站在船头，衣衫飘荡。他从浙江安吉乘船来到苏州，来到过云楼。

吴昌硕长顾麟士 22 岁，却对顾麟士敬重有加。吴昌硕在任伯年的《菊花图》上题识自白道："鹤逸六兄精绘事，一水一石不轻为人作。予画乱头粗服，无过问者。六兄然予用笔似雪个（注：八大山人），己亥华朝出八大《白鹿》一帧见惠。受而不报，非礼也，爰以是为赠。"收了八大山人的画，回赠一幅任伯年的画，价值太不对等了。我想，若是没有顾麟士的提点，吴昌硕成为一代宗师的路还要长一些。

都说吴昌硕的画清寒，近来我重新玩味，却看出他的繁华梦，甚至富贵气。当年，吴昌硕在过云楼临画，把废弃的恽派没骨花卉的习作丢入字纸篓内的不少，顾麟士从中挑选几张作为资料保存。书画圈内的人因此调侃说：过云楼字纸篓里多的是吴昌硕的画。

借画是知礼，观画是通艺，赠画是重诺，在这三件事上，顾麟士显足了民国苏州画坛"虎头"的胸襟与气度，绝不是一般人能做到的。

我常常想起怡园。金粟亭，藕香榭，岁寒草庐，坡仙琴馆，画舫斋，假山与池塘，园林的元素在怡园是那么简单，但就是有味道。

顾氏有自己的生活方式，这方式就是艺术。章钰、费念慈、曹元忠、冒广生这些文士名流常来园中盘桓；还有李嘉福、庞元济、周星诒等鉴赏大家。依托过云楼的丰富收藏，怡园的书画雅集名盛一时。

天阴了，风大，春天也落叶纷纷。毛笔蘸了水墨，慢慢在纸上渗透，吴昌硕今天是要画一朵残荷，还是要画一片紫藤；金心兰会在他的画边添一枝绿梅；陆廉夫呢，即兴涂抹了一丛墨竹，两片红叶……

树影与树影在堂里堂外渗绿，院落深邃，一派静默。

我在顾麟士的书斋中稍立片刻，画栋雕梁，屏门上冰裂纹的格心，窗户的刻有山水戏文的绦环板，紫砂茶壶，澄泥砚，粉彩碗盏，旧墨，青花笔筒，白玉小玩意……顾麟士的书斋当初是怎样的陈设，已经不知道了。但对常到过云楼的刘公鲁、吴子深、王季迁、颜文樑来说是再熟稔不过了。吴子深是跑得最勤的一位，王季迁也是常客。他们都要求跟顾麟士学画，但顾麟士一生不收学生，他指导年轻人临摹古代名家名作，并把自己的作品挂在墙上，一起评论，寻找缺点，以便修改，甚至重画。以后，颜文樑成为著名油画家，吴子深、王季迁也成大家。真个是窗明几净，但在这里读张岱的小品会觉得偏淡，读徐渭的诗文书画又觉得太浓，只有读李商隐的无题。那才是人生的华丽。

站在过云楼，我遥望怡园。园子里的假山千岩万壑，磊落有致。曲径、洞穴、幽谷、石崖、绝壁，山重山复，浑然天成。就像顾麟士的山水画，峰峦轮廓分明，云水远树清淡，极有韵味。我在苏州园林中看假山，第一次看出了亲切感。园林是清高的，只对知己言语。

天一直阴阴的，近黄昏忽然升了太阳。

太阳底下，墙上的墓碣铭泛着亮光。顾麟士，这位站在远处的人物瞬间亮了起来。多少次，顾文彬黑着灯静坐在窗前，看着一轮圆月西沉，沉到流动的干将河，散作满河的星星。冬去春来，北雁南飞，在这循环往复的更替中蕴含着无限愈复的力量。顾文彬注视顾麟士的眼神是敏锐的，同时又是溺爱与期盼的。作为家族接班人的顾麟士，悟慧豁达，除绘事外，对中医、造园、种植、雕刻，样样精通。他是一个有生活情趣的人，嘴角常漾着一丝笑意。这一点可能秉承了他的祖父，至于他的父亲，常年体弱多病，应该是不苟言笑的。

记得刚参加工作时，因为离家远，单位安排我暂住朱家园招待所，园中花木扶疏，绿意幽幽，偶尔能听见野鸽子的嘀咕声。在这里读书是一种享受。夜间万籁俱寂，只有松风阵阵。我住了三个月，离开时，已是一片深秋的萧瑟景象。那时我还年轻，对过云楼与顾氏知之甚少。直到前两天偶然想起，原来那里竟是顾麟士的晚年居住地。这或许也是我写这篇散文的一个情结吧。将来要试着把它写进小说里，因为现在的小说很少有写园林的——这只能说明园林已经是与现实缺乏关系的事物了。难道它真的是这个时代的遗民？

这里幽僻清冷，不大有人来。只有喜欢书画的人，对顾氏这几位古人抱有感情。近年来，过云楼因为元代王蒙的《稚川移居图》、宋刻本《锦绣万花谷》在拍卖会上的骄人成绩，才引起世人的瞩目。将近四点钟，陈列馆马上要闭馆，我也要回去了。不经意间瞥见院子的角落里有一口井，走过去，居然有水，估计与院外的干将河相通。

河上流金，我看了好一会儿，内心泛起微微的涟漪。水上岸边，柳阴路曲，人来人往，络绎不绝。这是一幅画，色彩鲜艳，早就入了宋人张炎的词《南浦·春水》："新渌乍生时，孤村路、犹忆那回曾到。余情渺渺。茂林觞咏如今悄。前度刘郎归去后，溪上碧桃多少。"

同里的雨

苏州下雨，同里也下雨。一路上的雨，不停歇。

第一次，他来到这里，撑着伞站在桥上，静静地看着同里，从一条小巷、一棵小树、一只灯笼，到一座老屋、一块石板、一道流水。

起风了，沿河的一排柳树垂下的绿丝绦柔缓地扫向河面。沿石级而下，杂草见缝插绿。两边桥栏的背阴处积了薄薄的青苔，蒙住了下面的蝠纹，当年捐建石桥的乡绅大名就嵌在蝠纹中。河中穿蓑衣的船夫摇着桨，泛起的涟漪向着两岸烟雨枕河人家漫漶。伴随着青石小街，米行、绸布店、烟纸店、客栈、茶楼、饭铺，虚虚浮浮而又满目生气。

街巷逶迤，屋宇丛密。脊角高翘的走马楼、砖雕门楼，还有过街楼，耸立在风雨沧桑中。两堵青砖剥落的高墙构成的小巷狭窄悠长，他撑着伞匆匆走在光滑的青石板上。

按照舅父所写的地址，他找到了老宅。纹理斑驳的木门，两个青铜门环。同里镇不大，但自古就是商贾重镇，老宅虽是民宅，却也六进天井，数重院落，极是宽敞精致。一步一步他走到了第五进。

这是一处幽静的院落，疏疏地种了一棵梅花，一棵梨花。

此时已是绿叶成荫子满枝。他站立井台边，像在梦里一样，听着檐下的雨声。

客堂开向院子的八扇屏门，上半端镶玻璃，格棂是冰裂纹，下半端是木板，浅雕着山山水水花花草草。推开屏门，经过客堂走进东厢房，里面的陈设，古雅有致。紫檀家具，一色的苏绣紫红色褥垫，用银色丝线绣出大朵大朵的荷花图案。靠窗，放着一张绣绷。清清的河水，倒映着粉墙黛瓦人家，有两只燕子从远方飞来……

近门处是一架六折苏绣屏风，屏风上绣着折枝梅花，疏疏浅浅，星星点点，照亮墙上的照片。照片里，年轻的母亲端坐在靠背椅上，穿着红底粉牡丹闪缎宽袖大襟，底下系着灰色铁丝纱裙，眉山如黛，深眸似水，脸上漾着春风般的笑容。

油画中最美好的圣母姿态，都是静坐的妇人怀抱婴儿。母亲抱着婴儿的姿态一定比圣母还要美。瓷瓶里插一朵猩红和一朵雪白的花，开放，凋谢。他想，童年总是如花一般明丽的，即使穷人家的孩子，也有花开的一段温暖春光。而偏偏他就没有，自幼失怙，由舅父抚养长大。拿起瓷瓶，仿佛看到瓶里的水在寻找一条裂缝拼命往外渗透，要回到井台……

对着墙上的照片，他深深地鞠了个躬。房间里弥漫着一股香气，淡淡的，若有若无，感觉那是母亲的气息。在梳妆台前坐下，他缓缓拉开抽屉，里面有一把折扇。打开，洒金笺上画着荷花鸳鸯。荷叶用淡墨泼成，略施粉彩，一对鸳鸯相依相偎；半朵荷花布置在底边上，旁边一个清淡的花蕾；画的中央，大块空白，犹是密密的雨雾。上面的款识：闹红一舸，记来时、尝与鸳鸯为侣。三十六陂人未到，水佩风裳无数。翠叶吹凉，玉容销酒，更洒菰蒲雨。嫣然摇动，冷香飞上诗句。扇面上题有：姜白石《念奴娇》前半阕。壬子年乞巧节。钤印："闹红一舸"。

窗外细风吹过，花枝摇曳，还有猫踮着足尖在瓦楞上轻轻走动的声音。夏天的晚上，没有月亮，少女坐在梳妆台前握着纸扇扇了两下，又合拢。不想动弹，天长地久，她情愿一直这样坐下去。

他没料到，会在这里与父亲的墨迹相对。美丽的扇面，他的行书空明虚寂，笔下的粉荷迤逦而来，千回百转又欲语还休。

桌子上放着一盏纱灯，里面的红烛被纱罩笼着滟滟的光，光晕暖暖的，像要溢出来似的，他的心里也像有东西要溢出来。

门外有灰暗的微光——终一生，他都是孤儿了，天气与心态，一般悲凉。庭院中，摆了数十盆菊花，粉的紫的，簇拥得花海一样。

他出门踩在台阶上，一跤滑倒，"哎呀"一声。这时，他却分明听见耳侧有低微的一声"嗯"，好像母亲的声音，充满了疼爱和宠眷。刹那间，他跪在冰冷污脏的雨地里，再也忍不住，泪如雨下。

雨丝绵密，退思园里阴沉沉的。他坐在水香榭看"闹红一舸"，这艘石舫的船头采用悬山形式，屋顶榜口稍低；船身由湖石托起，外舱地坪紧贴水面。池边的太湖石掇叠灵巧，水流潆越湖石孔窍，*潺潺*之声不绝于耳。船头红鱼游动，细小水花四溅，它们搅乱的是少女心中的那一池春水。

站在船头，他的目光很快被池塘中一片暗黄枯萎的残荷吸引。那些被雨撩拨的荷枝，全都向一侧倾斜着身子。池塘里，半是绿色，半已枯黄。水珠在圆圆的荷叶上跳跃滚动，挥洒着清亮亮的水。

雨往大处下着，风吹过，水波流转，一池残破的荷叶摇曳着、拥挤着，哗哗响成一片。他觉得这残荷比盛开的粉荷颜色要浓重得多，似乎更有韵致。同时也第一次感到了韶光的易逝。

罗衫轻薄的少女坐在船头，清风徐徐，四周开满了亭亭如玉的荷花。她埋首，穿针，引线。菰雨生凉轩的长窗前，身着长衫的青年公子，手持折扇伫立，凝望着荷花丛中的少女。

恍惚间，他怀疑自己看错了，可是明明那样清晰。虽然阴雨天光线晦暗，父亲不过穿了一件长衫，但那似曾相识的身影，那眼中闪烁着的熠熠光辉，竟有幽蓝的星芒在溅出。那一刻，他居然有了长留同里的想法。要是能在老宅住下，有雨的夜晚，撑着伞，顺着河岸漫行，或是隔着雕花窗棂，卧听雨打残荷，也是好的。

回过神，他瞧见父亲站在菰雨生凉轩的长窗前，望着他微笑。转身，他沿着回廊向南走进小轩。一排长窗向水面打开，轩内隔着屏风在正中置放一面大镜子，反映出池中的一片莲荷。

"闹红一舸，记来时、尝与鸳鸯为侣。三十六陂人未到，水佩风裳无数。翠叶吹凉，玉容销酒，更洒菰蒲雨。嫣然摇动，冷香飞上诗句。"他默诵着词句，悲恸不已。

绝望涌上心头，那感觉仿佛是幼小的他从漆黑的悬崖上掉落，下面就是万丈深渊。有人在半空中抱住了他，呼呼的风从耳边掠过，那人紧抱着他小小的身体，缓缓地向下飘落，满天的星辰如雨点般落下来……那是母亲凝视他的双眼，柔情万丈，那眼底只有他……他要醉了，被她这样抱在怀里，她是母亲啊……她是他深深爱着，她也深深爱着他的母亲，只要有她在，他便是这么的安心。

雨停了，夜色沉静。

他看着一轮明月从浓密的树叶底下渐渐地升起来。千年万年以来，月亮就这样静静地升起来，又静静地落下去，没有悲，也没有喜。一天的风露，照在黛瓦上，像是薄薄的一层银霜。

跨过思本桥，他默默坐在河边，搁起一只脚，用头斜抵住膝盖，昏昏欲睡。远处送来细微低婉的歌声，缥缈得如同仙乐一般。河边草丛里飞起的萤火虫，像一颗颗朦胧舞动的流星。他甚至觉得，那些熠熠发光的小虫，就是天神的使者，它们提着一盏盏精巧的灯笼，一点点闪烁在清凉的夜色里。河对岸的屋子里也散落着星星点点的灯光，欢声笑语却像是隔了九重天。他忽然想到，如果天神从云端俯瞰人间，会不会也是这样的感受？这样缥缈，这样虚幻，这样遥远而模糊。

他抬起头来看了看月亮，那样皎洁那样纯白的月色，温柔地照在每个人身上。月色笼罩下的同里镇，这样繁华这样安宁。

岁朝清供

　　爆竹声中迎来了春节，起床后冰梅穿上新做的棉袄。前门襟上绣着一朵朵海棠，最寻常不过的图案却有一种别样的美丽。衣裳的颜色少有的喜气，红艳艳的，一直映到冰梅酡红的双颊上。望了望窗外，天灰蒙蒙的。后天就立春了。

　　好不容易出太阳了。前院，两棵海棠，一南一北，添了些花树气息。太阳底下，叶影轻轻一晃，院景就活了。

　　天真蓝啊……风呼呼地在耳畔作响。今天是大年初一，要说吉利话，说"发财、恭喜发财"。昨晚吃年夜饭，母亲不让蒸鱼翻身，父亲则说吃鱼要留一点，这叫"年年有余"。母亲看冰梅起床，就去厨房下汤圆、煎年糕——这是日常生活里的隐喻：汤圆是"团团圆圆"，年糕是"高高兴兴"，也有"圆满"和"高升"的意思。

　　与父母一起吃过年糕汤圆后，听到开门爆竹升空的一声巨响，她再也按捺不住，兴冲冲地跑去大门口张贴年画。画中神荼郁垒两个门神，戎装肃立，手执玉斧，腰佩宝剑，神情凛然。左右两侧分立文武财神，双手分别展示"四季兴隆""招财进宝"条幅。

　　父亲从客堂走出，站在院子里，说："门神都贴好了。"

"这组门神是我从桃花坞请来的，威风凛凛吧。"冰梅说。

"愿二神保佑我们家袪灾祈祥。"母亲低声说。

冰梅恭敬地给父母拜年："爹爹姆妈，愿你们在新的一年，身体健康，万事如意。"

"好，好。讨你吉言。"母亲看着冰梅，慈爱地说："等一会儿亲戚都要来家里拜年，赶紧去布置。"

"嗯，晓得了。"冰梅温顺地答道，转身走进客堂。

她把灵芝状的昆石，放入长方形的白云石浅盘，配上两株单瓣水仙，然后满铺雨花石。把清供抬上条桌正中放下，右面放一只造型简洁的汉陶弦纹瓶，插上一把芦花和三枝结着红果的天竺。接着，她往后退了两步，看了看，想了想，还是换上了一枝淡竹叶和两枝金黄的蜡梅花，觉得这样才妥帖。左面原陈设的一个宋宣和仿先秦铜鼎，其色如漆，造型典雅，与盆供和瓶供甚是相称，也就未作撤换。只是在下方摆了一只圆墩墩的橘红的北瓜，平添一道亮丽可爱的颜色。

"嗯，不错！"父亲说着，在条桌中间墙上，挂上了一幅赵云壑的《岁朝清供图》。冰梅仔细端详画面，梅兰出枝遒劲，萝卜白菜设色清雅。尤其在布置上，每一物件都布局停匀，似丝毫不可移易。

"爹爹，这幅《岁朝清供图》一挂，我家的新年清供才算圆满。"冰梅上下打量着。有时候就这些看上去普普通通的摆设，不经意地提高或者凿开了人的一段生活，有声有色。

布置完毕，点燃一炉檀香，又替父亲沏了一壶茶。冰梅这才端着果盘，走进厨房。这是典型的江南厨房，木格子长窗糊着白纸，暗淡的日光漫进来，漫过半圆形的灶台，姑妈在煮饭；靠墙放着水缸，笼屉挂在墙上，柱子旁悬着火腿、腊肉、腌鱼、冻猪头；檩檩上吊着篾青竹篮，放着香菇、黑木耳。母亲系着围裙坐在煤炉前用一把圆勺做着蛋饺，猪油发出"滋滋"的响声，金黄的蛋饺整齐地排列在青花碗里。

"姆妈，我来帮忙吧。"

"客堂布置好了？"

"嗯！"

"那出去歇会儿，等一下尝尝我做的蛋饺、八宝饭。"

古时候祭祀少不得各色牺牲，用食物的香味来召唤祖先和神灵。母亲似乎很早就领略到了食物的高妙，她在吃喝用度上一向考究，尤其在吃的方面。什么火烧什么水，什么时节吃什么菜，规规矩矩，方寸不乱。冰梅从小耳濡目染。

从前跟着父母住在老宅，父亲对她的教育很严格。冰梅的童年好像一直有个手持银烛的人带着她，慢慢走上楼。她每天坐在椅子里，读书画画刺绣。她想成为母亲那样的苏州女子，温柔贤淑，人人都这么说；她是个能干的母亲，会持家，擅编织，能做一手好菜，和蔼善良。但冰梅总觉得母亲身上还是少了点什么，所以冰梅一心一意想去北方上大学。

倚着黑漆大门，望见对面人家的屋顶上有几片残留的积雪，几棵瓦松在寒风中荏弱摇曳。街巷里小孩子们穿着新棉袄奔来跑去，他们盼了一年的喜庆节日终于到来了，于是欢快地叫着嚷着，一张张小脸冻得红彤彤的，他们的笑声有时清脆得像坍碎了一座琉璃宝塔一般。小孩子们总是这样好玩呢！红红的压

　　冰梅仔细端详画面，梅兰出枝遒劲，萝卜
白菜设色清雅。尤其在布置上，每一物件都布
局停匀，似丝毫不可移易。

岁钱袋塞在口袋里，花花绿绿的爆竹屑弄得满地都是，而这只是古老狂欢节的序幕。旧城墙有些坍颓了的齐门内外，热腾腾的炊具、炉灶、烟火、笼屉，雪天晴好后泥泞的街巷，还有忽冷忽热的桌椅碗筷，腊月岁寒的空气，完全弥漫着一层蒸糕煮饭做菜的甜润的水蒸气。

按照苏州的过年习俗，冷菜、热菜全部提前准备好，放在客堂中间的八仙桌上，无非是：熏鱼、蛋饺、肉圆、油爆虾、海蜇丝、笋干烧肉、红烧蹄髈……团子要包好几十个，甜点、零食、水果都不能少，八宝饭、小圆子，还有玫瑰、薄荷猪油年糕。那光景，常常是午饭才撤下去的饭菜，晚上热一热就接着端上来，仿佛永远吃不完，而话能说到地老天荒。外面鞭炮噼噼啪啪地放，屋里腾腾的热气扑到了窗玻璃上。如果突然下起大雪，父亲会说："晚来天欲雪，能饮一杯无？"把诗说得像家常话一般，这时客人便不忍再走了。

真的下雪了。纷扬的雪花从无边的苍穹缓缓落下，风不知什么时候已经停了，只有雪无声地下着，绵绵的，密密的。洁白晶莹的雪花一朵一朵，四散飞开，东一片，西一片。灯火渐渐稀疏了，雪像一层厚重的白布帘，慢慢笼罩天地。

古城里的人们在一年中最饥寒的节气里允许每一个人大块朵颐，这实在有点神秘。

冯家的暖锅是鸡汤锅。鸡一定要选来自太湖农家放养的草鸡，洗洗涮涮，然后切成肉块，加火腿、冬笋、黑木耳下锅炖。炖鸡的时候准备自己喜欢吃的素菜，水芹菜黄豆芽绝不能少，那是"如意菜"。待到鸡肉炖熟，把准备好的水芹、豆腐、菠菜、豆芽、香菇放入，一边吃一边放。这是全年吃得最慢、最久的一顿饭。年三十，一家人就围着这么一只暖锅，嘘寒问暖，各诉心事。吃到满头大汗的时候，体内积蓄了一个冬天的寒气、怨气，因这鸡肉的香气，都被神奇地驱走了。满天的云压得很低，泛着黄，月亮星星都瞧不见。即使天寒地冻，有了这暖锅，冰梅的心底便油然而生一丝暖意。零星的鞭炮声慢慢浮起来，像薄雾，飘进她的梦里。

大年初一醒来冰梅照例要喝元宝茶，今年却没喝到。父母是在一年之中衰老，因为儿女是在一夜之间懂事。老了的父亲怕出门，就没去买青橄榄。于是，冰梅决定自己去买。

从巷口走到街上，像走了一百年。到观前街的时候，冰梅觉得了热闹。观前街在春节，更显出它的体面来：每家店铺，都贴着朱红京笺的宽大对联，以及短春联，差不多都是请名家撰写。门额上，是一排五张朱红笺镂空花，贴泥金的喜门钱；或在门扉直书"梅花红雅院，琴音绕玉楼"，以示掌柜是儒商。新年是一年之中最大红的日期，古人以红为喜，这时候的红，是很好看的。衬着白雪，春联就是城市里的梅花。从早到晚，太监弄酒楼里的闹声越高，出入的醉人也越多。走出观前街，走到十字路口，她立定身体，尽管她没去过北方，但无端地以为十字路口上的蓝天，就是北方。

后来想起，也不是无端。她从经商的表哥那里，还是打听到一点消息：北方的冬季，地上还有积雪，灰黑色的光秃树枝交叉在晴朗的天空中，而远处有一二风筝浮动，若听到沙沙的风轮声，仰头就能看见一个淡墨色的蜻蜓风筝或深蓝色的蜈蚣风筝，松松的，长长的。还有寂寞的瓦片风筝，没有风轮，又放得很低，显得孤零零的。曾有一只大雁风筝，断线了……掉到她家院子里，挂在了一棵海棠的树梢，她拿来竹竿，把它挑下来。风筝悠悠坠落，宛如星星渐渐地黯淡了。在朦胧中，她看见许多美的人和美的事，错综起来像一方绚丽的云锦，飞动着，飘扬着，同时又展开，以至于无穷。

秋山图

一

园子至高处乃波心亭，亭外遍植古木，棵棵都是参天大树。秋天，灿烂的阳光穿过枝叶照耀亭中，为一座小小山亭平添了一层古意。

亭中有四个人，王时敏与王鉴两两相对，恽南田靠近王翚而坐，王翚站立一旁垂手而立。平心而论，如果不是少了王时敏的孙子王原祁，少了出门传教的吴历，这其实是幅圆满的好图景。

王家的这个园子，位于苏州太仓城厢镇，始建于明朝万历年间，是王时敏的祖父王锡爵退休终老之所。园中很有情趣地添了一泓小溪，溪水因地势的蜿蜒高低从园东向西流，高低不平的地势间修砌出青石铺成的台阶，拾级种了些青槐老松，夏日里映照在水中，颇有几分禅意。冬日里，被积雪一裹，一派银装，又有一种清旷枯寂的趣味。

现今的王锡爵故居陈列着"四王"雕像，长幼有序，各具神态。其中，王时敏开创了山水画的"娄东派"（太仓古称娄东），与王鉴、王翚、王原祁并称"清初四王"，外加恽南田、吴历合称"清六家"。

王时敏，字烟客，宗黄公望，主张摹古，笔墨含蓄苍润，构图变化较少。他的画在清代影响极大，王翚、吴历及王原祁都得到亲授。王鉴，王世贞的曾孙，人称"王廉州"，常与王时敏切磋画艺，画风自成一格。王翚，字石谷，"四王"中只有他是常熟人，所画山水能熔南北画派为一炉。尤其，他描绘的江南小景生趣盎然，清逸灵动。

宋代画家郭熙说："真山水之云气，四时不同：春融怡，夏蓊郁，秋疏薄，冬黯淡。又说：真山水之烟岚，四时不同，春山澹冶而如笑，夏山苍翠而如滴，秋山明净而如妆，冬山惨淡而如睡。画见其大意，而不为刻画之迹，则烟岚之景象正矣。"看过郭熙的《早春图》《关山春雪图》《窠石平远图》，从没见过他画的"明净而如妆"的秋山。

聚在山亭中的四个画家，聊的并不是郭熙，是元代画家黄公望；反复说的也不是黄公望著名的《富春山居图》，而是他的《秋山图》。

前几年《富春山居图》大片上映，网上关于黄公望和《富春山居图》的信息非常多，便不难了解这位大画家的生平经历。

据称，黄公望，本姓陆，元代江浙行省常熟人。幼年父母双亡，族人把他过继给永嘉平阳县黄氏，改姓黄，字子久，号一峰，又号大痴道人。

黄公望年轻时任浙西廉访司书吏，因上司贪污案受牵连，入狱数年。出狱后改号"大痴"，从此信奉道教，云游四方，以诗画自娱。黄公望学画起步较晚，但对所绘山水，细心体察，画上千丘万壑，奇诡深妙。晚年以草籀笔意入画，气韵雄秀苍茫，极受明清画人推崇。

黄公望居常熟虞山时，登上剑阁眺望朝日夕霞的绮丽景色，得之于心，运之于笔；居松江时，独自在山巅静坐，听百鸟争鸣，观云彩变化，以致废寝忘食；居富春江时，总是带着包囊，内放画具，见山中胜景，就取笔展纸，描摹景物。富春江北有座大岭山，黄公望晚年隐居在此。元朝至正七年，黄公望79岁，以大岭山及其周边水岸景色为摹本，为师弟无用创作了一幅山水画长卷。他把画卷随身携带，四处云游，看到美好的景色便画上几笔，到83岁时还没画完。画卷末有黄公望题跋："至正七年，仆归富春山居，无用师偕往，暇日于南楼援笔写成此卷，兴之所至，不觉亹亹布置如许。逐旋填剳，阅三四载未得完备，盖因留在山中而云游在外故尔。今特取回行李中，早晚得暇，当为着笔。无用过虑。有巧取豪夺者，俾先识卷末，庶使知其成就之难也。十年，青龙在庚寅，歜节前一日，大痴学人书于云间夏氏知止堂。"下钤白文"黄子久氏"、朱文"一峰道人"二印。因画卷末有"仆归富春山居"句，后人名为《富春山居图》。

它描绘了富春江两岸的初秋景色，峰峦叠翠，松石挺秀，云山烟树，沙汀村舍，布局疏密有致，以清润的笔墨、简远的意境，把浩渺连绵的江南山水表现得淋漓尽致。董其昌一见此画，竟"心脾俱畅"。

的确，真正的大画，看画的人也要有大的眼界和气象，才能看得进去，看得透彻。

二

　　那么，黄公望的《秋山图》又是幅什么样的画呢？这要从王翚与恽南田说起。

　　虞山，是常熟文化的代名词，很多人以"虞山"代指"常熟"，魏学洢《核舟记》中有"虞山王毅叔远甫"的文字。从元代画圣黄公望，到晚清重臣翁同龢，从一代名妓柳如是，到文坛领袖曾孟朴，围绕虞山一周，前前后后散落十多座墓地，其中包括画家王石谷。

　　王石谷六十岁时，应召进京绘《康熙南巡图》，亲率画工一千人，耗时六年。最终，王石谷还是选择了故乡常熟的青山绿水。他的画中山水，溪树青碧，丘壑苍润。山峦间小小的、整洁的屋舍，仿佛自古便有。骑驴策杖的隐士，一路慢行，朝水云间走去。走向茅亭草堂，吟啸竹林，聆听松涛；唤童子烹茶，与友人对弈，摘一片红叶题诗……

　　恽南田也画山水，笔力不在王翚之下，且意境有过之。但恽南田从不与王石谷争锋，他的山水，清峻郁苍，野藤挂树，乱柳藏鸦，别有一种荒逸之态。近似于"元四家"中倪云林的洗尽尘埃，幽寂孤绝。

　　王石谷的山水让人心静，心静而欣悦。恽南田的山水让人心动，心动而怅惘。两位境遇、个性、风格迥然不同的画家，成了好朋友。

　　一天晚上，王石谷又来到瓯香馆。还是看画，聊天，聊到了很多年前的往事。那是在明朝的时候，他们都没出生，那时王石谷的老师王时敏，还没经历山河巨变，还是一位俊美无忧的贵公子。

王时敏拜董其昌为师习画，董其昌于绘画与书法方面，是一位真正的天才大家。天才也有崇拜的人，他就是"元四家"中的黄公望。

董其昌在润州张家，见过一幅《秋山图》，一见倾心，认为在生平所见的黄公望画作中，当以此为冠。王时敏比他的老师还要热爱黄公望，听闻此事，立即带上老师的介绍信和大笔钱财，直奔润州。

到了润州张家，门庭寂寥，广院深间的大宅子，已被荒草遮没，遍地瓦砾与鸡鸭粪便，让人无处立足。王时敏不禁怀疑是否来错了地方？这时，大门打开了，主人寒暄，僮仆纷涌：扫除，整冠，行礼，迎客，奏乐，极尽宾主之谊。而后，《秋山图》展现在了他的眼前。

这是一幅青绿设色山水，远山翠黛，白云袅袅，山间秋树红叶，近处是幽静的竹篱村舍，流水绕村落，秋水明净，映照一带平沙、蒲苇、小桥，景色妍丽，用色与笔力都臻于完美。难以言说的是画中氤氲着一股悠古神韵，让人觉得这样的景致，只能存在仙境般的桃花源。

王时敏眼光独到，临过无数名家真迹，见过大痴道人的多卷画本，都不如这幅《秋山图》带给他的震动。但不论重金厚礼，还是折节相求，主人回答他的始终是轻描淡写的一句话："实在喜欢的话，客人不妨拿去，玩赏些日子再归还就是。"王时敏听了，转身便走。

数月后，念念不忘饱受折磨的王时敏，又来到润州。这一次，张家大门紧闭。他伫立良久，觉得此生恐怕再也看不到《秋山图》了。

转眼，五十年过去。王时敏把这件事告诉了王石谷，一如当年董其昌、王时敏在画室两两相对的情景：年迈的画坛宗师，向年轻的画坛新秀，细细追忆《秋山图》的神妙笔意，一丘一壑，一草一木，一块涧石的纹理，一片秋水的涟漪，一枝芦苇在风中颤动的姿态……

王石谷也携乃师手札去寻访《秋山图》，方知世事沧桑，张家主人早已亡故，只留下一孙儿。消息走漏，被京师一位附庸风雅的显贵王氏得知。不久，《秋山图》连同张家历代收藏的彝鼎法书都落入了王氏之手。为此，王家专门举办了盛大的赏画之宴，地点选在苏州。

最先到的是王石谷，众人屏声静气，等待他的狂喜、赞叹。孰料，王石谷面对画作张口结舌，脸色难看，主人忙问："有什么问题吗？"

"啊？哪里的话，神品无疑。"

王石谷说完，扭头就走。通达人情世故的他，从没表现得惊惶失措。他跑着去迎接王时敏，船只泊岸，师徒二人躲在船舱中窃窃私语。

"《秋山图》真的被他得到了吗？"

"没有。"

"赝品？"

"不，确实是大痴道人的作品。"

"那……"

"先生您往日所说，我今天看到的却不是那么回事……"

看着鲜花簇拥中的《秋山图》，须发斑白的老人毫不掩饰失望之情。画，的确是当初那一幅，山水仍在，云烟与村庄仍在，却失去了夺目炫神的光彩。仿佛有一种摄人心魄的气息，在这五十年中消失了。

王鉴最后赶到，一进门大呼小叫，"这就是《秋山图》，真是名不虚传！"他指点着画中种种的高妙之处，"让我等艳羡，若非厚福之人，怎会得到如此异宝！烟客兄，何必萦怀，你我终是福缘浅薄啊！"

"是啊是啊……"王时敏喃喃回应着，欢声笑语重回了筵席。事情这样过去了，谜团留了下来：这幅画，到底是怎么回事呢？

三

这是王时敏、王鉴、王石谷、恽南田四位画坛大家共知，却不能说出口的真相。比《秋山图》异变更令他们诧异的是，以显贵王氏为首的那些附庸风雅的收藏者，居然都没能看出个中究竟。

在残荷的微香与群蛙的鸣声中，恽南田和王石谷讨论着这幅画。恽南田说："只是烟客先生年轻时做过的一个梦？又或者宝物自有灵性，神通变化以戏弄世人？又或者真正的《秋山图》已深埋尘埃……"

"其家无他本，人间无流传，天下事颠错不可知，以为昔奉常捐千金而不得，今贵戚一弹指而取之，可怪已！岂知既得之，而复有淆讹舛误，而王氏诸人，至今不寤，不亦更可怪邪？"

"王郎为予述此，且订异日同访《秋山》真本，或当有如萧翼之遇辩才者。"

这天晚上的谈话，被恽南田记了下来，收录在《瓯香馆集》中。

唐太宗痴迷王羲之的书法，得知《兰亭序》真迹在和尚辩才处，向他征要而不得，监察御史萧翼领命去攻略辩才。萧翼乔扮落魄书生，与辩才相遇，很快以博学多才，共同的书法爱好赢得了辩才的友谊。

这一天，在萧翼大方地展示了王羲之与王献之父子的几本杂帖（从太宗那儿借的）后，辩才也说出了《兰亭序》在自己手中的秘密。

"赝品吧，这样珍贵的手迹怎么可能被你得到。"萧翼付之一笑。

"不，是真的。"

"哈哈哈，出家人不打诳语，师兄不要说笑了。"

和尚气恼得爬上房梁，取出了藏匿的兰亭真本。"看起来不太像。你看我这个，这笔墨，这气韵，才是右军真迹呢。"萧翼仍然嗤笑。和尚更加气恼，天天将《兰亭序》与萧翼的王羲之手本放在案上比较、冥思。有一天，趁着和尚出门，萧翼将《兰亭序》卷走了。辩才得知，愤恨成疾，很快去世了。《兰亭序》也被太宗皇帝带入陵墓殉葬。

"古玩清珍"的诱人，不仅在艺术价值，更有物质价值。于是巧取豪夺、殒身灭门常有，李代桃僵、瞒天过海也常有。恽南田用这个故事做比喻，因他断定，真的《秋山图》已被人像辩才痴迷《兰亭序》那样藏匿了。对这类事，他看到底，想得透，而不减诗心情肠，奇哉。

初次交往，少年听雨歌楼上。恽南田拿出珍藏的董其昌山水册，与王石谷的新作掉换。这笔交易，无论从物质价值还是艺术价值看，恽南田都是不划算的。但他就这么做了，王石谷也这么受了。

读恽南田与好友的往来书札，发现其中多有提及花草树木的。可见，他是一个爱花惜花的俊秀男子，也是一个多识草木之名的君子。

恽南田画得一手好牡丹，他的没骨牡丹没半点俗气，是万众服悦的国色天香。故宫博物院藏有他的一幅牡丹图，红白两朵，清艳，秀逸，风流华贵，又隐含忧愁。诗跋云："十二铜盘照夜遥，碧桃纱护洛城娇。最怜兴庆池边影，一曲春风忆凤箫。"春花轻薄，少年行春，但苦难在行春的恽南田身上并没有留下什么痕迹，神一般的履历啊！

他是怎么做到的？第一，要有"生的享乐"。第二，要有"生的憎恨"。第三，还要有"生的欣赏"。具体来说，是与花鸟同忧乐。

清贫之士即使在穷困潦倒的缝隙中也能享受到大自然的美，达官富豪在一片歌舞升平的繁华中却往往不能，可说是上苍的一种公平。

四

在芥川龙之介的笔下，安坐在破落大宅的张家主人，是个为美所惑、不谙世故的人。与王时敏谈到《秋山图》时，他说："我每次看画时，总觉得好像在睁眼做梦。不错，《秋山图》是美的，但这个美，是否只有我觉得美呢？让别人看时，也许认为只是一幅平常的画。不知为什么，我总是这样怀疑。这也许是我的迷惑，在世上所有的画中，这幅画太美了，其中必有一个原因。今天听了您的称赏，我才安心了。"

小说《秋山图》中，恽南田与王石谷有一段对话：

> "……我不明白究竟是怎么一回事，总不至全部是一场幻梦吧……"
>
> "可是烟客先生心中，不是明明留下了那幅奇怪的《秋山图》，而且你心中也……"
>
> "青绿的山岩，深朱的红叶，即使现在，还好像历历在目呢。"
>
> "那么，没有《秋山图》，也大可不必遗憾了吧？"

《秋山图》再没出现，连显贵王氏手中的那一幅也不知去向，但它的一缕灵魂，它的一方芳影，仍然存在。"四王"用他们出神入化的笔意与技法，都画过一幅心中的《秋山图》，倾注了各自的遐思。"四王"中，王原祁年纪最小，对《秋山图》的追慕倒是最热烈。

王原祁是绘画神童，王时敏常带他观画，为他讲解家中陈列的历代书画精品，尤其是黄公望的。王鉴看了王原祁的作品，喟然长叹，对王时敏说："我们两个老的得让他一头了。"王时敏毫不谦逊，答道："元四家之首当推黄子久，能得其神者董思白，得其形者是我，形神皆得者，可就是我这个孙儿啦！"说完，他也叹了一口气。

晚上，王原祁和祖父睡在乐颐堂的罗汉榻上，榻是从民间搜罗来的。王时敏睡了两天后，嫌这榻不舒服，让他净做噩梦，说死去的张家主人都到梦里来了。接着他借题发挥，讲了一个与董其昌品茗谈古论今的故事，其中还有王鉴、王翚和恽南田，甚至连游历于元代富春山的大画家黄公望也由山中踏月而来，加入清谈之列。于是，出自王时敏口中的乐颐堂之夜，人鬼仙聚集，热闹非凡，实实地让人向往。

第三天，他们移居到三馀馆。晚上，还是聊画。在风格上，王时敏承认很难两全，比如气韵与力。画什么是什么，又能超之，如此高则高矣，而色彩不浓厚，力的表现也不充分，优美有余，壮美不足。

王原祁则"见贤思齐焉"，要和追慕的黄公望"齐"，甚至想超过他，有志气。但李商隐的"莺啼若有泪，为湿最高花"，只有李商隐才写得出。一个画家大部分时间在画另一个画家也在画的东西，只在一生中的刹那，很淡的影，很红的花，画出只有他画得出的东西。

王原祁画山水，"所传者大痴，所学者大痴也"，一生以黄公望"苍秀神古，平淡天真"的风格为宗，后世之人认为在四王中成就最高。与王翚的画放在一起，他的画乍一看也许不吸引人，有些画的构图还是重复的。贵在接近自然山水，容纳士人的心灵之余，也容纳渔樵自在往来。那种笔触间的质朴、疏野之感，是其他三王所少有的。

事有利有弊：王原祁自然，有时不免油滑；王时敏有力，有时失之拙笨。各有长短。看王氏祖孙的画，韵味虽浅而情感真切，如果再念一念李商隐的诗，意境就深远了。即便如此，"四王"的画看着还是暮气沉沉，还是拘泥古人，还是中庸。中庸并不是混沌，讲的是不偏不倚，多少人不明白。能看到"短处便由长处来"的，真的高明。

　　五

想象中国古典画家的时候，都是白胡子老人。明清文人画，确立了山水画中的老人符号，坐实这一符号的是黄宾虹、齐白石、张大千。

通常老年的绘画大师，喜欢做减法，就是所谓取舍和概括，而年少气盛的王原祁，忙着做加法。他有一股子雄心和细心，仿效黄公望画作，笔墨淡而厚，实而清，不枝蔓，不繁杂，清秀逼人。那是他的天赋。他降生在中国山水画摹古的黄金时代，又有祖父亲自对他调教。

童年的王原祁喜欢看祖父画山水。一个大的清水笔洗，一支干净的大羊毫笔，就这么在水里蘸几下，饱含清水后，濡一点淡墨，然后或轻或重，或急或缓，或大或小的一个块面一个块面地往宣纸上堆垛。这个过程，王时敏熟练到几乎不看画面，可以随心地和孙子聊天。当那些大大小小、干干湿湿的块面堆垛得差不多了的时候，他才把目光移回纸上，根据画面上各种形态的淡墨块面，用浓墨点刷，焦墨皴擦，不一会儿，丘壑浑成。画山水，他像个魔术师，神奇得很！

五代北宋的山水画，格局阔大，气势雄浑，用墨慢慢老熟，但宫廷一向热衷青绿山水。因为当时的青绿山水，是一种歌功颂德，属于主旋律题材。到了清初，王原祁以为在绘画上可以唯美，而美正不必有用，不必鼓舞志气，美能令人感动，令人沉醉，已经足够了。后生可畏。他身上散发出年轻人的稚气、秀气、灵气和英气，出人意表，光华灿烂。难怪康熙皇帝要选他做御用画师，一扫画苑的老气横秋。

院墙的一角，栽了几丛翠竹，细而嫩，长得挺旺，快高过屋檐了。江南的官宦世家，爱在园子里种些花草，叠些湖石，在至高处的小山上造个亭子。得闲稍坐，绿色入眼，便犹在山林了。天真的想象、无忧的时光，都离不了王家园子这片小天地。远在京城任职作画的王原祁，多想他家的园子和波心亭呀！那种美，在心里，眼睛看不出来。

这个园子在王家人心中是有位置的，青砖墁地，铺成人字形，书香门第终究是讲究的人家。墙边的老井还在，石井栏，圆圆的。王原祁幼时爱看井，水里有一片光，云朵从湛蓝的天上落在水里，化作粉黛，飘移。他的小身体似在一切色彩、一切响动中。一幅人间好画！

井台边有一只布满苔痕的古旧石鼓墩。夏夜，凉月如水，王原祁坐在石上，静思。清风拂面，院中的花树纷纷开且落，无声无息。此番意境，可以用陶潜的诗句"傲然自足，抱朴含真"加以描绘。

看黄公望的浅绛山水，有种"花近高楼伤客心"的意境，这是常常能感到的意境，要描摹出来却很难。想来，王原祁在临摹时也有过同样的感觉。

少年时受过美好诱惑的是李贺的"秦宫一生花底活"，"花底"的"底"更传神，奥妙无穷。袁枚有方闲章"花里神仙"，大概是从李贺的这句诗化来的，被袁枚这么一说，透着肤浅、庸俗。但袁枚的好处就在肤浅和庸俗之中，其间有袁枚极大的勇气。在艺术实践上，勇气比学问更重要，也更可贵。因此，中年的王原祁能够从摹古中脱颖而出，以《富春山居图》为代表，用笔秀雅脱俗，设色清淡圆润。而后世的娄东画派大都一味摹古，笔墨纤弱，千篇一律，毫无清新气象，乃至晚清民国时期，遭遇被西化主张者全面否定的命运。

六十多岁时，王原祁画了一幅《仿黄公望秋山图》。几年后，他又画了一幅《仿大痴秋山图》，说"以余之笔写余之意"罢了。

后来，"清六家"作古，《秋山图》的故事，就没什么人知道了。

故园沉沉

一

昨晚，宝珠梦见自己又回到了个园。

古老旧气的个园，幽静清雅。中间引得溪流宛转，水面澄澈如银。园中以小径为道，碧竿森森，苍苔点点。一到夏天，轩窗如洗，几案映绿，满院翠色苍冷。风吹过，竹叶簌簌如急雨。接下来，秋天跟着到了。秋雨极冷，打在屋顶的黛瓦上铮铮有声。幽篁影里，箫声呜咽哀婉，仿佛一条流纱，环绕在她的周边；又仿佛一只蝴蝶，围着她翩翩飞舞。

宝珠像往常那样踩着鹅石小径走进园子，她甚至能清楚地听到屋里母亲的絮叨，婴儿的啼哭，鹦鹉的学舌。这一切都是如此的真实，如此的亲切，让她从心底眷念。突然，火轰地一下燃起，迸发出极不安分的、繁多喧闹的声响。熊熊燃烧的拜宋楼，发出的声响越来越大，火光冲天。

到处都是枯黄的野草，还有水鸟凄厉的怪叫，毛骨悚然。在那些声响里，她分明听见了河的流淌，河水在岩石上的猛烈碰撞，碰撞后的四处飞溅；听见了狂风穿过山上茂密的树木，被搅扰的树林发出了阵阵怒吼……

一声高昂的、螺旋般向上盘旋的尖叫，人的还是鬼的？

河流、山涧、琴弦，尖叫——不论是人的还是鬼的，毕竟过去了很多年。原来，它们并没有死去，而是隐藏在断裂的树干里，当树干燃烧的时候，他们的灵魂失去了最后的栖身之地，怎不发出绝响？

火焰炸裂，迸发，拜宋楼轰然倒塌，闪出刺目的火花……不过是生命最后的挣扎、释放；紧接着，雷电交加，暴雨如注。宝珠尖叫一声，从梦中惊醒，全身汗涔涔的。睁大眼睛不知身在何处，眼前一片漆黑。稍息，宝珠才幡然醒悟，自己还是躺在床上，并没有回到个园，床被温暖舒适。

这时，她瞥见窗户上有个淡淡的影子。

她吓了一跳，推开窗户。夜风的凉气将她冻得一个哆嗦，外面什么人都没有，只有满地清凉的月色。

宝珠正打算关上窗户，突然看到不远处树下有团白色的影子，定睛一看，竟然是个穿白长衫的人。

她看着他，他也看着她。夜里安静得连风吹过的声音都听得到，风吹着枝叶不停地摇晃，他沐着一身月光，大风吹起他的长衫和头发。她认出他了，是陆操。

他怎么会到这里来？

她差点咬到自己的舌头。转眼，陆操不见了。他一定是回个园了。每当她感到孤独时，就会想起南塘，想起个园。

作为江南名园的个园，古树参天，竹木郁茂。一条清澈的鹧鸪溪将园子一分为二，拜宋楼坐落在园北部，与园南部的瘗鹤堂隔溪而望，有小桥相通。秋水漫漫，流连亭台楼阁间，满池残荷可听雨。一切恍惚如梦。

陆书鸿引着宝珠走进宽敞阴暗的大厅，把落地长窗一扇扇打开；一片柔和、金黄的午后阳光倾泻进来，照在清水方砖地上，照在红木大平头案和卷草纹方桌上，照在"瘿鹤堂"的牌匾和楠木庭柱上，照在两边对称的太师椅和茶几上。

宝珠一句话不说，坐在高大轩敞的瘿鹤堂，她有着拘谨和敬畏的表情。抬头仰望，这个天堂般的厅堂，屋顶雕画着精美细致的白鹤图案，端庄高古，是那么的遥不可及。

整个大厅被打扫得干干净净，保持着从前的风貌，与百多年前设计时一样：墙上富丽典雅的工笔花鸟和精工细雕的红木家具互相映衬，花几和盆景的陈设布置妥帖，还有微微摇晃的宫灯。正中悬挂的《玉堂富贵图》，牡丹、玉兰、海棠布满全幅，花团锦簇，流光激滟，辉映闪耀得如碎星一般。

瘿鹤堂与拜宋楼遥遥相对，一个春天，一个秋天，时间匆匆而去，历史达达而来，呈现一部《春秋》。从瘿鹤堂往高远处望去，是用来赏雪的"梅亭"。她想，碰巧看到梅花飘落，也是可以以花代雪的吧。

二

宝珠跟着陆书鸿一路走进北个园，心情激动。这里她一点不陌生，小时候爬墙偷偷来过几次，但拜宋楼一直是有人看管的，根本进不去。今天，终于可以光明正大地走近它……陆书鸿一边走，一边为宝珠介绍。其实，祖父早就告诉她拜宋楼的创办者是陆承乾，个园的第一任园主。1904年他在南塘添置新地，花费巨资构筑这座私人藏书楼，四年后藏书楼落成。自清末、民国至新中国，拜宋楼经过陆承乾、陆操父子两代人的经营，传到陆书鸿，共收藏约十万册图书，其中有不少的宋元善本和珍贵手稿，抄本、木刻、书版万块。

一抬头，门楣上"拜宋楼"三个大字正是陆承乾的楷书手笔，在夕光中熠熠生辉。楼堂斋室陈列着大理石屏风、博古架、书桌、茶几和香妃榻等红木家具，一派清式厅堂的风格。楼上是"瀚海楼"，楼下窗格都用"拜宋楼"篆字样做装饰，走廊外的铸铁栏杆用"瀚海"两字做花饰，分外别致。

拜宋楼珍藏宋版《史记》《前汉书》《后汉书》《三国志》四部史书；两侧为"香草居"，存放古本诗词，主要是明清诗人合集，以及陆承乾、陆操所编的《清代诗萃》。楼上的"瀚海楼"，存放经部古籍。外间的"听雪阁"，存放珍本《四库全书》500册。里面的正厅"云中庐"，存放史部古籍。拜宋楼是一座回廊式的砖木结构、中西合璧的两层楼房，东西、南北阔大纵深，分前后两进，共54间房屋。建造考究的54间房屋都是藏书库房，每间库房，地板坚固，书架整齐，两面都装有铁皮、玻璃双层窗户。楼房四周墙基约五六尺高，都用花岗岩砌筑。呈"口"字形，为了便于晒书，两进房屋中间有一个大天井，平铺青砖，不生杂草。

拜宋楼藏书制度规定："烟酒切忌登楼"，"代不分书，书不出楼"，还规定藏书楼门钥匙在特殊地点摆放，非经允许不得无故开锁，外姓人不得入阁，不得私自领亲友入阁，不得借书与外房他姓，女性不能入阁。并制订了防火、防水、防虫、防鼠、防盗等各项措施。

宝珠站在大天井中四面张望，只见凡朝天井的库房安装的都是落地长窗，她知道窗多，有益通风采光。蓝天白云之下，偶尔有一只两只小鸟飞过，这便是祖父常说的藏了十万册书的拜宋楼呵！简直令人难以置信。

三

每天，祖父给鹦鹉喂食后，便一头钻进后院的书房。他喜欢下围棋，没人和他对弈，就一个人摆棋谱。他种了十几盆兰花，一盆名贵的种在小的钧窑瓷盆里，其余的都排在天井里的石条上。他不种别的花。早晨用一个小喷壶给兰花浇一遍水，然后在藤椅上一靠，睡着了，一直到宝珠喊他吃饭。

他吃的东西清淡，拌莴苣、马兰头、清蒸火腿、虾籽鲞鱼、冬笋炒雪里蕻、荠菜蘑菇、蚌肉金花菜，难得也喝酒。

一开始他对宝珠不太喜欢，因为重男轻女的缘故。启蒙后，发现小女孩脾气虽任性，但十分聪明活泼，乌溜溜的大眼睛一转一个主意，学什么都是一学就会，《三字经》《诗经》《古文观止》背得朗朗上口，学画也挺有灵气。

他有个苏州的老朋友来，请他在一幅画上题款，画面上画的无非是牡丹、兰草、野菊，不是十分醒目，他挥笔"春色满园"。写完，见宝珠站在一旁，问她好不好？宝珠说不好。他瞪眼：不好？那你来写。宝珠说，我写就我写。于是题款"贫富一家人"。他看了看，捋了捋胡子，连说不错。

保圣寺修复的时候，他出过不少点子。他和苏州城里的那些名士经常聚会，地点就在许家后院。几个人围坐在紫藤架下，商讨保圣寺的修复、古桥的保护，再说一些琴棋书画和诗词文章，他们在晴暖的阳光下惬意地谈笑风生。

临到中午，祖父招呼："宝珠呵，你去荷塘摘几片荷叶，中午我们做荷叶粉蒸肉吃。"这时候的祖父是快乐的。

宝珠坐在天井里，对着《芥子园画谱》摹画杜鹃、紫藤、兰花。她用毛笔蘸着墨汁，把宣纸上的兰叶越描越粗，甚至跨出了篱笆。画完，见兰花真开在眼前，反而将信将疑。

一只墨绿的乌龟慢吞吞地爬过天井，也不停歇。青石上的苍苔，墙面上的雨痕，被阳光一照，都鲜润了。她看了一眼藤椅上闭目养神的祖父，又画了两株饱满的辛夷。

宝珠画了一会儿，逗鹦鹉玩。

鹦鹉很大，绿毛，红嘴，用一条银链子拴在铁架子上，一声不响。偶尔唱歌，很动听。

四

早晨起来，宝珠整理着床铺，陆书鸿从外间走进来，说道："宝珠，这个星期天我们回南塘吧。"

"最近，我忙得很呐。"

"另外，还有……"他欲言又止。

"还有什么事？嗯？"她停了下来，问道。

　　一只墨绿的乌龟慢吞吞地爬过天井，也不停歇。青石上的苍苔，墙面上的雨痕，被阳光一照，都鲜润了。

"个园要拆迁了。"他艰涩地说。

"什么？个园要拆迁……"她猛然站起身，看着他。

"是的。"看着她疑惑的神情，他肯定地说。

"那我们赶紧回去，再忙也要回去。"这话虽然是对他说的，但更像是对她自己说的。

苏州城里的老房子拆得差不多了，拆完了才发现，老房子并没有想象中那么多。前些年拓宽改造干将路，老房子被拆的面积数量可能是近几十年来最多的一次。

没有人愿意看到那些古老的房屋被拆毁，但也没有一个人能平息家族纷争、根深蒂固的观念，阻碍城市现代化进程。事后，所有人又都会悲伤、难过地谈起那座已被拆毁的古宅。

在那次涉及面最广的拆迁中，宝珠在乐桥附近散步。推土机一路推进，有不少人围在那里观看。工程自开始，持续了好几个月。每个人都逐渐习惯了，愤怒和反抗渐渐抵消。尽管下着绵绵细雨，墙垣还是坍塌下来，在倒地的瞬间化为尘埃。宝珠和书鸿就站在那里看着，让她忧虑的，不是看到别人的房屋和回忆被摧毁一空，而是看到苏州在这样的过程中改变了形貌、基础，意识到人们的生活是多么的短暂和脆弱，简直不堪一击。天真的孩子们在断壁残垣间玩闹，捡拾着门窗框架和木头碎片，这些碎片代表了多少失落的记忆。

苏州城里拆得差不多，苏州周边小镇上的老房子又开始拆了。

晚宴设在酒店顶楼的餐厅，看得出经过精心布置，摆满了食物酒水，到处人影幢幢，杯盏交错。镇长站在大厅里，接受从各个方向传来的恭维。宝珠看着这个年轻有为的父母官，他穿着藏青色西服，系一条银灰色圆点领带，身材高挑瘦削，眼光镇定锐利，不管从哪方面来说都是精明强干的。

宝珠听到他说："是的，那块地准备做商业投资用。"

马上有人附和："那个地段用作商业写字楼再好不过。"

"写字楼的租金可不是一般的高呵。"。

"外墙已经拆除，主体拆除工程后天进行……"

"人工拆除时间太慢，不如用爆破……"

又有人反对："那必须拿到政府特别批文，而且成本不低……"

宝珠知道他们在说什么，觉得头晕。多年前个园是她的家，她以为会在那里住一辈子，现在它变成了"主体"，还有人建议用炸药把它炸掉。面对那座有着百年历史的古宅，她有勇气去看它吗？难道它只能成为回忆了？

见丈夫正被一群人围着在热烈讨论高考改革的话题，估计一时半会儿走不了。她顾自走出餐厅，在酒店门口招手叫了一辆三轮车，说去个园。三轮车夫看她的眼光有些疑虑，这个文静秀丽的女子为什么要在月夜去那么荒僻的地方。

五

疏桐残月。

宝珠抬头一看，完全惊呆了，个园已面目全非。刻着"个园"两个大字的隶书匾额不翼而飞，种着罗汉松的地方，变成了一个大泥坑。鹧鸪溪里堆满了垃圾，腥臭扑鼻。围墙也没有了，一地的乱石青砖，石鼓墩还在，倾倒在地上。

仿佛昨天，她还在大门外的井台上吊水，井里的水清冽透亮。园中有两口古井，一口在瘗鹤堂后的院子里，传为宋井；一口在拜宋楼前的阶石东角，传为明井。阵阵清风里，没有走进画室，她就闻到了桂花的香甜气。如果坐进梅亭，大概会和白居易一样，听得到月宫里桂子轻轻滴落的声音。

中秋节傍晚，满树金黄的桂花开得茂盛。明知道家里有重要客人，下午溜出去玩耍的宝珠还是很晚才回到家。她脱掉鞋子，蹬着桂树熟练地爬上围墙，确定没人后往下跳。准备悄悄走进靠东边自己的房间，换件衣服，再见机行事。待一纵身时却听到了脚步声，受惊的宝珠一下子摔倒在地，父亲看着她一跃而蹶的过程，气得转过身，紧随其后的陆操正好看到她趴在地上不雅的姿势，不由抚须大笑："我最喜欢宝珠的天真活泼，从小冰雪聪明，一点不做作。"

"都是给我惯坏的。"母亲在一旁解释说。"她倒是喜欢画画。不如让她去个园，请陆先生指导一二，也好规矩些。"

"好呵，不过你们别指望我能教出规矩来，我那里是宽松的，自由的。"陆操说着，对宝珠笑笑，"这下你放心啦。"

本以为陆操会推托，他却一口答应，宝珠开心地笑了。陆操可是远近闻名的大画家，居然一点架子都没有。最主要的，他是一个幽默风趣的人，藏着一肚子的学问和故事。

从前父亲让她去个园送酒，那是在陆操的书房兼画室。低垂的窗帘，一只古代石雕佛头，放在书架顶端。他慢条斯理地抽着烟，看着挂在墙上的画，招呼宝珠自己倒茶。

一张唐代懿德太子墓的仕女石刻碑拓，神品！

走近，她看裱在拓片上方的题跋，内容是赞评此拓片如何了不得。后题：陆操暂存。

便问道："陆伯伯，是别人借你看，要还的？"

"不，是送我的。"

"那为什么写暂存？"

"我不是要死的吗？"

"哦！"

宝珠想想也对。

六

以后，每个星期日宝珠去个园学画。为了表示对老师的尊敬与感谢，宝珠要求母亲准备一些时令水果。走过鹅石小径，她隔窗看见了书房里的陆操，就提着装满水果的篮子走进去。陆操面色红润，两眼有光，浓黑的长髯，衣着随便，但质料讲究。他的声音洪亮："宝珠来啦！"

"陆伯伯，莲蓬，才摘的！"

"陆伯伯，香瓜！——这种瓜有点梨花香味，可甜了！"

宝珠一来就是半天，感觉时间过得很快。她给陆操磨墨，漂朱膘、研石青石绿。陆操作画时，她安静地站在旁边看，专注，大眼睛一眨不眨，几乎忘了呼吸。有时看到精彩处，才情不自禁地深深吸一口气，这也正是陆操的得意之笔。陆操从不当众作画，他画画会把书房门关起来。对宝珠例外，他认为宝珠懂画有悟性，宝珠的赞赏是出于纯真，不是谀媚。

陆操最讨厌听人谈画。他很少到亲戚家应酬，实在不得不去的，他也是稍坐片刻，喝杯茶就告辞。因为席间总有一些假名士高谈阔论。陆操是藏书家、大画家，这些人特别喜欢在他面前评书论画，卖弄学识。陆操听了，费解难受。

陆操喜欢画竹。他画的都是墨竹，少有朱竹。他佩服郑板桥，但是画风不似。板桥画竹多凝重，水墨淋漓，粗头乱服；陆操没有那样的恣悍，他的墨竹参用了石涛，更为舒展劲挺。有时，他也画梅花。梅花一开，宝珠就觉得春天来了。院子里的几棵梅树亭亭如盖，绽放出绮霞似锦般的花朵，一团团一簇簇，簇拥在屋檐下，有几枝甚至探进窗户里来了。

初春，画室阴冷。宝珠坐在炭盆边，冲一杯牛奶，翻一本厚厚的画册；陆操泡上一壶陈年普洱，一卷线装书在握，捧一只暖炉在手，一连两天不作画只是默不作声地看书。一个月夜，忽然狂风大作，大雪铺天盖地，那阵势似要将屋顶掀翻，搅动得梅枝上的梅花飞扬，陆操不由击掌：好呵，这才是"风花雪月"。宝珠和陆操不约而同地走出书房站在门廊默默观赏这一难遇的美景，完毕，又各自回屋看自己的书。

有一天，宝珠送了一篓白沙枇杷来，金灿灿的。陆操坐在梅亭里作画，高兴之余，画了一幅枇杷。他画的枇杷叶，用浓墨在叶子周围打点，打鼓似的，十分好看。枇杷的入画，就因了这枇杷叶。宝珠也画了一幅，她画的枇杷，叶子仿佛一把锯条，很笨拙，但笨拙得天真有趣。陆操连声说好，而后，他要宝珠把鹧鸪溪画出来。这对跟陆操学画不久的她来说，是一种挑战——一条蜿蜒的小溪，仿如泉水，溪边湖石堆叠有致，逶迤不尽。尤其拜宋楼一带，老树横生，颓然碧窈，有苍莽之气。隔着溪流朝北个园望去，景色隐隐约约。

不多久，宝珠画出了一幅疏朗淡远的水墨画，她把它画得很成功。不知怎的，好像要那支毛笔怎么画它就怎么画。这是一幅没有人物的风景画。

"把这幅画送给陆伯伯，好吗？"陆操征询道。

宝珠点点头。

陆操把画摆在了书桌上他的收藏品中间，并说它画得很好。宝珠常听父亲称赞鹧鸪溪，不过她从来也看不出它的美。

不久，陆操鼓励宝珠画一幅拜宋楼的风景画。她一点没把握，便先画了一些草稿。画着画着没兴趣了。她知道那幅风景画的成功是靠了好运气，再想要画出那样的一幅作品，却是她力所不能及的。

虽然从童年起，她就喜欢跟着父亲逛园子，养成了热爱建筑物的习惯，也略懂造园法的原理，但是她内心的感情是保守的，更倾向于古典的南个园。

走过小桥，来到拜宋楼前，她的心是激荡的。在高高的傲视一切的蓝天下，她站在鹧鸪溪边久久凝望着拜宋楼，观察光线变幻中它的各种姿影。她一点不感到乏味疲倦，相反精神焕发，仿佛那在湖石间流过的清澈溪水真是生命之泉。

运河寄意

古运河苏州段由浒墅关起，往东南至枫桥镇，来往船只往往夜泊于此。枫桥，江桥，两座单孔石桥，玲珑纤巧。不远处就是寒山寺。唐朝张继落第归乡经过，怅愁之中作《枫桥夜泊》诗。古运河悠悠长长，流经很多地方，水有时是汹涌澎湃的，但在苏州，水总是柔柔的，平和的，静静地流着。运河在这里转了道弯画出了一条优美的弧线，形成了江枫洲。如今，在这线的边上站着的，是直插云霄的楼厦，纵横交错的高架桥，宽阔直伸的公路……丰茂的林野，粉墙黛瓦的民居，鲜绿色的稻田，格子似的水塘，时而有燕子低飞，拖着剪刀似的尾巴，都看不见了。对水乡，对运河，那抹水汪汪的记忆，什么时候消失了？

从前，我家住在运河边的小镇望亭。父亲在运河一边的发电厂工作，母亲在运河另一边的药店上班，当中隔着一座贯通东西的大桥。

望亭这个名字起得好！可是，我从来没见过镇上哪个地方有亭子。望文生义，它可能是运河上的一个驿亭。唐代的遗迹，已经难于查考。

从我家到学校要经过望亭大街，我放学回家经常绕道沿河走，东看看，西看看，看看铁匠铺、竹器店、木器店、南货店、爆仗店、油条店、卖剪刀的铺子、染坊……看布店伙计剪布，看灯笼铺糊灯笼，当然，最喜欢去药店，看伙计两脚踏着木板，在一个船形的铁碾槽子里碾药，看母亲坐在账桌前哗哗剥剥地打算盘……百看不厌。

傍晚，我和弟弟爬上药店露台，露台温热，放着匾筛，晾晒切好的药材，药香阵阵。登高四望，看得见电厂冒着烟的大烟囱，看得见许多店铺和人家的屋顶，都是黑黑的。看得见远处的绿树，绿树后面运河里缓缓移动的船帆。还可以看云，看晚霞。天边的晚霞变幻多彩，黄的、紫的、橘红的、深红的，镶着金边。雨后，甚至能看到彩虹，像一座桥架在天上，真是心旷神怡。我拉紧弟弟，他的小身体靠拢，头发乱拂。东南风一劲，听见电厂的汽鸣，像圆号宽广的嗡嗡声。我对弟弟说，下去吧。弟弟拉住我说，让我再看看。我摸摸他的头说，还是下去吧。弟弟说，等那艘大船过了大桥，就下去。我点点头。

药店打烊了，我和弟弟站在桥堍，等待晚归的父亲。等着等着，太阳落山了，我们从桥的这边不知不觉走到了桥的那边，还是不见父亲的身影。于是，我们又从桥的那边慢慢往回走，走到桥中间，倚栏俯视，运河里大大小小的船只连在一起，长长一串。有的装着生丝，有的装着桑叶，有的装着煤炭……当船队穿过桥洞一半时，我们急速跑到桥对面，这时船尾刚刚穿出来，渐渐地驶远了，消失在暮色天际。

药店的东南面是一片菜园，穿过菜园就是河堤。我的书法老师宋爷爷的家，挨着运河。出门走几步，便到了河边。南岸的种菜的每天挑了河水浇菜，有人家把鸭子赶到河里来放，也有一两个人拖着长的钓鱼竿在河边悠闲地钓鱼。北望，可以看见爬上河堤的石级。这段有石级的河堤，当地人称"粮码头"，因为粮船多在此泊舟登岸。

稍长，我喜欢跟同学一起到运河边玩。站在河边，眺望对岸的街道房屋，指认哪一处的房子是谁家的。偶尔有大人带着孩子放风筝，颤悠悠的风筝在我们头上飘着，显得天很高。有灰鸽子、白鸽子、花鸽子飞过来，绕过去，鸽子的羽毛在阳光的照耀下熠熠发光。一只燕子贴水飞向东，过了石拱桥，落在人家的屋脊上。

我们看船。运河里有大船，上水的大船多撑篙。船夫脱光了上衣，裸露出古铜色的肌肤。很精壮。他使劲把篙子梢头顶上肩窝处，在船侧窄窄的舷板上，从船头一步一步走到船尾。然后拖着篙子走回船头，嗖的一声把篙子投进水里，扎到河底，又顶着篙子，一步一步向船尾。如此往复不停。大船上用的船篙长而粗，有锋利的铁尖。撑篙的通常是两个人，船左右舷各一人；有时只有一个人，在一边。这种船多是重载，船帮吃水很低，几乎要漫到船上来。船身很沉地压在水上，如一块大石头，走得很慢，很累。船上常有一个舵楼，住着船老大的家眷。舵楼大都伸出一支竹竿，晒着五颜六色的衣裤，风吹着啪啪作响。船夫不说话，心里在想些什么？他们的目光清明坚定，因为常年注视着流动的水的缘故吧。每天一睁眼，四周都是水，吃喝拉撒全在船上，运河就是他们的家。这些运河的船夫让我感动，从他们身上我嗅闻到了一种辛劳、轻甜、微苦的生活气息。

从周作人的文章里知道，刘半农从船夫口里整理并加工二十篇歌谣，编为《江阴船歌》。可惜我没读过，不知南方水泽的清灵情调，相比北方乡间的朴笃韵致，又是怎样的一番意境呢？

在望亭住了十多年，我没有看见过运河干涸。接连下了几天大雨，河水涨了，两边的河岸差点被淹没，就不能尽兴打水漂了。但这样的时候很少。河里漂着水浮莲，一朵两朵，肥厚碧绿的猪耳状的叶子，开着粉紫色的蝶形的花。我是在运河才认识这种水生植物的。河中有鱼，悠然地浮沉游动着。偶尔看见河堤上有纤夫拉纤，印象很淡了。

河边栽着些树，主要是垂柳，有的欹侧着，柳叶都拖到了水里。早春二月，嫩黄的柳树远看如烟，分外婀娜，有风的时候，起伏如浪。那时我每天很起劲地读唐诗，但第一次体会到什么是"烟柳""柳浪"。可以说是运河，运河边的柳树教会我怎样来理解唐诗中的诗意。到了黄梅雨季，柳树绿得好像要滴下来，染上了我的衣裙。

冬天下雪，学校放寒假了。弟弟穿得厚厚的，眼睛圆溜溜的，只能待在家里。冬天让人觉得冷，但我不觉得冷。天白亮亮的，雪花绵绵地往下飘，没有一点声息。雪那么轻，那么软，雪天让人不想动，不想堆雪人，也不想滚雪球，就想到外面的雪地里走走，深深地呼吸一口气！树皮好黑，乌鸦也好黑，池塘冻得像玻璃。桥也是雪，船也是雪，宋爷爷家的门不开，门槛上都是雪……羊毛围巾，绒线手套，还有长筒雨靴，我撑着一把伞出门到雪地里去。枯藤老树，运河没有结冰，正好有船队驶来，船身激出粼粼细波，河水始终是活的。船夫满是风霜的脸上既看不出高兴，也看不出失望、忧愁，平平淡淡。船慢慢地前行，间或搅动出一点水声，就是撑篙的声音，也很轻。

星期天父亲带我去太湖边玩，坐在自行车上风吹着，很惬意。穿过一片金黄的油菜花田一片紫色的苜蓿田，就是太湖了。湖很大，一眼望不到边。浩浩渺渺，没有一只船，让人觉得有些荒凉，有些神秘。

我从来没有在湖上泛过舟，只是让父亲教我骑自行车。我们可以在湖边一遛遛好几圈。一面款款而走，一面高谈阔论。我那时是十几岁的少女，似乎有很多话要说，但是，我们都说了些什么呢？

黄昏了。湖上的蓝天渐渐变成浅黄，橘黄，又渐渐变成紫色。这时，我闻到一阵阵炊烟的香味，那是停泊在湖岸苇丛的船上在剖鱼烧饭。我不由想起了宋爷爷要我临摹的《张翰思鲈帖》，早晨他在河边洗菜时，一条大鲫鱼"扑通"一声跳到了盆里，水花四溅。

夏夜，运河边有许多人在纳凉，有的靠在柳树下的竹榻上，望着星空；有的坐在竹椅上，拍拍芭蕉扇聊天；有的索性睡在桥石栏上，也不怕睡着了滚下去。月色皎洁，渐渐起露水，人声寂下去，只听见桥下河水的响声。这时有人吹起了笛子，笛声嘹亮悠扬，传得很远。

初中一年级，我参加学校夏令营去杭州。"山外青山楼外楼，西湖歌舞几时休。暖风熏得游人醉，直把杭州作汴州。"这首诗让我对杭州非常向往。坐在船上，水声激荡。吴门桥上人来人往，沧桑衰朽的瑞光塔矗立在夕阳余晖中，灰黯深厚的盘门古城墙，仿佛倾斜欲倒，却连绵不断。城墙内外，河边道旁，不乏荆棘丛生杂花怒放的大片野地。运河在盘门东转到觅渡桥，又从觅渡桥一路南下经澹台湖到宝带桥。远远望去，多孔的宝带桥像条玉带似地横跨河面，造型纤长，体态优美，其实它不过是运河边的一条纤道，但是赏月的绝佳处。

我们乘的是运河上的"夜航船"，很热闹，因全是同学少年，意气风发，一首首动听的歌谣不时飘荡在河面上……带队老师被感染了，讲起张岱在《夜航船序》里记下的一个有趣故事：昔有一僧人，与一士子同宿夜航船。士子高谈阔论，僧畏慑，拳足而寝。僧人听其语有破绽，乃曰："请问相公，澹台灭明是一个人、两个人？"士子曰："是两个人。"僧曰："这等尧舜是一个人、两个人？"士子曰："自然是一个人！"僧乃笑曰："这等说起来，且待小僧伸伸脚。"

夜航船历来是中国南方水乡苦途长旅的象征，张岱显然是夜航船中的常客。在明代，他广泛的游历和交往，不能不经常依靠夜航船。张岱的劳作，让我们体会到了一种丰富有趣的"夜航船文化"。

夜间睡在舱中，听水声橹声，来往船只的招呼声，以及乡间的犬吠鸡鸣，很有意思。听船夫说，明天一早就可到杭州。杭州跟苏州一样，也是天堂，还有烟波画柳的西湖。我兴奋得一夜没睡，半夜坐起身，攀着窗沿看河中这艘扁黑的大船行进，银色的月光在水面上一片片地洒过。船走得很快，冲破宽阔的河道，溅起泼喇喇的水声。

天蒙蒙亮，我走出船舱。天上堆满云。运河的水色很暗，很灰，一会儿，太阳出来了，浮着薄雾的河面，从夜梦中醒来。两岸边的垂柳，禾苗，菜地，鸡，狗，瓦屋，石桥，农夫和村妇，洗衣的村女，渔夫，蓑笠，天空，云朵，荻花汀草……都映在澄澈的河水中，夹带了碎金般闪烁的阳光，与水里的萍藻游鱼，一起轻轻荡漾。

船旁不时掠过一只两只乌篷船，沿岸迤逦人家，一路有村镇。但杭州城此时从船上还望不见，只觉它隐隐地浮在水面上，又像在云中。

船一程程行去，岁月一片片消逝。

我是初中毕业离开望亭的。

我曾经做梦在运河边一片盛开的蚕豆花上看见粉蝶——在我童年的时候。那么多的粉蝶，在紫色有黑眼睛的蚕豆花瓣上乱纷纷地飞着，我时常停下来看它们好半天，都醉了。我正好在学画画，回家就在一张国画上添了两只粉蝶，用来点缀画面。

夏日的风里，我伫立江枫洲的惊虹渡口，看古运河里船来船往一片繁忙景象。午后的太阳照到水面，闪出一片浅红色的光，温暖柔和。这是让人怀想的颜色。橹声欸乃，小镇的景色瞬间流动起来了。

江南烟雨

一

借着树梢，烟色层层渲染开去，传过一片又一片水面，直到淡化至保俶塔影。从前游西湖，烟雨中往往会忽略那一竖灰痕：宝石山上的最高浮图。雨在远处，密密为烟；烟在近处，细细为雨。江南在烟雨中。她写下"江南烟雨"四个字，感觉春色盈纸。

柳树有了点点绿意，海棠探出微微红芽，其中的一份粉色，一份水意，却是连最精美的瓷器也难仿制。四季里，春是美的，它的变化如宣纸上慢慢洇化的画意。她提着笔，一笔一笔，又添上浅浅的半笔，很舒展，只要阳光与风还是阴冷，笔锋就逐渐延缓。不料，春就躲藏在四周，在清澈的河水里，在嫩绿的草丛中，但是不知春天是几时。

仿佛暖风轻轻一吹，苏堤的桃花就次第绽放了。苏堤白堤十里丹云彤霞似的桃花，夹着丝丝嫩黄垂柳，沿着两岸拂水盛开，映在西湖中的倒影波光激滟。苏堤南起南屏山麓，北到栖霞岭下，是苏东坡任杭州知州时，疏浚西湖，利用挖出的葑泥构筑而成。南宋时，"苏堤春晓"被列为西湖十景，背山面湖，松林环抱，幽静无比。

那一日是雨天，雨从半夜疏疏落落直到天明。贵为皇后的她静静蜷伏在绣枕上，听着窗外清晰的雨声，雨滴落在硕大的蕉叶上。

有微凉的风从耳畔掠过，许久以前那个风雨交加的夜晚，她陪着皇帝徘徊在城楼之上。无星无月，夜色浓稠如墨，哗哗的雨声激越在城楼屋瓦之上，湿而重的寒气浸润透过衣裳。身后是禁城连绵沉寂的殿宇琉璃，脚下是都城的万家灯火，纷烁杂乱，在风雨中飘摇。

赤铜鎏金的凤凰，衔着一盏纱灯。朦胧的灯光映在她的脸上、衣衫上。一袭鹅黄色的窄薄春衫，前襟上绣着小朵小朵浅粉的花瓣，堆堆簇簇精绣繁巧，仿佛呵口气，便会落英缤纷。她拿着象牙梳子，有一下没一下地梳着长发，唇角似有一丝淡淡的笑意。

今天她要陪宁宗皇帝游湖。

皇宫本是绍兴八年所建，富丽堂皇。华丽精美的重重楼台，点缀在青山碧水之间，歌吹管弦之声飘荡在绵绵春雨里。罗伞随她移动，遮住了头顶绵密的雨丝。她由宫女扶着登船，御舟上下两层，宝顶华檐，飞牙斗拱，如同一座水上楼台，行走在湖面上。

皇帝负手立在船头，凝睇那孤山之下的十里烟波翠寒，若有所思。喝了几盏茶，她也不唤人，拿了泥金梅花样纨扇，用系着流苏的象牙扇柄，拨开舱窗上的绡纱帘幕，向窗外眺望。水平如镜的淡蓝湖面，两岸绿堤上垂柳依依，长桥卧波。远处的墟里人家，近处的绿杨村廓，如一卷无穷无尽的画卷，缓缓铺陈开来。

真是一片大好湖山！

皇帝坐在那里，仿佛出了神，并不作声。她却拣了拂过窗栏的嫩柳垂枝，折弯把玩，随手揉搓了细叶投入水中，引得红鱼游窜。翠荫柳浪深处隐约传来黄莺的啼叫声，仿佛还有笑语声。

午睡醒来，寂然无声。窗隙日影西移，照着案几上瓶中一捧牡丹花，洁白挺直，她拈起一枝花，柔软的花瓣拂过脸颊，令人神思迷离。想起幼时跟着母亲在宫里，也是午睡初醒，大株芭蕉与梨花在雨中。幽暗的屋子，她独自吟诗、作画，时光在窗外滴滴答答的雨声中悄悄流逝。换过了衣裳，回头望出去，但见暮色四起，雨气苍茫，层叠楼台，融入迷濛的烟水间。她提笔在团扇上写道："薄薄残妆淡淡香，眼前犹得玩春光。公言一岁轻荣悴，肯厌繁华惜醉乡。"

薄暮时分，马麟在御画院门口等了半天，远远望见她由宫女陪着从桥上走过，一袭鹅黄衣衫，像二月嫩柳上那最温柔的一抹春色。

眼看着走近了，栏外的梅花开得半凋，被风一吹，纷纷飘落，正好落在她的身上。她轻轻拂去衣衫上的花瓣，又一阵风过，更多的花瓣纷扬落下，她笑了笑，便不再拂拭了，任由那花雨落了一身。

马麟疾步迎上前，对她行了礼，让侍童提了灯笼在前面引路。沿着青砖路一直走，绕过假山，进了月洞门，见到一座小楼，飞檐翘角，朱漆红栏，廊下挂了四盏水晶灯，照得整座小楼如琼楼玉宇一般。

侍童引到这里退下，另有人迎出来，引着他们上楼，画师马远已在画室恭候多时。挑起帘子，暖气往脸上一扑，夹杂着一缕若有若无的香气。原来窗外有数枝梅花，花正怒放，可惜天黑了，看不太真切。

她逐一细看画师们的新作，良久，额头有细汗沁出。马麟走过去，将窗户推开一半，风吹进来，吹得桌子上的纱灯摇摇欲灭。见状，马麟想关上窗户，她却噗的一声吹灭了灯，顿时满室清寒月光，墙上疏影横斜，是月色映进来梅花的影子，枝丫花蕾历历分明。

她在马麟的梅花图上用萧散妍媚的笔致写下"层叠冰绡"，并题诗："浑如冷蝶宿花房，拥抱檀心忆旧香。开到寒梢尤可爱，此般必是汉宫妆。"这样柔和的素绢，这样艳暖的"宫词"，署名"杨妹子"。

下雨了。

那雨好像比往年都下得大，只听见一片"哗哗"的水声。殿基之下四面的驭水龙首，疾雨飞泻，蔚为壮观。她在屋中听得雨声哗然，不由叹了口气，走到窗前。庭中的青砖铺地上，腾起一层细白水雾。

她托腮望着烟云氤氲的山水出神，心中似雨地一般，不能平静。病体渐愈，她的容貌远不如从前美艳，犹带几分苍白与憔悴。彼时，宁宗皇帝已逝去多年，她也由皇后升为皇太后，大权旁落。

一时睡不着，耳畔尽是风雨之声。夜半，醒来。万籁俱寂，唯有雨滴梧桐，清冷萧瑟。

这样半睡半醒，一夜过得混沌迷糊，烟雨蒙蒙，漫长如一生。

天明时，雨停了。

时方初秋，中庭的一树紫薇开得如火如荼。忽见芭蕉叶底走出个人来，莲步姗姗，不禁吃了一惊。那宫女素衣乌鬓，挽着一只小小竹篮，篮中盛满黄菊，朵朵饱满灿黄。她一时竟然看得呆住了。

窗户开着，几瓣殷红如血的花瓣零乱地落在书桌上，她翻开马远的那幅《王宏送酒图》，写道："人世难逢开口笑，黄花满目助清欢。"娟秀的簪花小楷，只写了两个字："人世"，她黯然神伤。举目向庭中望去，那枝头的殷红繁花，烁烁闪闪，如霞似锦，灼痛眼睛。

二

掐指算来，他与妻子在寒山隐居快三十年了。

黄昏时分，又下起雨，赵宧光负手站在小宛堂。窗外，薄薄的烟雨笼罩着连绵的山岭，萧瑟秋意更浓。风吹过，花影摇曳，妻子的容颜依稀如同在梦中，往日岁月的光与影，映照山涧溪水，流转无声。

出了光福镇，去往石嵝庵。至谭山下，高树密林中，一座山门豁然在望。匾额上题的是"石嵝胜景"，门两边的楹联为"水木清华怀细雨，春秋佳日寄琼楼"。石阶如梯，就此上山。石嵝庵向来以秋景最盛，寺中枫浓、桂香、竹海。尤其山上数顷竹林，幽篁影里，风声细细，中间引得溪流迂回宛转，水也沁翠如碧。溪声淙淙，似在道左，又似在道右。走过一座小竹桥，松林森森一片，掩着一带青石矮墙。

赵宦光是第一次来古寺瞻佛，从未见过这样的幽静地方，不由感叹："太湖之滨竟还有如此清寂境地，松风水月，令人顿生禅意。"

住持禅师一脸笑意，遥指院门之上，见一方匾额，正是"松风水月"四字，两人不禁相视一笑。

天气阴霾欲雨，而大殿佛阁巍峨，宝相庄严肃穆，缥缈的淡白烟雾缭绕在殿角。飞檐上悬着铜铃，被风吹得泠泠有声，清脆如磬。

夜色深沉，雨声渐沥。半夜醒来，他披衣而起。推开窗户，雨已停了。一弯金黄的月亮从桂树叶底漏出来，满院月色如残雪。

出神间，忽听"咕嘟"一声，似笛非笛，似箫非箫，声音幽咽清雅，穿竹度月而来。他伫立倾听，是古琴名曲《潇湘水云》。

他素喜此曲，不自觉走出屋子，曲声时断时续。循声而去，那曲声听着分明，似是不远，但走过竹桥，溪声淙淙里再听，仍在前方。

转过一角矮墙，溪畔青石之上，一个素衣女子倚石而坐，月色下白衣胜雪，长发披肩。溪水生袅袅雾气，一阵风过，满林竹叶萧萧如雨，那曲子却是她衔叶而吹。隔溪相望，他不知此情此景，是梦是幻。

须臾，她起身，取下唇中竹叶，随手一拂，那片竹叶落入溪水中，溪水在月光下如同水银，蜿蜒向前。竹叶随波逐流，顺着涡流旋转，绕过嶙峋溪石，缓缓漂向他。刹那，重又被溪水挟带，漂远了。

她梳着双鬟，黑发间无半点珠翠，一袭薄绡绿衣，仿佛竹叶新展之色。这样的女子，姿容清绝，难以描画。谁知在幽寺僻院见到，他眼前一亮，问道："请问芳名？"她嫣然含笑，"陆卿子。"他低低唤了一声："陆卿子。"她眉峰微蹙，转而赧然一笑。素衣微湿的她，身形单薄，神色举止安详恬淡，他觉得仿佛从前在哪里见过一般。

他随意而行，沿着漫石甬路一直向西，苍苔点点。走过一片竹林，远远望见一座青砖旧塔，塔影如笔，掩映着几簇如火殷红——塔后两株枫树，叶子在细雨的浸润下红得似要燃起来。

有个身着月白衣衫的女子，站在红枫下，更显得身姿娉婷。她折了一枝红叶在手，殷红如血的叶子簇在脸侧，脸颊衬得白晰如玉。赵宦光骤然见到这张秀脸，如她颊畔红叶般楚楚动人，脱口道："是你！"她笑颜温柔，微微点头。

这时，一青衣丫鬟，执伞匆匆而来，口中絮絮叨叨："小姐，你站在这样的冷雨下，也不打伞，小心生病。"

陆卿子"嗯"了一声，眼梢瞥了他一眼，说："回去吧。"

他欲言又止，站在原地，眼睁睁看着丫鬟打了伞，陆卿子伴着她，并肩而行。雨气清凉如雾，终于转过青砖旧塔，看不见了。

次日清晨又下起雨，竹海哗然如涛。他一早伫立在那里，凝视塔影下的片片红叶，神思恍惚。一会儿，陆卿子果真从塔后转出，见赵宧光站在树下，便大大方方施了一礼，带着几分娇羞："公子，早。"

他低头躬身回礼，动作反而有些生硬，说道："小姐不必多礼。"抬起头，望着雨中的青砖旧塔，低声喃喃："风雨如晦，鸡鸣不已。"

她随口吟出下句："既见君子，云胡不喜。"

十年前，他还是少年，心性好奇，曾瞒着父亲偷偷读过这首《诗经·风雨》，今日听她轻声吟出，心头一震，怔怔地看着她。

绒绒细雨濡湿了她的鬓发，纤指掠过，她微微一笑。赵宧光也禁不住微笑，说道："这红叶——若是在这红叶上题诗，倒是一件雅事。"

陆卿子凝视着殷红枫叶，轻言细语："每逢秋天，烟雨蒙蒙中，这两株枫树总是率先红了叶子，一下子点燃谭山满山的秋色。"

已近晚课时分，住持禅师告辞而去。赵宧光相送出门，暮色苍茫，翠烟如涌。远处，前寺钟声悠远，隐隐约约，一时有不似人间之感。

晚饭后，听窗外桂树有嘀嗒之声，他问书童："是不是下雨了？"话毕，听闻有人推开柴扉，"咿呀"一声，脚步轻轻踏在院中落叶上，窸窸窣窣。透过窗棂，只见一片红叶飘落石桌，上书"此静坐"。

他打了伞，挑了灯笼，沿着漫石甬路一路向南。夜黑如漆，灯笼一点橙黄的光，竹声似海，风过滔然如波，哗哗的似要倾倒在身上。

烟雨楼原是石崂庵竹林深处一重院落，进了黑漆剥落的小门，才看出馆楼精巧，但是失于修补。院中湖石点缀，石畔植两株金桂。绕过山石，见灯火微明，青衣丫鬟接了灯笼引赵宦光进屋，屋中却空寂无人。竹影幢幢，案几上的博山炉里焚着檀香，还有一本翻开的《漱玉词》。窗下冷风习习，书案上临字的宣纸被吹起，发出一点轻响。

他顾不上打伞顺着小径向前，小溪里涨了水，水流湍急，潺潺有声。转过墙角，竹林更加茂密。走近，溪畔山石之上端坐一女子，乌沉沉一双眼睛，似映着溪光流银，光华不定。他心中暗喜，忙上前掏出一片红叶回赠。她接过一看，正是"万峰台"三字，顿时笑靥如花。

清晨，天光渐明，竹林前群鸟噪唱。待到旭日东升，赵宦光与陆卿子静坐古寺万峰台，南望太湖，烟波浩渺，七十二峰尽收眼底。

采莲曲

一

黄昏，阮郁像往常一样往书房走去，见庭中的一池红荷花事正浓。一阵风过，吹得那一片红荷烈烈如焚。他坐下，信手翻开桌上一本诗集，却不想翻到扉页上，写了两个字："小小"，他心中一凛。屋中本来静极了，树梢聒噪的蝉声突然响起来，声嘶力竭似的。

很快天黑了。苍茫夜空一轮圆月，衬着几朵淡云。窗前，树影婆娑摇曳，菡萏清香透入。他移了笔墨，望着阶下的人儿浅笑……此情此景如此熟悉，心里却有万般愁绪不能言说。他举头望月，不由低吟："明月何皎皎，照我罗床帏。忧愁不能寐，揽衣起徘徊。"

满天璀璨的星星，东一颗西一簇，仿佛谁顺手撒下的一把亮晶晶的金沙。伸手抚过廊下的朱色廊柱，想起当年在西湖与她诗酒唱和，她一时文思偶滞，抚着廊柱沉思，或望翠竹，或拂海棠。片刻不到，便喜盈盈地转过身，从容应答，脸上梨涡浅笑，宛若春风。

最后一次去镜阁，丫鬟迎出来，低声说："公子，姑娘睡着了。"他"哦"了一声，放轻脚步。榻上，她睡熟的模样，嘴角露着笑意，手边滑落一卷诗册。她不会知晓他适才接到了父亲的最后通牒，责骂他出入妓家，辱没门庭，逼迫他立即返回建康。如果时光就此停伫，那该多好。

掀起竹帘，他刚想走，她悠悠醒来坐起。他的目光满含忧愁，她装作浑若无事，重又伏回榻衾，眸上浓密乌黑的睫毛，仿佛两双蝶翼微阖，无限慵懒之态。那是今生最后一次见到她，深秋澄静的日光透过薄薄窗纱，映在她的脸上，花影幢幢，黯淡得像蝴蝶的触须。

红烛微弱的光，照射在八扇泥金山水屏风上，屏上金碧山水流光溢彩山重水复，晚风吹过窗纸扑扑轻响，他觉得一切都像做梦一般。

湖心亭位于西湖中央，亭中阴阴生凉。下午，阮郁漫步走到亭后，长廊空凌水面，廊下一泓碧水。远处，红荷绿叶，层层叠叠，无边无际。近处，雕梁画栋外荷叶如伞盖，有数片荷叶倾入栏内，叶大如盘，挨挨挤挤。绿叶间掩藏着一朵含苞欲放的荷花，沾着露珠，直直挺挺，似饱蘸了胭脂的一支笔，浓得颜色几乎化不开。芰荷清香，夹杂萍汀郁青水气丝丝拂面而来，令人神爽心宜。

　　　　江南可采莲，莲叶何田田。
　　　　鱼戏莲叶间。
　　　　鱼戏莲叶东，鱼戏莲叶西
　　　　……

徘徊间，密密的荷田深处传来一阵清越的歌声。歌声越来越近，柔和婉转，很是旖旎动人。荷叶颤动，从碧湖深处滑出一艘小艇。荷叶纷纷擦过船舷，向两侧分开，那艇似一枚梭子，瞬间穿出花叶。艇上只有两人，艇尾执桨的少女见到阮郁，低低地惊呼了一声。艇首的绿衣女子把桨横在足侧，手中执着数枝红荷，见到陌生男子，情急之下以花掩面。一转眼，却从围簇的花瓣间露出一双漆黑透亮的眼眸，盈盈水波流转。阮郁当下惊艳，见她身上的绿色衣衫被湖风吹动，衣袂飘飘，水光潋滟，倒映她的倩影在水中，如荷叶初倾，自有一种清丽雅洁的韵致。想着，从来喻美人为花，今日所遇，竟能喻美人为叶，且不输半分风华。心旌摇动之际，便问道："姑娘，你叫什么名字？"

绿衫女子大方笑答："钱塘苏小小。"说完，拾起适才掷落水中的一朵红荷，遥遥抛向他。阮郁接在手里，那荷花沾着清凉的湖水，纷纷滴落，濡湿他的掌心，顺着手腕缓缓淌入袖间。那感觉奇妙而新鲜，仿佛有什么拨动了心弦。这时，艇尾的红衣少女已经扳动船桨，小艇调转方向，重新划入荷田深处。荷叶纷乱摇动，划出小径，小艇渐去渐远，远远望见那绿衫女子回过头，向着他又是嫣然一笑。

他站在那里无限惆怅，原来她就是钱塘名妓苏小小，果然名不虚传。若是能登门拜访，听见她说一句半句话，那一种欢喜，不知怎样？

二

夜色沉沉，秋虫唧唧，满天星斗灿然如银，星辉下只看到连绵的琉璃重檐歇顶，还有点点簇簇的灯火，万籁俱寂，不闻半点人语。

想起出门前贾姨妈的嘱咐，小小赶紧从油壁车上下来，由丫鬟点了灯笼往家中走去。刚刚走过西泠桥，前方迤逦而来一盏宫灯，引着一匹青骢马从翠荫柳树夹道过来，她站在桥栏旁静候避让。马蹄声音达达，踏在地上轻响。小小低着头屏息静气，忽听一个温婉的声音，唤着自己名字："小小。"她抬起头，看着少年。

阮郁的心突的一跳，怦怦作响，看着眼前这个采莲舟上的绿衫女子，一颗心几乎要蹦出嗓子眼儿。"小生特意在此等候姑娘！"

苏小小打量少年，见他衣冠楚楚，文质彬彬，顿生好感。于是，掩袖含笑，顾盼生辉。"小小让公子久等了，请！"

迎面而来一名垂髫丫鬟，一言不发，对他微微点头示意，挑灯在前引路。小小香闺就坐落在西泠桥畔松柏林中，门前挂着两盏红灯笼，听见声音，贾姨妈让仆人老早出来迎了，牵了辔头，掇了凳子来侍候。

阮郁简直不敢相信，他居然被请入了苏小小的绣楼——镜阁。镜阁四周植有桃李丹桂，牡丹芙蓉，花团锦簇，赏心悦目。从阁向外望，西湖美景一览无余，游人画舫途经到此窥视阁内，却是檐幕低垂，什么都看不清。碧空如洗，近水远山，阮郁觉得这实在是一个绝妙的住处，镜阁正对湖面处有一大圆窗，以白纱糊贴，恰如一轮圆月，中悬一联："闭阁藏新月，开窗放野云"。壁上有一首题镜阁诗：

> 湖山曲里家家好，镜阁风情别一窝。
>
> 夜夜长留明月照，朝朝消受白云磨。
>
> 水痕不动秋容净，花影斜垂春色拖。
>
> 但怪眉梢兼眼角，临之不媚愧如何？

阮郁虽然来自京城，出身官宦世家，但为人谦恭有礼，谈吐大方，与小小谈古论今，言辞间颇有见识。涉江采芙蓉，兰泽多芳草……那一天，小小才知道，原来这世上会有人，与她意气相投，心心相印。

临别之前，阮郁终于问："敢问小小芳龄？"

是诧异，是惊喜，是胆怯，是既喜且乱。她明白他的意思。

他想要娶她？他问她的年龄，是要上门求亲？鼓曲书词里都这样唱，才子佳人，一见钟情。她才十六岁，一颗心如揣了小鹿，扑扑乱跳。她出身低下卑微，从未想过，会遇上这样一位贵公子。

她声如蚊蚋，告诉他："我年方二八。"又补上一句，声音低不可闻："小时候，因为长得娇小，所以我的名字叫小小……"

这么婉转一句，他眼中骤然明亮，放出异样光彩："我知道了。"

随即，他将贴身所戴的玉佩拿出，洁白无瑕的玉佩，镂刻一片倾卷荷叶，叶下覆盖一对鸳鸯，雕工极其精美，结着同心双穗。她轻轻接过，羞得满脸通红。

不觉天色大亮，阮郁匆匆离开，走过桥一回头，见小小站在镜阁窗前，亭亭玉立，望着他，深情款款。细小的雨丝，满天飘飘洒洒，他走得很快，脸上滚烫，心里也是暖暖的，他还会来，一定还会来。

三

这晚没有月亮，满天的星星，隔着窗上的绡纱，黯淡映入舱中。桌上搁着一只细白瓷花瓶，用清水供着的数片荷叶，是上船前她随手在船埠头折的。那荷叶清幽的一点气息，和着自己衣袖间的熏香，几乎淡得嗅不出来。但浴在这样的夜色里，一切都是那么的柔和而分明，连同心底那些敏感不能触及的回忆，——清晰地浮了上来。

那天，阮郁带她出门，去灵隐寺看荷花花会。她青衣束发，扮作书童，混在人群中，一颗心咚咚跳得又急又快，直到上了油壁车，她忽然大笑，阮郁又恼又怒，问："小小，你笑什么？"她拉开窗纱，探出头来，声音说不出的清脆悦耳："公子，原来你比我还害羞。"

这个俊美少年哼了一声，转过脸，愈加做出一副老成持重的样子。

苏小小回眸一笑，他脱口说："你不要再笑了。"她一双眼眸水汪汪，问："为什么？"他说："你一笑，人家看出你是个女孩子，就会用力挤你的。"她说："那我不笑了。"说完，又禁不住盈盈一笑，左颊上有浅浅一个梨涡，无比娇俏。他无可奈何地也笑了。

灵隐寺香客如潮，人山人海，赶会的、烧香的、卖花的、卖吃食的、雇轿的、赶车的……闹哄哄如同赶集一样，她兴奋得左顾右盼。他怕与她被人潮挤散，再三叮嘱她拉着自己的衣袖，他们挤进寺去。殿中人更多，金身宝像尊严，无数的人匍匐下去，虔诚下拜。隔着缭绕不散的袅袅香烟，她好奇地问："公子，他们都在求什么？"

他随口答道："求财求福，总是求他们没有的东西吧。"

她眼睛透亮，"那我不用求了，我有了你，就什么都有了。"

他的心中一下子涌起一种异样的感觉，口中却说："若是我不带你出来，你不一定说得这样好听。"又掩饰道："我们还是去看荷花。"

灵隐寺的荷花久负盛名，历年的荷花花会，更是钱塘一盛。全城的人不过借看花之名，到寺中游玩，其实是赶庙会凑热闹。真正去看荷花的，除了女人小孩，便是那些读过几卷书、附庸风雅的秀才文人。他们往寺后走去，游人果然稀少，谁知到了荷塘前，却被寺中的僧人拦住了。说是城中富豪女眷今天要前来赏花，摒尽一切闲杂人等。

阮郁自幼未尝吃过这等闭门羹，见那几个僧人嘴脸势利，神色倨傲，心中不免气恼。小小轻扯他的衣袖，劝道："我们还是去别处吧。"

两人顺着院墙七拐八弯，一直走到山房后僻静处。往湖上眺望，嫩叶如卷的新荷，天空彩霞艳红，映在碧水绿荷之上，如飞金点翠。

船埠头泊着小艇，两人一起登了上去。小小卷起衣袖，露出一截皓腕，腕上笼着一只白玉钏。她改了男装，忘记取下玉钏，捋起衣袖才发觉。"哎呀"了一声，说："这还是母亲给的，可别碰碎了。"把玉钏捋下来，掖入腰带中。她体态轻盈灵巧，连着采了两朵红荷，又看中了稍远处的一朵粉荷，总也够不着，便招手唤阮郁："公子！"

她站了起来，小艇本来狭窄，仓促受力一阵乱晃，小小低低惊呼，忙抛开手中的花去抓船舷，那红荷花纷纷掉落在碧水中，十分好看，但小小眼见险些要落水，执桨的阮郁急道："小心！"情急之下伸手欲相扶，不免手忙脚乱，小艇打了好几个转，最后"咕咚"一声他抱着她栽倒在荷花丛中。他衣衫尽湿，但柔香满怀，四周红的、粉的、白的荷花，团团簇簇，铺天盖地的花和叶轰然涌上，将他们深陷在层层叠叠的花海中。在一片绚烂夺目的颜色里，他只看见她近在咫尺的如玉容颜，像一朵怒放雅洁的白荷花，那样清丽姣美。她的呼吸香而甜，他几乎可以听见自己心跳的声音，她的眸子那样漆黑晶莹，像饱满流动的两丸黑水银，高远处是湛蓝的天，一朵云缓缓飘过，她的眼中也仿佛有了云意，泛着难以描述的诱惑，他竟然不知道应该放手。

四

那样温软的过往，带着梦寐已久的幸福与希望，和着无尽的雨水与泪水，仰起脸，带着含有泪光的笑意，她投入他的怀中。

城墙上的风很大，吹得树叶簌簌作响。深蓝如墨的天上一钩凉月，低得像触手可得。阮郁心事重重，默不作声往前走。风声里隐约听见他腰际镶金荷包上坠子摇动的声音，风吹得小小鬓边的几茎短发，痒痒的拂在脸上。阮郁忽然站住了，伸手替她掠了一掠发丝，她顺着阮郁的目光回望，城楼之上灯火点点，不知不觉他们走得这样远了。

她的手在微微颤抖，让他有几分不忍，轻轻用力握了一握，携着她往前走去。她手中那盏八宝莲花灯，灯内点着的蜡烛晕黄的一团光照在两人脚下，夜色里那城墙像是漫漫长道，永远也走不完似的。

回到镜阁，天色放亮。阮郁仍旧默不作声，水榭里外静下来，只听残荷底下"咚"的一声，或许是迟迟未入泥休眠的青蛙，跃入水中。小小看着那渐渐扩散的涟漪出神："有什么为难的地方，公子请说。"

阮郁并不答话，坐在湖岸边，随手拨弄湖水，湖水清澈澄碧，从他修长的指端脉脉流过，如一把白玉梳，梳开无数细长的绿色丝绦。

小小手里执着一柄水墨绘西湖山水的白纨扇，遮去了大半面容，眼波盈盈一绕，他的背影在她眼里一点一点地远去。帘子放下来，视线里便只剩了细细密密的一道竹帘，金色的朝阳照在那帘上，混淆着纱帐上所绘的莲花纹饰，缠缠绕绕，璀璨夺目，鲜跳直刺入心。

何去何从，并不是她能做得了主的，但舷下细浪轻拍水岸，一切的鸟语人声都成了遥不可及。湖风无比清凉，带着水气的冷意，吹拂阁中重重的绡纱帘幕。那些孤独而痛楚的惊悸，何时才有片刻的退却。

曾经，那样近，那样紧，她拥有过一段真实而虚幻的幸福。

廊外，贾姨妈已命仆人换上了大缸栽的荷花，碧绿如盖的荷叶衬着殷红的待放花苞，那颜色明烈如火，似乎一触就要燃起来。

采莲南塘秋，莲花过人头。低头弄莲子，莲子清如水。
置莲怀袖中，莲心彻底红。忆郎郎不至，仰首望飞鸿……

唱到望字，小小的声音很低，如梦似幻，舞姿轻柔，如随风杨柳，在漫天花雨间低落而下，随着余音袅袅，旋转立定，臂间轻缕薄纱似飘浮的云朵一样，纷扬铺展开，绽放出一朵娇艳的荷花，呈现在红氍毹上。一张秀脸，如花中之蕊，引得众人不停地喝彩。她想忘了他。从此，松柏林中的镜阁，夜夜灯火通明，喧哗声说笑声，遥遥可闻。

西泠桥上，有位佳人掀帘走下油壁车，水葱样的手指攀上桥栏，绿衫飘飘，惊鸿照影碧波倾，端的是溶溶西湖一道缥缈优美的风景。仿佛有达达的马蹄声传来，骑在青骢马上的少年分明是归来的阮郁，她喜极而泣，飞奔过去扑入他的怀中。不料，他拉住她，慌不迭连声说，"姑娘你认错人了。"她定睛一看：他的确不是阮郁，而是长相酷似阮郁的穷书生鲍仁。"让公子见笑了。"小小拭泪请鲍仁入镜阁，亲自斟酒道："我看公子气宇轩昂，心胸磊落，为何不去报效国家呢？"

鲍仁答："动乱之际，有力难效，何况我视功名作草芥！"小小道："有为民做主之心，英雄才有用武之地。若是不能如愿，再复归山林为时未晚！"鲍仁说："我恃才反愚，经姑娘点拨，茅塞顿开。只是我饥寒尚且不能自主，功名二字从何说起？""公子如不嫌弃，小小愿助你赴京应试。"说完，她取出银两赠予鲍仁。鲍仁慨然收下，深深作揖告辞："姑娘之情，鲍仁永生难忘。""小小在此静候佳音！"

五

湖上初升的一钩新月，嵌在墨蓝绸海似的夜空，洒落西湖。一湖新荷也借了月色浸染，荷影仿佛薄而脆的琉璃，映照波光粼粼的湖面。

临湖的亭台楼阁，镜阁是最雅静的一间，对着后院一池红荷，楼头可以遥望街市火树银花，散落漫天繁华如星，划破深沉夜色岑寂。

夜中不能寐，起坐弹鸣琴。薄帷鉴明月，清风吹我襟。……

古人的诗，背了千百遍，此时此刻，才知道其意味深刻贴切至此，她初次饮酒，微醺中禁不住以筷击碗，朗声而吟：

少无适俗韵，性本爱丘山。误落尘网中，一去三十年。羁鸟恋旧林，池鱼思故渊。开荒南野际，守拙归园田。方宅十余亩，草屋八九间……

"榆柳荫后檐，桃李罗堂前。"帘外有人应声而接，她心里咚的一跳，贾姨妈笑嘻嘻地挑起竹帘，缓步踱入的正是刚才那个等候在西泠桥畔受她邀约进阁的英俊少年，剑眉星目，风度翩翩。

那是她生平第一次与陌生男子说话，却不知为何出奇的镇定，或许是因为他言语之间多有妙趣，或许是因为他有双炯炯有神的眼眸。

那晚他们说了很多很多的话，她把童年的趣事说给他听，他听得津津有味。她与他斗酒，背不出诗的人便要罚酒，她从未见过那样温文尔雅多才多艺的少年公子，无论是何典籍诗句，他都能随口说出。

他们说了太多的话，屋里突然一下子暗了，是蜡烛燃尽了。

涉江采芙蓉，兰泽多芳草。采之欲遗谁？所思在远道。

他在遥远的那一端，在满天满地的荷花影底，低低呢喃。

又到了西湖荷花盛开的季节。夜幕垂窗，荷花在月光下显得格外芳姿清纯，小小不禁轻轻吟道："满身月露清凉气，并作映日一喷香。"

她想起幼时在家里的时候，阳光明媚的午后，院中飞过柳絮，轻淡得连影子也不会有。雪白的纱帐里置放莲青枕衾，母亲斜倚床栏笑着说："太素净了，小姑娘家，偏偏只爱那清雅的荷花。"

窗外像是起了风，吹在窗纱上，轻薄半透的窗纱微微鼓起。她看着日影渐渐移近纱帐，便走到窗前，将窗子放下来。

转眼，入冬了。寒风凛冽，雪花飞舞，窗外爆竹声响连天，家家户户欢腾。屋里一灯如豆，一个人，一支笔，忽明忽暗的烛火照着薄纸素绢，渐次有了山川华滋，新荷鲜妍……她病倒了，病了很久。

镜阁外，梅花初谢，小桃绽开，牡丹含苞，梨花欲雪，小荷才露尖尖角。各种应时花木，都在欣欣然等待主人起床。

小小的声音很轻很轻，轻得几乎除了她自己，再没第二个人能听见："池塘生春草，园柳变鸣禽。祁祁伤豳歌，萋萋感楚吟……"吟毕嫣然一笑，她自生病以来从未笑过，此刻展颜一笑，像荷花初放，风姿绰约。贾姨妈以为自己恍惚看错了，掩泪转身缓步退出。

几天后，贾姨妈见小小水米不进，形销骨立，问道："不知姑娘还有什么未了之事要交代？"她气息奄奄，感慨道："小小别无所求，只愿埋骨西泠，方不负我对西湖山水的一片痴情。"贾姨妈叹了一口气："唉，天可怜见，小小你确是个痴情傻女子。"她一直等，原以为可以等到他。因为他明明知道，她对他是真心相许。

这年春天，鲍仁金榜题名，出任滑州刺史。赴任时经过杭州，却赶上苏小小的葬礼，鲍仁抚棺大哭，在墓前立碑：钱塘苏小小之墓。

听鹂深处

在杭州，在西湖，一座园林穿过岁月风尘在等我。

她一定等了很久，像我寻她一样。

春天，是西湖最华美、绚烂的时节。桃红柳绿，碧波荡漾。我们游西湖，优哉游哉，一路妙语连连，把唐诗宋词说得字字珠玑。站在海棠花荫闻淡淡花香，走一段；倚在肥圆石旁听潺潺溪唱，再走一段。

杭州旅游地图上，西湖畔那个绿豆般的浓缩圆点，像一粒瑶池的莲子，洒落在人间。背倚孤山，面临西湖，自古便是浏览胜地。圆点慢慢放大，放大成一片典雅秀丽的山水，西泠印社秘藏于密林绿草间。

我们一行，第一天游西湖就错过了西泠印社。寻到她时，我的心颤了颤。园林虽小，但不寻常，她的存在如一个念想，一个物证，点石成金。时光流转，这个百年篆刻民间团体，已成了一方印学圣地。

西泠印社以一种地域的标志，覆盖着尘世的传奇。一次冥冥之中的寻访，仿佛有一个美妙动听的声音一直在引导我们，进行一趟久远的时光之旅，需要我们溯流而上，去探索篆刻艺术的源头和身世。

我的眼睛很快被忙碌的脚步晃乱，一些衣衫整洁的人穿梭在我们之间，那些眼神，那些笑容，那些声音，悠远而安静，只属于春色明媚的西湖。他们携带篆刻工具，当场切磋技艺；他们还准备了清酒管弦，大家兴之所至，或对座畅饮，吟风弄月；或把盏倾谈，笔墨相酬。

是雅集。每一个人的拿手活都被那些古老的印谱、印章带到我们面前来了。每年的春秋两季，西泠印社都会举办这样的雅集活动。雅集是开放的，不论是谁，即使不是印社社员，只要有兴趣都可以参加。

1913 年，西泠印社第一次社员雅集大会上，69 岁的缶翁吴昌硕正式作为第一任社长出现在人群中，他挥笔写下一副对联：

印讵无源？读书坐风雨晦明，数布衣曾开浙派；

社何敢长？识字仅鼎彝领览，一耕夫来自田间。

"数布衣曾开浙派"，说的是丁敬，他的坐像在汉三老石室前。丁敬是个卖酒的布衣。卖酒的时候，他手不释卷；不卖酒的时候，他去西湖诸山看石刻碑版。丁敬治印，善用细碎短刀，表现古拙笔意。朴质苍深的风格，一洗纤弱俗媚之习，开创了印学的"浙派"先路。

"一耕夫来自田间"，在说吴昌硕自己，他本是浙江安吉乡间一个勤奋刻苦的农家子弟，"小名乡阿姐"。刻印，在吴昌硕不是安身立命的功名之事，而是一种惯性的生活和心灵的轨迹，像蛇走泥留迹，蜂过花留蜜一样，自然而然。看吴昌硕的画，书法，印章，给朋友的信札，他的谦虚和活泼的心性，不要我们折服，只要我们喜悦。

他的画家情怀能够解释何为"赤子"，他的见解足为"独到"二字作笺注。用"一波才动万波随"来评价吴昌硕任西泠印社第一任社长时的盛况非常贴切，在观乐楼我体会到了元好问这句诗的妙处。

诗的韵味有深浅，气象有大小。出色的篆刻家有将大化为小的超凡能力。怎么化？在我以为，是对大自然的融入。可以是"花近高楼伤客心，万方多难此登临"，可以是"采菊东篱下，悠然见南山"。

我在想望中描绘西泠印社的景色：青天浑如碧水，绿树成林，鸟语花香。清代显贵李辅耀的住所坐落于此，盛宣怀的别墅也坐落于此。竹树间那些飞檐翘角的房舍真美，时隐时现，尽管年深日久。怪石嶙峋、参差错落的小盘谷原是李家宅院，纳入西泠印社后更是清幽雅致。

清清瘦瘦的山水，杭州多的是古迹与名胜，有三秋桂子，十里荷花，但西泠印社的那一片绿色使我感到这才是诗人喜欢歌咏的地方。到处都是绿，像早春嫩柳那么淡，竹叶那么亮，芭蕉那么润，目之所及，那片光而润的绿色在轻轻颤动，仿佛要流入空中与心中去似的。

大雪纷飞，茫茫一片，只留下一条弯弯曲曲的小路在延伸，这就是名副其实的鸿雪径。在青苔满布的太湖石壁，当年西泠印社的社员们把李叔同常用的93方印章留在了洞里，他们留下的，仅仅是大师本人并不在意的鸿爪雪痕吗？此刻，远的村，近的树，我看见雪花给碧澄的西湖盖上了一层厚厚的棉被，花鸟虫鱼都蛰伏在被窝里，"呼呼——呼呼"，睡得好香啊！想到这个比喻，我有些羡慕它们了。

大约是少有人居住，印社显得格外宁静。沿鸿雪径盘旋而上，我们在竹林丛中穿行，绿树掩映的高低楼舍晃入眼帘，不时遇见一泓一泓的清泉，冷冽清澄，即为"西泠四泉"，由下而上，依次为印泉、潜泉、文泉、闲泉。石壁生着长长细细的绿草，幽幽的水光泛上来。

孤山西湖在苏东坡白居易的诗里，不是实实在在的山水，而是天赐的清泉密林鸟语之地，幽深宽阔。我的心里藏匿着隐秘的快感：在诗人语词制造的沟壑溪洼间，我一路走来，晃晃悠悠，拈花惹草。在丝缎织就的云彩里，在发出簌簌之声的叶片中，在千百朵馥郁的玫瑰间，鸟儿在层层叠叠的翠林里快乐地鸣唱在等我；而诗人呢？

攀上山顶，俯瞰平静如镜的西湖时，我们不约而同地发出了"哇"的惊叹。四照阁、剔藓亭、题襟馆，还有华严经塔和遍布书刻的"小龙泓洞"，汉三老石室保存着"汉三老讳字忌日碑"，与三国魏至明清各代碑刻、画像石，古朴深厚。我料定，这里必是吴昌硕长久驻足之处。暮色沉沉，山间腾起的烟岚之气缓缓向我们袭来，氤氲缭绕。

到了晚上，西湖的游客很少，我在印社毗邻的楼外楼菜馆吃西湖醋鱼、品宋嫂鱼羹，漫天的春雪飘飘扬扬，灯笼，热气，雾气……

大自然亲切的触摸使我从小对书画对篆刻有了兴趣，练字作画的动力来自我对它的热爱。站在屋檐下，望着远山连绵黝黑的剪影，内心有一种湿漉漉的情感被激发。终究像个不识愁滋味的少年，纵然放棹西湖折尽堤上杨柳，也难以将这一片湖光山色的底蕴参透。

平时看山水画，人物大同小异或面目模糊，倒是那些峰峦、那些岩石、那些草木、那些水上的波纹，甚至那些入穴出岫的云，都各有各的面目。这时，我才明白，画家已融入并成为大自然的一部分。

无论画家的技法多么娴熟，一娴熟就精巧，就圆滑，也就失去了初始的充沛精力和阔大气象。一个篆刻家的创作历程往往也是如此。

——少时曾两次在六和塔乘渡轮来去杭州湾，俯身船舷，看西湖的清澈澄碧涌进钱塘江的雄浑苍黄，翻滚浪花如雪，水流渐渐交汇，边际越来越模糊，终于在远远的江心，完全混为一色，每一次都让我深深震动：这是两条来自不同源头的江河啊，真的可以融为一体吗？

穿过拥挤的人群，穿越大小的背影，无数的面孔，我站到了西泠印社的面前。似乎又听到了那个美妙动听的声音，像一湾湖泊，从百年前的悠长时光，舒缓地向我流来。好像是从百年前一起走来的失散的两个朋友，竹布长衫，谦谦儒雅。一个微笑，我们认出了彼此。

我喜欢在宝印山房走来走去，如同走在拙政园的拜文揖沈之斋。当文徵明手植紫藤开出一串串碎绸般紫花的时候，我会在午后来到拙政园。我从拜文揖沈之斋穿过，走完曲曲长长的波形廊，便看到了阳光照耀下的虬曲盘旋的古紫藤，花团锦簇，流光溢彩，黄鹂在鸣唱。

她从绿林翠竹间显露，微笑着看我，她与拙政园有共通之处吗？在离她一百多公里的地方，一座苏州文人的山水园林，它从我的记忆深处走出来，与眼前这座印人的园林接通重合。我看见五岁的我、七岁的我、十岁的我从一百多公里远的那座园林跑过，黄鹂的鸣唱追在我的笑声与脚步声后。现在，一听见黄鹂啾啾的叫声，那么细柔轻嫩的叫声，我就会不由自主地跌回过去，跌回有着暖暖阳光的春天午后。

海棠未雨，梨花先雪。既然春天花开是这么重要的雅事，不妨让我们悄悄与花相约：花开之日，便是你我动身去西湖与君相见之时。

由岳庙向东，走过钱塘名妓苏小小墓，跨过西泠桥，到达孤山西南麓，一走进这座精美清寂的江南园林，我有一种奇特的感觉。

我的目光顺着她的目光爬进她的内心深处，那里虚掩着一扇门，只需伸手轻轻一推，门就会吱呀打开，婉转动听的黄鹂声清晰传来。

原来，我听这鹂声听了那么多年。

这声音在我梦里，萦绕缠绵。每天早晚两次透过窗户流进来，一声，一声，又一声。是鹂声。

刹那间，我恍然不知身在何处。

来到西泠印社的一共是三个人。我，艳秋，还有燕子，遇上了印社春天雅集。几百人从各处走进印社，园林里立刻满满当当。我的目光伸得很远很远，伸进完结一个多月的春天里不舍拔出来。那几天真热闹呀，社员们围坐在一起说笑，他们都有一方印章：西泠印社中人。

我没见到印社的大家，包括现任社长饶宗颐，但我见过他画的西湖荷花。于是，晨曦中我看到他一路走进印社的曲院，通向百年前的光阴。当他走出来的时候，那些光阴的安静和悠远沾得他满头满脸。

小龙泓洞有一座小小的石桥也叫"锦带桥"，与白堤上的那座一样。从前的印社社员得到白堤锦带桥上的旧石栏，将石栏移到了这里。

有个年青人在锦带桥后的缶亭吹起了笛子，金色的阳光斜照过来，他的笛声在光线里飘荡，清越悠扬。我不由想起印社的四位创始人，他们的年轻和俊朗，对金石篆刻的执着和挚爱。有关他们的历历往事，像清澈的溪流朝着我们轻淌而来，溪流所经之处，仰贤亭、宝印山房、山川雨露图书室、石交亭……我们看到一座新兴的江南园林正在西泠印社创始人的手中拔地而起。

华严经塔是西泠印社的标志，塔高二十余米，八面十一级，最下层刻有《华严经文》，末端有弘一法师之偈。中间两层是"扬州八怪"领袖人物金农手写的《金刚经》经文。

下午，坐在四照阁喝茶聊天的时候，周围坐着很多人，他们或许是印社中人，或许不是。我一开口，他们就给我们讲印社里的佚闻趣事。我看看他，又看看她，感觉我是他们中的一个，艳秋与燕子，是他们中的另几个。百年前，不知怎么地我们把时光遗漏在了西湖孤山的某一个僻静角落，只有等到春暖花开黄鹂鸣唱，那些时光的记忆才从很高很远的地方落下来，落到这座园林，落在我们身上。

落英缤纷，拙政园的紫藤在风雨中凋谢了，也带走了诗人花前月下的吟咏。文徵明的长子文彭用篆刻这种"雕虫小技"延续了春光与诗意，让人沉醉其中。在文彭传世印作中，有一方清丽沉雅的石章，就是"琴罢倚松玩鹤"。这是中国文人400多年前的生活实景。

明嘉靖年间，文彭的好友唐顺之，即荆川先生，辞官在家，过着闲散却自律的生活。他要求自己冬天不生火炉，夏天不扇扇子，出门不坐轿子，一年只做一件新衣，一个月只吃一次肉，这样的日子过得有些清苦。但是，他家有个不大不小的园子，园子里种了一棵古松，还养了两只白鹤，他常邀请文彭来家中小聚。暖风和煦，他们坐在松树下，抚琴玩鹤，长啸放歌。文彭难忘这样的风雅快乐，又感念好友的一番情意，专门在橱柜中挑拣了一块方正的旧青田石，刻下"琴罢倚松玩鹤"六字，赠送给唐顺之。此印由印社社员收藏家葛昌楹收藏。后来，葛昌楹把最钟爱的文彭"琴罢倚松玩鹤"、何震"听鹂深处"、邓石如"江流有声断岸千尺"等43方印章，都捐赠给了西泠印社。

"江流有声断岸千尺"，听上去激流澎湃的词组，落在纸上笔画多的多，少的少。有谁想到，邓石如的这方印章竟然是先在炉上烘烤待现出赤壁图后再刻的。章法上，巧妙地把八个字两行排列，使空处愈空，密处更密。他那种丰富多彩的想象力，令我佩服得五体投地。

暖风和煦，他们坐在松树下，抚琴玩鹤，长啸放歌。

这位皖派篆刻大师，嗜酒、力健、性廉耿。印社社员张鲁盦收藏了邓石如的五面印，印文分别是"古欢""守素轩""燕翼堂""子舆""雷轮"。线条圆润灵秀，却于工整间传递出雄放的气势。西泠印社的大多数藏品都来自捐赠，其中最大的捐赠者就是张鲁盦。

一场雪后，莲池边的梅花疏疏的开了两三枝，星星点点。远远的经过柏堂、竹阁、印廊，可以闻见幽远清新的阵阵暗香。

近黄昏时，雪又下了起来，一片两片，如扯絮飞棉，绵绵地落着。廊外石栏下摆放一排青花大瓷缸栽的茶花，绿油油的厚叶子衬着殷红花骨朵，如泼似溅。花虽然还未开，已透露春消息。

站在剔藓亭，雪花无声飘落。放眼望去，重叠的黛瓦铺成了白色，连荷花水缸的边缘都落了薄薄一层雪。风吹得丁敬、邓石如（两尊石像）的襟袍下摆微微鼓起，西边天空，满是低厚黄云，雪意更深。

想起小时候，墙角的杏树绽放点点红花，春意盎然。帘影映出细淡的阳光，照在青砖地上。绣架上绷着月白缎子，我一针一线绣出翠柳黄鹂，黄鹂的毛色绚丽多彩，用了二十种丝线，针法也烦琐。抬起头，望见两只黄鹂在杏花枝头欢快地跳跃、鸣唱，我静静聆听，渐入佳境——何震的一方印章："听鹂深处"。

明万历初年，何震应好友王稚登的请求，刻下这方印章，送给王稚登的红颜知己马湘兰。

王稚登为苏州名士，是继文徵明之后，主掌吴门文坛三十年的文学领袖。马湘兰是秦淮名妓，琴棋诗画样样精通，尤其善画兰花。

王稚登与马湘兰一见钟情，两人经常在秦淮河边煮酒论曲，赏兰赋诗。结果，王稚登却斩断情丝，以仕途为重婉拒了马湘兰的情意。他所做的只是把对这段情事的眷恋寄托在"听鹂深处"这方印章上。

何震对春天草长莺飞的咏叹，实在是因了时光的流逝，对爱情不能长久的感慨。他以一方印章，一把小刀，刻画春天的花朵和蝴蝶，夏天的火烧云和虫鸣，秋天的果实和寒霜，冬天的飞雪和麻雀，连同那些优美哀愁的人间故事，营造出大自然一片生机盎然的葱郁树林。

唐人韦应物用一首诗也写活了一片幽绝恬静的山水春色："独怜幽草涧边生，上有黄鹂深树鸣。春潮带雨晚来急，野渡无人舟自横。"

其实，"听鹂深处"只是一个寓意象征，靠着对春天的呼唤，人们在文化传统上努力去还原一个悠远深邃的风骨的西泠印社。听，黄鹂还在这座园林里，在花丛树荫，在清泉竹影，虽然有些依稀和生疏。

"听鹂深处"的意境就是绵延不绝，山高水长。

暮春三月，院中的海棠如期开放，如粉似霞，花枝横逸出竹叶，在微风中摇曳，映在素白的窗纱上，花影随意一剪便如描画绣本。鸟声啼啭，我在桌前读《西泠印社志稿》，真是冰炭置肠，百感交集。

光绪三十年，篆刻家丁仁、王福庵、叶铭、吴隐，在西湖创立了"西泠印社",希望印社的发展能摒弃门户之见、海纳百川,将篆刻艺术永久传承。在国破家亡时局动荡的情况下,他们和那些印社社员,一面体悟着人生的艰辛与困苦,竭力保护印社;一面仍然热诚而细腻地生活着,从不放弃刻印。他们爱西湖、爱金石,爱到了骨髓里。

那些口口声声称"忙得不得了"的人,哪里顾得上这些琐碎无益的事物?他们满身浮躁,渐渐与大自然隔离。那样的人,即使功成名就,即使奇花异草满室,即使古树名木满园,又何尝有闲心领略?

西湖是风月无边的西湖,西泠印社是以西湖风月镌刻的一方印章,掩藏在历史的尘埃中。初春的黄鹂,啾啾鸣唱,引导我来寻她。

在西泠印社,流传的金石篆刻的故事很多。比如,篆刻家陈鸿寿被杭州的美景感染,兴致勃勃地刻了一方"浓花淡柳钱塘"的闲章。我拿个放大镜,细细欣赏这方印章。果然,我听到了春天繁花盛开的声音,看到了杨柳婀娜的姿影,更感受到了文人之间友情的可贵。

在印学博物馆,我看到一方丁敬晚年刻的"上下钓鱼山人"朱文印,通透温润。小小方印,有趣好看。"上下钓鱼山人"的边款有三面:第一面说这方印章是丁敬与好友在游玩时即兴而作;咸丰十年的七夕,青田篆刻家端木百禄、上虞篆刻家徐三庚,在绍兴一带共同赏玩了这方印章,随后把这段经历刻在另外一面;后来,这方印章辗转到了民国时期著名篆刻家赵叔孺手中,他在第三面上跋款以志眼福。

　　　　　　　　　　　　　　　　　　寻　芳　记

透过三段文字，我在方寸之间，瞧见白发苍苍的丁敬，活脱脱像个老顽童，迫不及待地要跟众人分享与好友相处的喜悦，温情有味。

　　这难道不是我与艳秋、燕子在春天一起来寻访西泠印社的初衷吗？

　　太阳暖洋洋的，不知不觉睡着了。待我一觉醒来，艳秋已将茶重新煮好了，鲜绿透明的明前龙井从紫砂壶里洒出来，清香满园。

山阴道上

如果沿着这条路走下去，我们不仅可以走到兰亭，还可以穿越整个书法史色彩斑斓的姿态和发展轨迹，甚至可以触摸到魏晋文人的生活内涵及精神状貌。这条路，就是山阴道。它最早出自王羲之的诗："山阴道上行，如在镜中游。"山阴道成了山水风光秀丽的代名词。

行走在山阴道上，风景如画。眼前，自近至远，是从来没见过的，静谧安宁。风吹过密密实实的绿树，隔着青青葱葱的竹林，阳光烈烈地晒出一股清清的香草气。秋意泛起轻柔的烟霭，揉抚着寂寥的山谷，溪流潺潺，鸟声空绝。路的尽头，便是兰亭。

位于绍兴（古称山阴、会稽）城西南郊，虎扑岭之下的兰亭，越王勾践曾种兰于此，并筑兰亭。书圣王羲之在兰亭举千年之盛事，书旷代之墨宝。其地处峻岭湍流的清幽与本质气度的高贵，其茂林修竹的景致与书法艺术的水乳交融，如此难得。

一座三角形的碑亭，亭内碑石上刻有"鹅池"两个草书大字，相传是王羲之父子合书。鹅池里养了三两只白鹅。流觞亭内有"曲水邀欢处"一匾，挂北宋李公麟《兰亭修禊图》一幅，亭前一弯溪水。右军祠是纪念王羲之的祠堂，王羲之当时任右将军、会稽内史，人称王右军。祠内有历代书法名家所摹《兰亭序》碑刻，有王羲之画像，还有"毕生寄迹在山水，列坐放言无古今"的楹联。一方水池，为"墨池"。当年书圣"临池学书，池水尽黑"，缕缕墨香夹杂兰花的幽香悠悠飘浮在兰亭。

公元353年，是东晋永和九年三月三日，民间的修禊事，与三月踏青、摘香草、戏流水一并流行。乐趣良多的上巳节。王羲之邀约谢安、孙绰等41位文人雅士沿着清澈的溪流散坐，惠风和畅，青衫飘逸。曲水流觞，是借弯曲流淌的溪水传递羽觞，羽觞漂浮，漂到谁的脚下，即赋诗；诗不成，就罚酒。

日影西斜，天空广阔，云朵在通明的春光中悬停，映照出如梦境般时间停滞的错觉，这一切都超出了想象。王羲之拿起鼠须笔，铺开蚕茧纸，在兰亭中醉书《兰亭序》。指间气流呼啸而出：席地，悬腕，挥毫，水光山色，在笔底流淌，闪着波纹，扩散着，荡漾着。仿佛悠扬的歌声在寂静的山谷响起，一会儿如一缕花香，缠绕微醺；一会儿如一丝轻风，清凉拂面；一会儿如一片月色，银辉遍洒。文不加点，气不稍歇。324个字一气呵成，字字珠玑。写毕，他扔笔酣睡。

翌日酒醒，王羲之细看这幅行书，大感惊奇。那些字仿佛一个个精灵刚刚从梦中苏醒过来一般，睁起水汪汪的眼睛在纸上好奇地左顾右盼，娇憨可爱，颦笑之间不忘上下呼应，便渐渐有了千姿百态。一幅超妙的创造性的艺术品。以后，他再写行书，不复达到此帖境界。

只是《兰亭序》真迹已佚，唐太宗生前，命褚遂良、虞世南、欧阳询等大书法家临摹，其中以冯承素"神龙本"最为知名。

徜徉兰亭，每个人多多少少能感受到的，还是那种文明容纳、渗透和流变的雍容与自由气息，以及魏晋文人萧散洒脱的风雅。除此之外，少有地方会让人在瞻仰中，情不自禁地从内心发出感叹。兰亭的神奇，在于雄浑中深含柔情，流淌的溪水使兰亭百般柔媚，千般风情。由此看来，一个喜爱书法艺术的人，不到兰亭，是无法提升胸襟和视野的，当然也就无法破解《兰亭序》之所以完美的秘密。

兰亭是一方胜地，一个传说，一座建立在尘世的朴素的艺术宫殿。面对如有神助的绝唱《兰亭序》，不论人们怎样形容和赞美，它都可以坦然担当和接纳。它是古朴、丰富的，也是血脉相连、流光溢彩的。

行走在山阴道上，妙不可言。渐渐地，你会觉得全身上下充溢着一股清新的能量，呼吸的力度、行走的速度、感觉的细腻度与两旁的幽谷、茂树、竹影以及不绝于耳的溪水是那么的配合，那么的融洽。

王羲之的行走始于临川。他取临川为号，筑居于城东。王羲之的书法韵律，契合着他的生命脉动。每天挥毫，临帖。偶作《奉橘帖》，那是写给朋友的便条："奉橘三百枚，霜未降，未可多得。"朋友吃橘子赏书法，玩味再三，把便条保存，成名帖。

书圣梦绕山川，因而落笔构字，布局谋篇，渐入佳境。王右军写字，要么提笔凝神，他题卫夫人《笔阵图》说："夫欲书者，先于研墨，凝神静思，预想字形大小、偃仰、平直、振动，令筋脉相连，意在笔前，然后作字。"要么随意落笔，心绪直泻。情感激荡时，佳作天赐。比如后来的《姨母帖》《丧乱帖》。

右军居于山阴后，畅游浙东山水。穿行于蜿蜒悠远的山道，长袍舞秋风，飘然欲登仙。处处青山碧水绕，山阴道上无穷好。劲拔、大气、清奇、苍凉的自然美扑面而来。他坐在山坡上，手拿枯枝比画。身姿婀娜的女神裹着山风云霓向他走来，她的美可媲汉代傅毅《舞赋》中衣袂翩然的舞姬，活泼，华美，有风神，她的神思意态和右军的书法息息相通。

王羲之是率真可爱的，东床坦腹的逸事传为美谈。他对大自然的爱，包含山水草木虫鱼，情真意切。他常在路上抱鹅散步，潇洒无比。

有一天，羲之路遇山阴城的道士，夸赞道士的好鹅，鹅冠红似花，鹅毛白如雪，鹅颈转动灵活。"羲之往观焉，意甚悦，固求市之。"道士不要钱，只求王羲之为他写一幅老子的《道德经》。"羲之欣然写毕，笼鹅而归，甚以为乐。"

又有一天，羲之在路上见一老妇持六角扇卖，羲之在扇上题字。老妇要他赔扇子，王羲之对她说："但言是王右军书，以求百钱邪。"老妇半信半疑，拿扇叫卖，众人竞相购买，她笑得合不拢嘴。第二天，又持扇前来，羲之笑而不答。

王羲之辉煌的会稽岁月，留下了几幅顶级墨宝。《姨母帖》是他听到姨母兼老师卫夫人噩耗时写给表哥的信，带着体温。"十一月十三日，羲之顿首顿首！顷遭姨母哀，哀痛摧剥，情不自胜，奈何奈何！因反惨塞，不次。王羲之顿首顿首！"他写字崇尚拙朴，倾情于汉碑、汉帖，入木三分。他的书风兼具北方的雄浑，南方的柔媚，风流蕴藉。

书法、文字双绝的《兰亭序》，看得人五体投地，甚至可以将一切是非善恶都放下，只是被它征服，然而书法本身并不想征服人。

绵长的山阴古道，紧挨着烟波浩渺的鉴湖，路旁绿树浓荫，桂花成阵。大画家顾恺之曾作画，带去都城，皇帝为之倾倒。王献之赞美说："从山阴道上行，山川自相映发，使人应接不暇。若秋冬之际，尤难为怀。"王献之的书法，源自魏晋文化中的诗学、玄学……这一脉络传承，是属于淬炼过的，带有不羁中的恬淡，但对其父的书风有新创。得意之作如《鸭头丸帖》《地黄汤帖》《中秋帖》，尤其是《洛神赋十三行》，"翩若惊鸿，婉若游龙"，尽显各字的真态与韵致。书圣王羲之，亚圣王献之。"二王"之书，流芳百世。

但这似乎还是一个开始，这条通向兰亭的路，妩媚妖娆，吸引着越来越多的人。他们从过往到现在到未来，行走在山阴道上，脚步沉实，神色虔诚。"一个规定的线（文）通贯着大宇宙，赋予了一切被创造物。如果他们在这线里面运行着，而自觉着自由自在，那是不会产生出任何丑陋的东西来的。希腊人因此深入地研究了自然，他们的完美是从这里来的，不是从一个抽象的'理念'来的。人的身体是一座庙宇，具有神样的诸形式。"（海伦·萝斯蒂兹《罗丹在谈话和书信中》）这条路是一条绵延的书法艺术之路，也是罗丹所说的一条通贯宇宙、遍及万物的线。这条线，中国的艺术家已在殷墟甲骨文、在商周钟鼎文、在汉隶八分、在晋唐的真行草书里，得到了极为丰盛多彩的反映。美妙的歌声，响遏行云，在古老的山阴道上，我们可以寻得几行足迹……这条路以一支笔画线，界破了虚空，从仓颉造字开始，走过李斯、张芝、蔡邕，走过钟繇、"二王"，还有李邕、颜真卿、柳公权、张旭、怀素……络绎不绝，承前启后。在林木幽深翠鸟唧啾的山阴道上，召唤出与之相应的心境，笔底波澜流出万象之美。

1909 年 5 月，鲁迅先生回国应邀在杭州浙江两级师范学堂任教，该校聘有铃木龟寿等几位日籍教员。春暖花开的时候，鲁迅和他的学生尽地主之谊，邀请几位日籍教员到绍兴游览观光，其中一处名胜古迹便是兰亭。随后，就有了梦境般的《好的故事》。周作人也在著名的散文《乌篷船》中写道："偏门外的鉴湖一带，贺家池，壶觞左近，我都是喜欢的，或者往娄公埠（即娄宫）骑驴去游兰亭。"山阴道上的美景印在了文学大家的心灵深处，同样催生出鸿篇巨作。

清澈的溪流，水澄如镜，在竹影树荫下逶迤流过。大片的墨汁饱满酣畅，轻轻诉说着书法幻化的色彩、奇异的姿态和对天地万物的迷恋。名利，权势，世俗的一切，都不能唤回人们对《兰亭序》这个书法艺术的顶点、这个深邃的书法世界的追求，只有行走在山阴道上，才会神光闪现。于是，兰亭成了一座唯美主义者的膜拜物。

后　记

　　我眼中的江南很小，就在苏州这一带，最多延伸到杭州。因为一条古老的京杭大运河，因为俗话"上有天堂，下有苏杭"，苏州是江南大于整体的局部，它占有江南不少的美。

　　从小，江南给我的印象是"山外青山楼外楼，西湖歌舞几时休"，是"三秋桂子，十里荷花"，是"鸡声茅店月，人迹板桥霜"，是"小楼一夜听春雨，深巷明朝卖杏花"。

　　江南，在冬天是阴的，湿的，雨丝雪片，飘得纷纷扬扬，从没冷到极致；在春天是软的，粉的，桃花李花，开得如云似霞，转眼落英缤纷。江南是奢侈的，恣意的，许多方面都超出我的理解。一直以来，烟雨最能体现江南的气候与风情。

　　少年时，第一次乘上从苏州开往杭州的夜航船，睡在舱中，半梦半醒间听水声橹声，来往船只的招呼声，还有乡间的犬吠鸡鸣，很有意思。天才蒙蒙亮，船就抵达了杭州。

　　我喜欢"江南"这个词，同样是江南，苏州与杭州比，差了一点儿，杭州是得天独厚的，一个西湖使整座城市滋润丰腴。苏州适合外地人来玩，从这个园林转到那个园林，似乎大同小异，却让他们羡慕不已：苏州人才是风月的主人。

　　苏州真正的美，不在园林，在河，在桥，在小巷，在临河的木结构酒楼，在月光映照下的粉墙黛瓦，在花窗里娇俏探出头来的一枝海棠……一言以蔽之，在它的日常生活。

如果把苏州比喻为一把折扇，打开扇面，一面是"明四家"的花鸟，一面是"清初四王"的山水。片片镂刻的扇骨，展现了一代代苏州人各种各样的生活方式：逛园林、绘兰竹、品美食、玩盆景、听评弹、唱昆曲，还有刺绣、琢玉、抚琴。

明朝的一个黄昏，木工匠人在敲打锯刨之余，把玩着手上的一截截木料，精打细算，雕琢刻画家具的榫卯腿牙。

手艺虽是雕虫小技，在专诸巷却可以出人头地。在陆子冈的手上，玉石犹如面团，不假思索，水仙簪子便妙手天成。

——玲珑剔透的女孩子谁不会刺绣？她们既是水做的，双手当然灵巧！藻草金鱼、小猫蝴蝶、扇袋、香囊、帐帷，乃至剧装，样样精细雅致，连屏风上的荷花水鸟也栩栩如生。

屏风前独坐唐伯虎，他晨起后沏壶茶，然后抽出毛笔，闻着盆中石菖蒲的清香，磨一点旧墨，画风雨中摇曳的桃花。没料想，洇化在纸上的还是江南的那一抹远山，一脉秋水。

确实，江南充满了诗情画意，风花雪月的情调也很高，但曲折幽深的小巷，才是江南人，尤其是苏州人生活的底色。

小巷是苏州的细节。炎热的夏天，只要踏上小巷的青石板，就感到无比清凉。这种清凉是一种氛围，是一种心静。

随意走进小巷人家，老宅的年纪大多有数百年了，那精致繁复的砖雕门楼，那宽敞沉暗的纱帽厅，那绳痕累累的石井，那参差错落的天井，都是沧桑的文物，都是历史的见证。

梅一样的王羲之，松一样的范仲淹，竹一样的文徵明，菊一样的吴昌硕，莲一样的董小宛，兰一样的张充和。其实，江南文化结构中所引以为傲的不是英雄志士，是才子佳人。

时代变迁，江南人一如既往地过着平和安宁的生活。清早喝茶，在假山石旁，在巷口树荫，在园林茶室；用碧螺春或龙井茶叶煎煮，费心而考究。饮食按照习俗讲究时令，清明吃青团、酱汁肉，立夏吃苋菜、蚕豆、咸鸭蛋，小满吃枇杷，出了黄梅天吃水红菱……配上粗衣淡饭，真是享受！

说到底，江南文化是一种精致的文化，一种闲散的文化，一种容易满足的文化，尽管与中国的正统文化有距离，但还是美。

春天的早晨，独立殿春簃，看院中的芍药开得深红浅红一片，富贵持重；花匠在忙着给花浇水、施肥、剪枝。让我想起儿时在芍药丛中酣睡了一回，醒来，似乎一下就长大了。

作为苏州人，我受到的全部滋养来自江南。我拿什么回报呢？近年来，我有意无意写了些散页，慢慢地在心里滋长了念头，随即又放下。文学是一项勇敢者的事业，太需要勇气了。之前，不知有多少人写过江南，不乏经典名作。

暮色中，下班开车回家，天还没完全黑，已是万家灯火。沿着高架桥开过去，豁然开朗的一大片金鸡湖出现在眼前，隔着湖水依稀看到对岸灯火点点闪烁的苏州古城。脑子里忽然冒出了一句小时候念过的诗：高城望断，灯火已黄昏。这流动的景致是我深爱的，让我感动，也就有了思考的力量。

一路行来，做出一个重要决定：出一本散文集。

这本精挑细选的散文集是我对江南对苏州深情厚意的表白，

欢喜、激动，千言万语、欲语还休……它仿佛一个端坐半亭弹拨琵琶的少女，漫不经心地用姿态、呼吸、眼神，甚至醇香的空气，把她的灵魂一层一层、一步一步地剥现出来让你看，让你读。她的用心和情意，你读得懂吗？

也许，你会觉得这本集子华美有余，才气不足，但至少可以看作是作者对江南文化日益颓唐走下坡时的挣扎。

在此，衷心感谢苏州知名画家陈如冬先生为散文集作的精美插图！

范 婉

2018 年 . 大雪 . 兰亭苑